李 浩 作 品 系 列

李 浩

陕西靖边人，长江学者特聘教授，现执教于西北大学中国文化研究中心暨汉唐文学研究院。著有学术著作《唐代关中士族与文学》《唐代三大地域文学士族研究》《唐代园林别业考录》《唐诗美学精读》等。

李浩作品系列

《课比天大》（增订版）

《行水看云》

《怅望古今》

《马驹：道一传灯录》

《流声：中国姓名文化》

怅望古今

李浩 著

生活·讀書·新知 三联书店

图书在版编目(CIP)数据

怅望古今/李浩著. —北京：生活·读书·新知三联书店，2017.9
(李浩作品系列)
ISBN 978-7-108-06008-2

Ⅰ.①怅…　Ⅱ.①李…　Ⅲ.①随笔-作品集-中国-当代
Ⅳ.①I267.1

中国版本图书馆CIP数据核字(2017)第144477号

责任编辑　王秦伟　徐旻玥
封面设计　刘　俊
责任印制　黄雪明
出版发行　生活·讀書·新知 三联书店
（北京市东城区美术馆东街22号）
邮　　编　100010
印　　刷　江苏苏中印刷有限公司
版　　次　2017年9月第2版
2017年9月第2次印刷
开　　本　880毫米×1230毫米　1/32　印张　13.375
字　　数　260千字
定　　价　49.00元

自　序

追忆刚走上大学讲台时，为了在学生面前显老成，故意不剃胡须，一任阶前丛草疯长；而今就是天天洒扫庭除，收拾得再光鲜整洁，脚步再轻盈矫健，眼角眉梢间还是能泄露出衰老的消息。

迈进2000年的门槛后，我从生命深处感到一种怅惘，几股力量迫使我不得不经常下意识地回顾从前：人届中年，如水的韶光已成过去，只能在孩子闪亮的眸子中看到自己的昨夜星辰；短暂的百年却又被截成两段，一截留在20世纪，一截被拖进了新纪元；身为现代人却以研究古代社会的文化艺术讨生活。在故纸堆中泡久了，浑身上下精神流浪者的积习越来越浓，挥之不去，因为不是涂抹上的戏剧油彩，而是浸淫入骨的文化毒素，没办法洗刷干净，除非洗脑，除非脱胎换骨。

晚近文化人中，我在学识上虽服膺胡适、陈寅恪、钱穆、熊十力诸公，但在辞章上却更偏爱梁实秋、余光中、董桥数子。尤其是董桥，有人说他"凄婉入了骨髓，通了灵异，表面上暗香浮动，内里却一片招魂声"(毛尖《慢慢微笑》)，文字又清秀古艳，令我着迷，所以他引伊秉绶的题扇诗我也跟着喜欢：

生性禁寒又占春，
小桥流水悟前因。
一枝乍放雪初霁，
不负月明能几人？

而随园主人袁枚则提前说了他的见解：“百物可决舍，唯书最难别。”“一日不读书，如作负心事。”（《随园诗话》）在滚滚红尘中，要不负明月不负书，过得自然洒脱谈何容易？要随意随心随愿，已近痴想。至于了悟前因，参透几数，更非寻常人所能。

那么，是否可以从忙碌中喘息片刻，偶尔抬头眺望窗外：远处浮云端的是太白积雪，更远处迢迢不尽侵古道的是白居易的离愁，是柳永的晓风残月，是崔颢的千载白云。大胆光着脚丫，踩在杜甫的庭院中，不光可以接历史地气，还可以打通哲学经络，治疗因文化失忆引发的种种疑难杂症。我们可以与杜甫古今通邮，老杜也可以意逆志，尚友他的偶像：“怅望千秋一洒泪，萧条异代不同时。”老杜让我们感动的既有清词丽句，还有悲天悯人。“民胞物与”四个字也不能涵括他，他还有旧时月色，还有古圣前贤，他为他们也流下许多深情的老泪。

那一抹月色，一叠阳关曲，一纸浣花诗，还有古道瘦马，西风残照，汉家陵阙，能唤醒我们的历史记忆吗？友人方英文谓女士行于街上，据回头率的高低可判断彼女的漂亮程度。我由品读古今艺文所形成的散淡感受，能引来步履匆匆的现代人的回眸一瞥吗？

陈之藩有一年夏天在麻省理工学院中国同学会演讲时引了王国维一首词中的三句：

> 觅句心肝终复在，
> 掩书涕泪苦无端，
> 可怜衣带为谁宽！

陈先生所引是王静安《浣溪纱》的下阕，一般认为作于1905年，全词的句子是："月底栖鸦当叶看，推窗跕跕堕枝间，霜高风定独凭栏。觅句心肝终复在，掩书涕泪苦无端，可怜衣带为谁宽！"静安"可怜衣带为谁宽"的句子出自柳永的《凤栖梧》"衣带渐宽终不悔，为伊消得人憔悴"，欧阳修《蝶恋花》也有"肌肤拼为伊销瘦"；而柳耆卿的句子还有所本，源于《古诗十九首》："相去日已远，衣带日已缓。"陈先生演讲时还怕听众不明白，继续解释说："但你得有了可喜之对象，才有不悔的可能。"（《陈之藩散文》卷二《谈风格》）如果说古诗与柳永是在追怀、向慕远人的话，那么王静安与陈之藩显然是在追怀渐行渐远的故国文化，他在为远东版的散文集补写新序时便把这一层心事和盘托出：

我们当然对不起锦绣的万里河山，也对不起祖宗的千年魂魄；但我总觉得更对不起的是经千锤，历百炼，有金石声的中国文字。因此，我屡次荒唐的，可笑又可悯地，像唐吉诃德不甘心地提起他的矛，我不甘心地提起我的笔来。

我想我在国外还在自我流放的惟一理由是这种不甘心。我想用自己的血肉痛苦地与寂寞的砂石相摩，蚌的梦想是一团圆润的回映八荒的珠光。（《陈之藩散文》卷一《叩寂寞以求音》）

静安先生、之藩先生与董桥先生恰好构成几代文化遗民的造像，他们的语境特有所指。但陈之藩以一位念理工的知识人长期身居海外，尚存有这样一种真诚的文化罪感与痛苦感，以及念兹在兹的迷恋，对“有金石声”的汉语文字的痴情，真值得我们这些身处内地而盲目自大的人文学者反省。追慕前贤，我自己也多少次不甘心不量力，放下又拿起笔，写下这些散碎文字，希望能立在纸上而不是卧在纸上，以印证故籍神皋与清风明月在迷茫中曾给予我的那一份萧散与从容。

2006年底草成，2014年3月改定

目　录

管锥天地

诗境雕虫

书城眉批

鸿雪因缘

管锥天地

原　侠

社会运动中的革故鼎新亦如自然演化中的沧海桑田。对某些物种来说，生存土壤与气候的变迁，可能预兆着灭顶之灾，但给另一些物种的滋生和成长却提供了充足的生态条件。侠就是在春秋时期这样一个礼崩乐坏、征伐兼并的特殊时代孳乳生殖的社会物种。肥沃的土壤，温润的气候，充沛的阳光，形成了一种自由宽松的环境，使它破土而出，茁壮成长，拔地而参天，卓然而独立，在当时的社会生活中发挥着极为重要的作用，在历史暗夜的广漠上空不时回荡着几声野性的呐喊，在民族意识的九曲长廊中留下了矫捷的身影。

一

侠实源于士。但士的概念在中国社会史上变化频繁，意义含混，古今学者聚讼纷纭，莫衷一是。不过，我们大体还可以梳理出来。“士”最早是壮年男子的通称，又可作为统治者部族成员，特别是受有爵命的贵族成员或贵族官员中某一等级的称谓。在周时典籍中，经常可以看到天子、诸侯、卿大夫、士、庶人这样的称呼和排列顺序。这说明了社会分化引起了统治阶级内部的不断裂变和分层，士下降为贵族与官爵的最低等级。这一阶层多居住在都城中，有统驭平民的权利，也有执干戈以卫社稷的义务，故又谓之“国士”，以示其地位之重要。士本身也有上士、中士、下士的区别，不同的等级分层在礼仪、特权方面，各有严格的规定。

士既然要执干戈以卫社稷，就必须操练、学习武事。据彝铭记载，西周辟雍学宫的主修课程就是武事。《周礼》等书中所列周时学子的课程表中有礼、乐、射、御、书、数等“六艺”。据顾颉刚先生考证：《孟子》中所说的庠、序、学、校等场所都是习武之地，“学宫即司射之地耳”。六艺之中，除书与数外，其余都是军事训练。“其所以习射于学宫，驱驰于郊野，表面固为礼节，为娱乐，而其主要之作用则为战事之训练”，顾先生甚至得出“吾国古代之士，皆武士也”(《史林杂识初编·武士与文士之蜕化》)的结论，虽曾引起一些学者的质疑和非议，笔者也以为有以偏概全之嫌，但周时士皆要习武，以应国家之急，早期教育偏重军事与体育，似乎是无疑的。后来侠的尚武崇力精神看来正是士的教育方针所致。

春秋以来，五霸迭兴，战争频仍，政治风云变幻莫测，经济文化繁荣发展，形成了一个开放局面，所以社会流动极为活跃。庶人与平民获得了学习知识技能的权利，并能寻找到施展才艺的各种机会，贵族等级身份制度日渐式微，森严的分层制度变得混乱不堪。没落的卿大夫甚至诸侯的子嗣都可能沦为士人，而庶人平民中一些人也可以凭借道艺技能上升为士。这样一来，就使得士阶层畸形发展，一方面阵容强大，声势壮观；另一方面又庞杂混乱，流品斑驳。士从旧等级分层中低微的一级一跃成为当时社会上最活跃的成员，在社会事务中扮演着重要的角色，形成了一个开放式的松散社群组织，这既是对周时封闭而森严的等级分层制度的一种反动，同时也孕育着自身的进一步分裂。

这一群体的成员极为复杂。大而言之，可分为两类：一类是以传播礼乐文化为主的知识群体，即所谓的文士，如早期的儒家、名家、道家、阴阳家及巫史专家；另一类是以教习或出卖武事为主的武士群体，如当时的兵家、墨家，都是打仗的行家，还有所谓的剑士、勇士、死士、军士等，也都是征战格斗的好手。后来的侠实即源于此类。

士有文武之别，在当时儒家的典籍中也透露出一些消息，《论语·卫灵公》中记载：

> 卫灵公问阵于孔子，孔子对曰："俎豆之事，则尝闻之矣，军旅之事，未之学也。"

后世有人或以为这是孔子自谦，或厌战反战之辞。其实孔子说的是老实话，儒本来是士阶层中传承知识礼乐方面的专家，虽也教习御射，但只是作为一种修养来传习，就如后来贵族文士佩剑一样，只不过是身份的一种象征。墨家讲赖力仗义，纵横家讲释难解纷，其中多有抱打不平、锄强扶弱的豪杰义士，侠的作风也受其影响极大。

二

侠的名称最早见于《韩非子·五蠹》："侠以武犯禁"，"国平养儒侠"。韩非子之后，在《史记》《汉书》中，又出现了诸如游侠、豪侠、节侠、气侠、义侠等称谓，并派生出以侠为限制语的许多合成词，如侠骨、侠情、侠行、侠游、侠肠、侠魁、侠术、侠烈、侠气、侠节等，来表现人的精神风度及行为方式。

关于侠的含义，有不同的说法，但其核心是纵横放任、使气轻生的意思。比如鲁国的曹沫，以好勇善斗事奉鲁庄公，曾率兵与齐交战，屡遭失败，鲁庄公惧怕齐国的军事威慑，答应愿以遂邑作为讲和条件。当鲁庄公与齐桓公举行和谈时，曹沫手持匕首跃至齐桓公前，用刀尖指着桓公的脖颈，逼他答应退回侵占鲁国的领土，桓公无奈，只得许诺归还鲁地。曹沫扔掉匕首，退回其位，颜色不变，辞令如故。这种不畏强暴，以一怒而安社稷的行为，正是侠的本色。此外，如平原君赵胜杀美谢士，身在虎口而不肯卖友以求免，可谓翩翩浊世佳公子。朱家虽自己生活简朴，但能赈贫济困，助人之急，朝廷要犯季布逃难时，他敢于藏匿救助，及至季布遇赦，时来运转，他却远避他乡。这些也常为人所称道。

早期的侠，司马迁在《史记·游侠列传》中提到的有布衣之侠、闾巷之侠和匹夫之侠等类型。布衣之侠，是所谓的“设取予然诺，千里诵义，为死不顾世”之类；闾巷之侠，是所谓的“修行砥名，声施于天下，莫不称贤”之类；匹夫之侠，可能也是指以个人之能力救难释纷之类。这种划分有些琐细夹缠，三者在内涵上实际很相近。

根据其地位的不同，侠可分为卿相之侠、布衣之侠和暴豪之徒等三大类。

卿相之侠，是指那些诸侯亲属，或王公大臣，他们凭借着雄厚的财富、广袤的土地、华丽的宾馆来招致天下英雄好汉，只要有一技之长，哪怕是鸡鸣狗盗之徒、赌博卖浆者流，也可被待为上宾。如战国时的孟尝君、春申君、平原君、信陵君等四位贵公子，都以礼贤下士而闻名。孟尝君在薛时，“招致诸侯宾客及亡人有罪者”，“舍业厚遇之，以故倾天下之士”，无贵贱之分，都能善遇厚待，所以，“人人各自以为孟尝君亲己”。信陵君“为人仁而下士，士无贤不肖皆谦而礼交之，不敢以其富贵骄士。士以此方数千里争往归之，致食客三千人”。主人对宾客能礼遇厚待，宾客对主人就能剖肝输胆，倾心效命。如冯谖为孟尝君从长计议，焚债券以收买人心；毛遂佐助平原君使楚结盟，数言而折楚王；荆轲为燕太子丹慷慨赴难，图刺秦王以解燕之围等。另外，燕昭王为使国家富强，礼贤下士，师事郭隗，并在易水边筑台置黄金招徕贤士，于是乐毅、邹衍、剧辛纷纷来归，为燕所用。赵文王善剑，剑士夹门为客者三千余人，日夜相击于前，死伤百余人。

布衣之侠，即前面所提到的匹夫之侠、乡曲之侠或闾巷之侠，这些人多凭借个人的胆略才艺，赴汤蹈火，救人之急，济世之难。这一类的侠在春秋战国时非常活跃，他们虽身怀绝技，节操高尚，但因出身微贱，地位低下，往往为贵族显宦所不齿，在现实中有一种屈辱感，怀才不遇，顾影自怜。他们与上层社会最易形成对抗心理，一旦这种情绪直接表现出来，就会如岩浆迸溅，不可遏止，毁灭伤害他人或制度，甚至不惜牺牲自我。但若有卿相大臣或富豪贵人能理解他们，礼贤下士，使之有平等感，他们就会尽弃前嫌，油然而生知遇报恩之心，肝脑涂地，虽九死而犹未悔。在危难之际，他们能以“义”为出发点，以剑和匕首为武器，参与当时的社会活动，通过一些突发性的方式，影响政治局面和军国大事。例如前述曹沫手持匕首为鲁国劫齐桓公，专诸为公子光刺杀吴王僚，荆轲为燕太子丹刺秦王，以及信陵君窃符救赵过程中侯嬴、朱亥的义举，都属于这一类。这是侠中的正宗，后世的侠基本是这一派的嫡传。

暴豪之徒是指那些富家子弟或依附于富家的无赖少年，他们自恃武功，凭借财势，武断乡曲，杀人越货，飞扬跋扈，为所欲为，称霸一方。对于这帮混世魔王，乡里百姓既恨且怕，但又得罪不起。他们平日所干的，不外乎“攻剽椎埋，劫人作奸，掘冢铸币”，无非横行乡里，滋事生非，欺压无辜，挖掘古墓，伪造货币。对此，司马迁在《史记·游侠列传》中抨击道：“至如朋党宗强比周，设财役贫，豪暴侵凌孤弱，恣欲自快，游侠亦丑之。”其种种勾当为布衣之侠所不齿，他们实为侠客中的害群之马。

汉代的灌夫、宁成是这一类的典型。灌夫虽好任侠，但“家累数千万，食客日数十百人，陂池田园，宗族宾客为权利，横丁颍川。颍川儿乃歌之曰：‘颍水清，灌氏宁；颍水浊，灌氏族。’”（《史记·魏其武安侯列传》）宁成“贳贷买陂田千余顷，假贫民，役使数千家”，“致产数千金，为任侠，持吏长短，出从数十骑。其使民威重于郡守”。（《史记·酷吏列传》）后世这种类型的人仍然很多。

俗话说：“一粒老鼠屎坏了一锅汤。”侠中的暴豪之徒引起人们对整个侠客群体的误解和敌视，故而有人将豪暴之徒与布衣之侠混为一谈，大加挞伐。对此，司马迁在《游侠列传》中曾悲愤地指出：“余悲世俗不察其意，而猥以朱家、郭解等令与暴豪之徒同类而共笑之也。”有人认为司马迁的辩解没有力量，布衣之侠与暴豪之徒的不同只是表面的，而相同则是本质的，同样都是独霸一方的恶势力，只不过表现形式不同而已。这种看法大可商榷。暴豪之徒不过是侠中的一部分、一类型而已，不能以偏概全。就如儒家虽也以济苍生安社稷为己任，积极用世，自强不息，但其中也有乡愿之人，有名利之徒，有巧言令色者，有山河破碎而屈膝事敌、认贼作父者，有浩然巾下包藏绝大祸心者，但这并不影响我们从整体上评价儒家之于中国社会与文化的贡献，对待侠亦当作如是观。

司马迁虽将游侠与刺客分两传而立，但从社会学角度来看，两传人物可并为一类，都可以侠名之。而且《游侠列传》所记均汉代人物，《刺客列传》所载均汉以前春秋战国之际的烈士，虽各有侧重，但都具一种激烈性情，纯是一团精神结聚，貌异而神合。

早期的侠虽脱胎于武士，但并非都是以武犯禁者，像为人排难释患的鲁仲连，解赵之围，义不帝秦，功成不居。赵国的蔺相如奉命使秦，完璧归赵，渑池相会，勇慑秦王，使令击缶，为赵国争回面子，挽狂澜于既倒。虞卿抛相印，弃万户侯于不顾，来救助友人。毛遂佐助平原君使楚以结盟，廷前数言，便折服了楚王。虽都是一介文士，但其行事，都有侠者风度。

三

侠源于士，所以其思想受当时士人意识影响极大。而春秋战国时期的士，分宗立派，各主一说，分歧颇大，但影响侠最大的，要数墨家、儒家和纵横家。

墨家与侠的关系最为密切，许多人甚至认为任侠者就是墨家的苗裔，也有人倒过来说墨家是侠士的继承者。对这两种看法也有人提出质疑。墨家与侠者的思想固然有别，但其人格理想和生活作风确实对侠者有很大的影响。

《墨子·经说上》解释任侠的“任”字说：“任，士损己而益所为也。”“为身之所恶，以成人之所急。”《墨子·兼爱下》中说：“先万民之身，后为其身。”这种赖力自强、仗义而为的道德信条，正是侠士推崇备至的。无私的任侠自然无畏献身。赴汤蹈火，解民倒悬，慷慨就义，是任侠的前提。在墨家看来，当面临只有牺牲自我才能维持团体安全、社会正义的时候，是让别人去死，还是自己主动地牺牲，这是考验每个人的试金石。他们明确主张“杀己以存天下”，反对“杀人以存天下”。这种崇高的献身精神，与儒家的“杀身成仁”互相补充，渐至合流，构成了支撑民族浩气的地维天纲，也积淀成侠士的行为规范。

同时，墨家绝不是只唱高调的理论学派，他们更注重身体力行地实践其赖力仗义的信条，整个团体都具有轻生死、忍苦痛、重事功、不为势夺、不为利诱的高尚气质。这个学派有如下特点：

第一，组织严密。墨家是一个有严格纪律和规则的准宗教团体，同时又是一个勤生薄死以赴天下之急的社会实践团体。团体的领袖叫“巨子”。墨子死后，第二代巨子是禽滑厘，第三代巨子是孟胜，第四代巨子是田襄子。墨家纪律严明，违犯者都要受到处罚。如墨家巨子腹𪺍在秦国，他的儿子杀了人，但被秦王赦免了死罪，而腹认为依墨家的纪律，杀人偿命，伤人处刑。于是没有听从秦王的劝告，把儿子杀了偿命。墨家团体还经常选派弟子到各国从政，但如果发现有违背墨家教义的，领袖便立即将他召回。这种组织法和约束律，对后来的侠客团体、武林门派等秘密会社有很大的影响。

第二，苦行生活。墨家是由社会下层的庶人贱民组织起来的，所以生活非常简朴。墨子是一个职业革命家，他曾说只要能推行自己的主张，他愿意同老百姓一样，“度身而衣，量腹而食”（《墨子·鲁问》）。他一生为宣传理想而到处奔走，很难在一个地方固定下来，席没有坐暖，灶上的烟囱还来不及熏黑，就又往别处去了，所以有“墨突不黔”的说法。禽滑厘跟随墨子三年，“手足胼胝，面目黧黑，役身给使，不敢问欲”。庄子也证明：“后世之墨者，多以裘褐为衣，以跂跻为服，日夜不休，以自苦为极。”（《庄子·天下》）

第三，尚武崇勇，重义轻生。陆贾《新语》说：“墨子之门多勇士。”《淮南子·泰族训》中也说：“墨子服役者百八十人，皆可使赴火蹈刃，死不还踵。”墨家巨子孟胜与荆楚的阳城君交好，孟胜受其委托，替他守国。后楚国发生动乱，阳城君被逐，楚国来收夺阳城君的封国。孟胜说：“受人之国，与之有符。今不见符，而力不胜禁，不能死，不可。”他的弟子徐弱劝说道：“死而有益阳城君，死之可矣。无益也，而绝墨者于世不可。”孟胜说：“不然，吾于阳城君也，非师则友，非友则臣也。不死，自今以来，求严师，必不于墨者矣；求贤友，必不于墨者矣；求良臣，必不于墨者矣。死之所以行墨者之义，而继其业者也。”徐弱听后，当即表示，愿以先死开辟一条道路。随从孟胜死难的弟子有 183 人，两个跑到宋国的弟子在完成任务后，也返回楚国牺牲了。（《吕氏春秋 · 上德》）

除墨家外，儒家的道德与行为中也有与侠相近的。儒家讲义讲勇，孔子推崇狂狷之士，曾子“尝闻大勇于夫子矣，自反而不缩，虽褐宽博，吾不惴焉；自反而缩，虽千万人，吾往矣”（《孟子 · 公孙丑上》）。他还曾说：“可以托六尺之孤，可以寄百里之命，临大节而不可夺也。君子人与？君子人也。”（《论语 · 泰伯》）这种至大至刚的丈夫气概，与侠者很相似。另据《论语 · 先进》及《说苑 · 修文》的记载：子路去见孔子，孔子不许他入门，原因是子路鼓瑟，有“北鄙之声”“杀伐之气”，故孔子骂子路道：“今由也，匹夫之徒……有亡国之声，岂能保七尺之身哉！”看来孔子的这位弟子也具有粗犷豪放、刚健骠勇的武士气质。《左传》所记子路为孔氏宰，慷慨捐生，以死救孔悝的壮举，及其“冠雄鸡，佩豭豚”的服饰，也与侠者相近。所以有人干脆说，孔子弟子中，子路似乎是侠士出身。

实际上，孔门近于侠者，非止子路一人。据《韩非子 · 显学》记载：孔子死后，儒家分为八家，有子张之儒，有子思之儒，有颜氏之儒，有孟氏之儒，有漆雕氏之儒，有仲良氏之儒，有孙氏之儒，有乐正氏之儒。其中的漆雕氏之儒，“不色挠，不目逃，行曲则违于臧获，行直则怒于诸侯”，矜气尚勇，藐视权威。又《墨子·非儒》言“漆雕刑残”，《孔丛子·诘墨》引作漆雕开，而《韩非子·难言》说“宓子贱不斗而死人手”。漆雕子与宓子虽同是孔子弟子，但前者少孔子十一岁，后者少孔子四十九岁，两人之间可能是义兼师友，都因尚勇而致死残，同是孔门中的任侠一派。孟子所称赞的北宫黝，“不肤挠，不目逃，思以一毫挫于人，若挞之于市朝。不受于褐宽博，亦不受于万乘之君，视刺万乘之君若刺褐夫，无严诸侯，恶声至，必反之”。可能这位北宫先生也是属于漆雕氏之儒这一类的。大概先秦儒家去古未远，仍保留着士的遗风，尚勇崇力，又富有社会责任感，与后来峨冠博带、文弱仁柔的白脸书生不同，以至于章太炎先生竟然认为：“世有大儒，固举侠士而并包之。而特其感慨备厉，矜一节以自雄者，其称名有异于儒焉耳。”（《章太炎全集》第三册《訄书》重订本）以儒包括侠，儒侠异名而同实。虽有为儒者争门面而故意混同之嫌，但也说明儒侠互相影响的事实。

墨儒之外，纵横家也对侠士有影响。纵横家虽然以言辩取悦诸侯，但其游历各国，审时度势，往往数语挫强暴，一言定九鼎。如鲁仲连、蔺相如、虞卿都不过是策士谋臣，但却能镇定自若，大义凛然，具有侠士的风骨。

四

除思想原因外，侠的产生还有深刻的时代因素。司马迁《游侠列传》并没有明确指出侠出现的社会历史根源。但他认为国有危难之际、人有急迫之事，像虞舜、伊尹、傅说、孔子那样的圣哲尚且会遇到不测，何况普天之下的芸芸众生呢？更何况处于“乱世之末流”而孤立无援呢？因此，他认为侠客之义是不可或缺的。这实际是从静止的、平面的角度来评价侠客，虽语多褒奖，但并没有明确揭示出侠所产生的特殊时代背景。不过，点出“乱世之末流”，一方面隐含牢骚，另一方面也暗示出侠之产生与乱世有关。

班固修史，虽思想较司马迁正统，但对游侠的产生则能从时代变迁的角度来探索：

> 周室既微，礼乐征伐自诸侯出。桓文之后，大夫世权，陪臣执命。陵夷至于战国，合纵连横，力政争强。繇是列国公子，魏有信陵，赵有平原，齐有孟尝，楚有春申，皆藉王公之势，竞为游侠，鸡鸣狗盗，无不宾礼。而赵相虞卿弃国捐君，以周穷交魏齐之厄；信陵无忌窃符矫命，戮将专师，以赴平原之急，皆以取重诸侯，显名天下。扼腕而游谈者，以四豪为称首。于是背公死党之议成，守职奉上之义废

矣。(《汉书·游侠传》)

强调天下失道,政在大夫,乱而生侠。荀悦作《汉纪》,不仅指出侠生于乱世,而且认为侠产生的根本原因在于君昏吏暗,纲纪废弛:“此三游(指游侠、游说、游行)者,乱之所由生焉。伤道害德,败法惑世,先王之所惧也……凡此三游之作,生于季世,周、秦之末尤甚焉。”(《汉纪》卷十《三游论》)

从司马迁到班固再到荀悦,对侠所产生的时代背景和历史原因的认识,由浅入深,由模糊到清晰。一个“乱”字,最为显豁醒目,道出了侠的活动舞台,主要在你方唱罢我又登场的乱世,任何人都想对社会列车前进的方向发表意见,施加影响,甚至起来干预运行的原定轨道。

纵观吾国历史,乱世多于治世,黑暗残暴多于清明仁慈,因此英雄好汉总要从蓬蒿草泽中挺出,匡扶正义,维持社会的良心,推倒暴君,拥戴一个较清明仁慈的主儿,“为圣天子驱除云尔”。何况,在哀鸿遍野、生灵涂炭的土地上,弱小者也在翘首以待,盼望着铲除不平的豪杰出世。即便没有豪杰,他们也会凭想象塑造出一个来。“谁救了我们,谁就是英雄。”(悉尼·胡克《历史中的英雄》)于是奇迹出现了,在乱世这块干旱龟裂的土壤和愚民百姓期待拯救的焦灼心理上,产生出一批批社会罗宾汉。他们或轻死重气,大义凛然,或劫富济贫,除暴安良,或重信守诺,一言九鼎。现实中的侠被苦难而懦弱的人们丰富的想象力理想化、艺术化，而艺术中的侠又召唤着现实之中的人们，给他们提供出人格模式和行为规范，激励着他们模仿侠行，崇尚侠气。任侠成了勇敢者冲决世俗法网的利器，同时也变为怯懦者解脱现实苦难的致幻剂，因为“弱者总是靠相信奇迹求得解放，以为只要他能在自己的想象中驱除了敌人就算打败了敌人”(马克思《路易·波拿巴的雾月十八日》)。随着时间的流迁，侠渗透到了社会生活的各个领域，积淀在民族文化心理结构之中，成为国民心理中的十全大补丸。

（原刊《西北大学学报》1996 年第 1 期）

丑的历程

在中国艺术的长廊里，珠玉纷披的艺术美使人属耳流目，留连忘返。但艺术的丑同样令人心灵颤动，体会到古拙天真的原始力量，感受到诙谐轻松的智慧机锋，领略到规范之外的神秘朦胧。作为艺术美的对立范畴——丑，不仅是美的补充和映衬，而且有其独特的历史流程和价值指向，是中国艺术史上弥为珍贵的奇观异景，同样值得我们去深入探索研究。

一

上古，鸿蒙初辟，揖别洪荒原始的自然界不久的人类，开始用一种不自觉的方式表达他们对宇宙现象的理解和诠释。把自然力形象化、人格化，而这些形象化和人格化了的自然力，即上古神话，在其艺术形式上，并没有体现文明人的审美要求，诸如均衡对称、和谐适度、多样统一等，而是按照他们不自觉的想象和理解，对宇宙现象加以夸张变形，错位重组，塑造出一批在文明人看来高古奇倔、狞厉可怖的艺术形象。如创造人类、炼石补天的始祖女娲长得“人头蛇身”，艺植五谷、遍尝百草的神农氏则人身牛首，初创书契、开启文明的仓颉据说“龙颜侈侈，四目灵光”,即生着四个眼睛的老头陀,甚至连华夏集团的缔造者黄帝,据载也是一个长着四张脸的怪物。后世诗文绘画中常出现的那位雍容华贵、风姿绰约的西王母,最初不过是一个豹尾虎齿而善啸的狰狞怪物。凡此种种,不一而足。除了表现出初民的原始意识在艺术中的积淀,被歪曲的世界理念在形象上的反映外,还使我们看到初民荒诞奇倔的想象和违背情理的组合所形成的一系列伟岸超尘、丑怪骇人的形象。神话,这些“语怪之祖”“神怪之渊”,对后世艺术中的审丑意识产生了“导夫先路”的影响。

殷商青铜器皿上的饕餮鸱枭,是威严肃穆的国家典礼祭祀活动中的符号标记,但在图案纹饰上则采取雄健粗拙的线条、奇倔怪异的形象,形成一种“狞厉之美”,具有一种指向无限的原始力量和神秘的宗教情感,使你在这种神秘威吓面前,陡然产生一种恐惧、残酷和凶狠的感觉。《吕氏春秋·先识览》记载着这样一个令人恐惧的故事:“周鼎著饕餮,有首无身,食人未咽,害及全身。”故事内容和文字本身一样奇特古怪,神秘莫解。但当我们磨洗掉历史的沉沙积垢,透过这些隆重庄严的祭器所表现出的狞厉风格,仍能窥见去古未远的商周人的征服欲望和崇仰心理,凹凸浅深之间,还依稀荡漾着原始艺术的稚拙天真,涌动着图腾与崇敬的神秘力量。

庄子一面赞赏他理想中的“肌肤若冰雪,绰约若处子”的藐姑射神人,另一方面又描绘了许多形体残缺、丑陋怪异的形象,如"恶(丑)骇天下"的哀骀它,弯腰驼背又没有嘴唇的闉跂支离无脤,生着大瘤子的瓮盎大瘿,以及断脚的王骀、申徒嘉、叔山无趾、支离疏……真可谓群丑荟萃,众怪集成。但这些并不是作者所否定的人物,而是些"德有所长而形有所忘"(《庄子·德充符》)的精神超人,他们在猥琐残缺的形体中辐射出理想人格的光彩,暗含着对现存秩序的蔑视和抗争,是庄子哲学观和美学观的形象载体。正如罗丹刻刀下的青铜雕像《欧米哀尔》一样,庄子笔下的人物也可以说是"丑得如此精美"。庄子这种丑中见美,表现人物精神世界的描写方法,开了我国文艺中塑造形体奇怪而内心完美的形象的先河。法国著名美学家莱辛在《拉奥孔》一书中曾经说:"一个丑陋的身体和一个优美的心灵正如油和醋,尽管尽量把它们拌和在一起,吃起来还是油是油味,醋是醋味。它们并不产生一个第三种东西;那身体讨人嫌,那心灵却引人喜爱,各是各的道。"可是,庄子却把丑陋的躯体与优美的心灵天衣无缝地融合在一起,产生了"第三种东西",一种不同于单纯的丑和美的复合形象,开拓了我国艺术的新境界。以后民间传说中的神仙道士,差不多都是些奇形怪状的宝贝,唐宋画家描绘罗汉时心目中的范本恐怕也是取自庄子的。闻一多先生曾在《庄子》一文中说:"文中之支离疏,画中的达摩,是中国艺术里最有特色的两个产品。正如达摩是画中有诗,文中也常有一种'清丑入图画,视之如古铜古玉'的人物,都代表中国艺术极高古、极纯粹的境界,而文学中这种境界的开创者，则推庄子。”

五代人物画家贯休就曾受庄子思想的影响，他画的人物，形象十分怪异丑陋，但却又使人感到有一种兀傲愤世的狂介表情，一种内在的不屈不挠的精神力量。“其名作十六帧水墨罗汉，骨相奇特古怪，为前代所找不出的。例如有庞眉大目，孕颐隆鼻者，倚松石者，坐山水者……以之与阎立本的帝王图相对照，虽则坚实劲拔的笔致，略有相似，而人物的形态完全不同。阎氏的人物庄严肃穆，是一种士大夫社会的正型。而贯休的人物怪骇突兀，宛如战斗时精神紧张的一种变型。”(滕固《唐宋绘画史》)与贯休同时而稍后的另一画家石恪，所画人物同样具有丑怪的特点，表现出滑稽玩世的讽刺意味，正如李廌在《德隅斋画品》评论道：“出入绳检之外而不失其奇，所作形相或丑怪奇倔以示变。”在书法史上，明遗民傅山提出“宁拙毋巧，宁丑毋媚，宁支离毋轻滑，宁直率毋安排”的主张(全祖望《阳曲先生事略》)，以自己的理论和实践矫正元明以来书坛上柔媚肥靡的颓风，欣赏“《石鼓》与《峄山》，领略丑中妍”，提倡一种粗壮狂野、悲慨萧疏的“鸷书”，反对馆阁体的“家鸡”“奴书”。

在诗歌中，以韩愈为首的中晚唐作家群，在创作倾向上尚奇崇怪，在语言上选辞怪僻、构语生涩，在格律上打破初唐以来定型的今体诗节奏，以散文化的句式入诗。着色浓烈，音韵拗口，光怪震荡。明人谢榛评韩愈、孟郊、李贺这一派的诗说：“险怪如夜壑风生，暝岩月堕，时时山精鬼火出焉；苦涩如枯林朔吹，阴崖冻雪，见者靡不惨然。”（《四溟诗话》卷四）如韩愈的《陆浑山火一首和皇甫湜用其韵》一诗，写风卷火势，真是天翻地覆，鬼哭狼嚎。继写火神和水神，用强烈的色彩和怪异的形状，狰狞恐怖，表现出一种怒张的力感和光怪震荡的美。另如：“鸱枭啄母脑，母死子始翻；蝮蛇生子时，坼裂肝与肠。”（《孟东野失子》）这样令人毛骨悚然的形象，作者写来安慰老朋友的伤子之痛，极言有儿子也未必是好事。韩愈还称自己与张籍、孟郊的诗在措辞上是“险语破鬼胆”（《醉赠张秘书》），论孟郊的诗是“横空盘硬语，妥帖力排奡”（《荐士》）。此外，卢仝的《与马异结交诗》，写马异的形象：“千岁万岁枯树枝，半折半残压山谷，盘根蹙节成蛟螭，忽雷霹雳卒风暴雨撼不动，欲动不动千变万化总是鳞皴皮。”写人的风神骨相，用枯树皱皮作比，以苍老怪异为美，真是想落天外，自六朝以来鲜见此法。至于李贺诗中的“秋风鬼唱”“青狸哭血”“漆炬迎人”“野竹蛇涎”，把丑的、令人厌恶的、使人毛骨悚然的物象，写得斑斓璀璨，幽深奇绝，更是为世所惊叹。

在传统戏曲中，丑角是一个富有喜剧性的角色行当。它起源于秦汉时的优孟衣冠，俳优侏儒。唐代的参军戏已初具喜剧规模，宋代滑稽戏中的副净，即后来南戏和杂剧中的丑角。可以说，丑角形成的历史，与戏曲形成的历史几乎同步。它形成得早，自然成为行当的始祖，故后人有“丑角最贵”之说。它在剧目中不仅是性格类型的简单规定，而且具有推动情节发展、渲染环境气氛的多种功能，所以又有"无丑不成戏"之说。丑角演员通过化妆的变形夸张，动作语言的滑稽幽默，表现角色的谐趣性格。塑造出如崇公道(《苏三起解》)、娄阿鼠(《十五贯》)、蒋干(《群英会》)、淘气(《柜中缘》)、时迁(《盗甲》)等为人们所喜闻乐见的丑角形象，为戏曲人物宝库增添了奇光异彩。

在现当代文艺作品中，欧阳山的《高乾大》就塑造了一个面目极其丑陋但精神高大纯粹的人物形象，石鲁山水画中的"野怪乱黑"浸透着作者的墨趣情韵，贾平凹写"丑石"反观人生，表现出作者对充满野性的稚拙朴茂之美的追求，电视连续剧《济公传》诙谐谲怪，滑稽幽默，均可以看出与古代审丑意识秘响暗应、灵犀相通。

二

古代艺术家不仅在创作实践中塑造了许多以丑骇世的形象，而且在理论思考中对艺术丑也作了大胆的探索，但零散芜杂，需要我们进一步爬梳、概括和总结。

(一) 美丑并峙，相映成趣。古代理论家认为，外丑可以映衬内美，外美也可以突现内丑，两相对照，一倍增其美丑。如《庄子》的《德充符》《人间世》等篇中所写的那批残缺畸形、外貌丑陋的形象，都是"德有所长而形有所忘"，人们"非爱其形也，爱使其形者也"。他们具有的是一种内在的"德充之美"。而另外一些形体健全、尊贵显赫的人，由于不懂得庄子的所谓“自然之道”，无异于在精神上遭受了无可解救的天刑。对比之下，反而显得精神残缺不全、心灵猥琐不堪。抛开庄子“道”的神秘色彩不谈，我们可以看出，庄子在对丑陋形貌与美丽心灵进行充满激情的对比观照中，丑已成为积极因素，而绝非消极因素。在这种情况下，美与丑的反差愈大，对照就愈鲜明，丑愈极则美愈高。这种思想对后世影响极大，庄子之后的艺术家和理论家把这一“对照”法则作了详尽的阐发和补充。刘安在《淮南子·说山训》中就讲：“求美则不得美，不求美则美矣。求丑则不得丑，求不丑则有丑矣。”认为美与丑是对立的存在，离开丑孤立地去求美，反而不易获得美，若能把丑置于美之旁，那么美就在对比中显露出来了。李渔曾说丑角演员的科诨“于嬉笑诙谐之处包含绝大文章，使忠孝节义之心得此愈显”（《李笠翁曲话》）。刘熙载在《艺概·书概》中强调“务为妍美，则故托丑拙”。脂砚斋评曹雪芹笔下的人物史湘云时说：“可笑近之野史中，满纸羞花闭月，莺啼燕语，殊不知真正美人方有一陋处，如太真之肥，飞燕之瘦，西子之病，若施于别个不美矣。今以‘咬舌’二字加以湘云，是何大法手眼，敢用此二字哉！不独不见其陋，且更觉轻俏娇媚，俨然一娇憨湘云立于书上，掩卷合目思之，其‘爱’‘厄’娇音如入耳内。然后将满纸莺啼燕语之字样，填粪窖可也。”咬舌有陋处的湘云，“更觉轻俏娇媚”，而满纸羞花闭月、莺啼燕语字样，却只能“填粪窖”，说明脂评独具慧眼，看出了作者的对照映衬之法。西方文艺理论也很重视艺术中的这种反差和对立因素，别林斯基就说："把幽默说成是创作中强有力的因素，诗人就是通过这种因素而为一切崇高和美的事物服务的。甚至不必提到那些事物，只要把本质上与崇高及美相反的事物复制出来就可以了——换句话说，用否定的方法，能达到同样目的，而且有时诗人所达到的这种目的，要比他只用生活的理想面作为这作品的对象的方法还要切实。"(《别林斯基论文学》)充分说明中西艺境、文心相通。

（二）美丑因依，相生相化。中国古代理论家还认为美和丑有其一定的物质规定性，但并非永远畛域分明，绝对不变，而是随着时代、地域和文化圈的迁移而变化。青铜时代祭祀用的钟鼎彝器，在后世就有人因害怕、不欣赏这种"狞厉"之美而销毁，"旧时有谓钟鼎为祟而毁器之事，盖即缘此等形象之可骇怪而致"(郭沫若《青铜时代·彝器形象试探》)。说明在不同时代、不同文化心理背景下，人们对艺术抱有不同的态度。

在中国美学史上，最早主张美丑既互相对立又互相转化的是老子。《老子》第二章说："天下皆知美之为美，斯恶已；皆知善之为善，斯不善已。"第二十章又说："唯之与阿，相去几何？美之与恶，相去几何？"但是老子关于美丑相反相成、互相转化的辩证法是建立在相对主义基础上的。庄子也曾说："毛嫱丽姬，人之所美也，鱼见之深入，鸟见之高飞，麋鹿见之决骤"(《庄子·齐物论》)；咸池九韶之乐也是很美的，但"鸟闻之而飞，兽闻之而走，鱼闻之而下入，人卒闻之，相与还而观之”。这是由于人和动物的生活习性不同，“其好恶故异”，因而对美丑的感受也不同。庄子还认为，美丑是“应时而变”的，“臭腐复化神奇，神奇复化为臭腐”。庄子承认美丑的相对性，但他把这种相对性无限度地夸大，把这一富有辩证生命力的命题引向否定美丑区别、泯灭美丑界限的极端，这是很可惜的。

比较而言，葛洪的认识就全面多了，他一方面认为“妍蚩有定”“好恶不同”，另一方面又指出美丑相因依、相联系，“锐锋产乎钝石，明火炽乎暗木，贵珠出乎贱蚌，美玉出乎丑璞”（《抱朴子·博喻》）。也就是说经过“饰染质素”“雕锻矿璞”，即经过艺术的加工改造之后，贱蚌丑璞才能变成璀璨耀眼的贵珠美玉。这就把老庄提出的美丑转化的相对主义命题，从唯物论的角度进行了深化。叶燮《原诗》外篇进一步阐发了这种思想：“陈熟、生新，二者于义为对待。对待之义，自太极生两仪以后，无事无物不然……大约对待之两端，各有美有恶，非美恶有所偏于一者也。其间惟生死、贵贱、贫富、香臭，人皆美生而恶死，美香而恶臭，美富贵而恶贫贱。然逢、比之尽忠，死何尝不美！江总之白首，生何尝不恶！幽兰得粪而肥，臭以成美。海木生香则萎，香反为恶。富贵有时而可恶，贫贱有时而见美，尤易以明。即庄生所云‘其成也毁，其毁也成’之义。对待之美恶，果有常主乎？”这段闪耀着辩证光彩的精辟议论，说明世界万物都是“对待”，处在对立统一的过程中，美丑又何尝不然。没有生就没有熟，没有丑就没有美；生中见熟，熟中含生；美中有丑，丑中寓美，美与丑互相渗透，互为蕴涵。世界上没有什么绝对的美，也没有什么绝对的丑，美与丑在一定条件下发生转化，当事物美丑发生转化以后，人们对它的审美评价也必须相应地发生变化。刘熙载还说："怪石以丑为美，丑到极处，便是美到极处。"丑之极与美之极所以能相互转换，就在于它们都体现了自然的元气运化的真实本质，回荡吐纳的盎然生机，超然于形式技巧之上的深趣精粹。另外如钟馗的形象，豹头环眼，铁面虬须，确实够丑陋了，但通过艺术的性格强调，面目的狰狞化作威武逼人，妩媚动人；形体的佝偻化作如龙赛虎，雄浑有力。丑钟馗倒如清人高其佩题写的《钟馗看剑图》所颂："朝天矫矫看游龙，谁道先生不美容？"

综上所述，我们可以看出，古代理论家既认为美丑有别，好恶不同，又承认美丑彼此依存，相生相化，同时又进一步指出这种转化是具体的、有条件的，而非抽象的、绝对的。在艺术哲学上既坚持了唯物主义立场，又贯穿着辩证法的灵魂。

（三）清丑奇倔，独标高格。艺术丑作为一个与美对立的范畴，不仅是美的补充，对美起强化映衬作用，而且有其独特的价值意义。它不是美的附庸和陪衬，而是有着特殊的内涵和独立的品格。在艺术史上，丑往往冲出美的樊篱，在非理性的领域中进行诗意的探索和感性的描述；它有时也会闯入美的神殿，与美分庭抗礼，分享膜拜者的祭礼。龚自珍在《书金铃》中描写了一个叫金德辉的演员，说他“敝衣冠，面目不可喜，而清丑入图画者，视之如古铜古玉”。艺术丑给人的审美感觉就正如“古铜古玉”一样，浑朴稚拙，别开生面，使人在欣赏把玩之中，能体会到无穷的蕴含。郑板桥说自己所绘石是“丑石”，但“丑而雄，丑而秀”。一块丑石能兼雄奇秀丽，足见其内涵丰富、超群逸众了。

艺术丑在内容上往往包含着对现实人生的愤争和抗议，同时也夹杂着嘲讽人生世相的机锋。“以人世浑浊，不可与庄语”，故嬉笑怒骂，冷嘲热讽，旁敲侧击。压抑的情感，扭曲的性格，都可以借变态的形象宣泄出来。从庄子的文、李贺的诗、贯休的画、傅山的字之中，都可以看出愤世嫉俗的郁勃情绪。在形式上，艺术丑则是对因袭保守、软媚俗艳的一种超越，是对凝固僵化的艺术规范的一种突破，如韩愈等人采奇特古怪成象，以盘空硬语入诗，追求佶屈拗口的韵律，就是对大历以来染指渐多、元和贞元中遂成风气、笼罩诗坛的轻媚浅俗的一种突破，于古人之外，另辟一新境界。

三

作为审美观照对象的丑，其哲学和美学根据就在于它仍是现实人生的表现，只不过是经过幻化、夸张和变形，成为现实的歪曲和漫画形象，在某种程度上，这种漫画形象具有不可绳墨规范、言说评判的多层隐义。郑板桥说:“米元章论石,曰瘦,曰绉,曰漏,曰透,可谓尽石之妙矣。东坡又曰:‘石文而丑。’一丑字则石之千态万状,皆从此出。彼元章但知好之为好,而不知陋劣之中有至好也。东坡胸次,其造化之炉冶乎!燮画此石,丑石也,丑而雄,丑而秀。”(《郑板桥集·题画》)刘熙载说:“一‘丑’字中丘壑未易尽言。”陈从周先生在《说园》中谈到园林建筑时说:“石清得阴柔之妙,石顽得阳刚之健。浑朴之石,其状在拙;奇突之峰,其态在变,而丑石在诸品中尤为难得,以其更富于个性,丑中寓美也。”说明艺术丑能以自然浑朴的方式,体现宇宙律动、元气运化、神秘朦胧的生命力。在古代理论家看来,美丑是从属概念,派生范畴,而自然真朴、无为之道才是最高范畴。只要符合道,美则美矣,丑亦为美。

艺术丑的心理根据在于,它是以一种新颖奇特的强烈刺激,不断调动和诱导人们疲惫的审美注意力,激发人们的情感和想象大胆地参与艺术作品的再创造。而由于艺术形式的强有力作用,丑的对象所引起的情绪兴奋通过艺术幻想得到纯中枢的缓解和阻滞,不表现为外部动作。同时,由丑所引起的厌恶、不快等感觉,在艺术形式的范式中得以宣泄和抒发。这种宣泄不但使情感在量上得到控制,而且在质上也发生了转换,即从厌恶感、不快感转换为美感、快感。雨果就曾经说:“古老庄严地散布在一切之上的普遍的美,不无单调之感,同样的印象老是重复,时间一久也会使人厌倦。崇高和崇高很难产生对照，于是人们就需要对一切休息一下，甚至对美也是如此。相反，滑稽丑怪却是一段稍息的时间，一种比较的对象，一个出发点，从这里我们带着一种更新鲜、更敏锐的感觉朝着美上升。”

从形态学的角度来看，中国古代的艺术美可以分为阳刚、阴柔、豪放、婉约等类型。同样，艺术丑也可以粗略地划分为高古奇倔、狞厉险狠、滑稽荒诞等类型。无论哪一种类型，都有独立的品格和特点，它们并不是为了简单地引起人们反感厌恶的情绪，进而产生否定性的价值判断和伦理评价。相反，它们更多的是通过丑怪奇特的形式来逗引人们的审美注意力，激发人们积极性的肯定判断。因此，中国艺术史上对丑的强调就与西方艺术有些不同，不是为了展览陈列丑，“编制恶行和情欲的清单”，表现人性和道德的沦丧，而是用变形与夸张抒写自己的郁勃愤激之情，用超群逸众的怪异形式调动人们的审美注意力。如峄山石刻、魏碑等古拙奇倔、遒劲苍老的书法意象，引发起人们回归自然的原始朴茂之情。青铜器皿和罗汉天王的狞厉险狠又以威严无比的逼人气势，涤荡着人们的世俗情感，使人陡然产生一种宗教般的神秘恐怖感。而神魔小说《西游记》中的猪八戒，戏曲中的蒋干、淘气等形象，则通过对人物的谐谑讽刺，突出作者的人生智慧与机锋。如果说，西方古典艺术所展示的更多的是写实的丑，那么，也可以说，中国古代艺术中所表现的则是写意的丑。既然是写意，就不拘于机械照相式地抄袭生活的丑恶，不限于虚实有无、远近高下的形式规定，不羁于秩序与规范的桎梏和束缚，脱略形迹，专存真意；放浪恣纵，体合自然。中国人在对待丑怪形象上，也透露出诗意化和抒情化的宇宙观。

在艺术上，强调丑怪奇倔的思想，还往往与个性解放有关。如庄子文、李贺诗、写意化的中国戏曲行当，都重主观表达，尚感情抒发。而艺术的夸张和变形，正是强烈浓郁的主观情思喷发而成的对象化表现。

还需要指出的是，中国古代艺术和理论家的审丑意识，其间论述，不尽相同，但都把丑看作其审美思想的一部分，是以丑的形式对陈旧僵化的美的藩篱的突破，在更自由、更广阔的时空维度里，追求更为深刻的感性形式。也就是说，主要还是站在古典美学的立场上创造丑、评判界说丑。至于学界认为西方现代派艺术，把美驱逐出原来的殿堂，让丑加冕登基，发号施令，统治整个感性王国，评判人类广阔的精神生活。二十一世纪的艺术挟数字技术与认知科学之威，使感性王国更加多元化、神秘化、陌生化、碎片化，则是别外一个饶有兴趣的话题了，与本文无关。

（原刊《人文杂志》1990 年第 3 期）

山水可以疗疾

现代人乐于游山玩水，医疗部门喜欢把疗养院建筑在依山傍水临海之处。古代文人士大夫在仕途蹭蹬、官场失意后，也常结庐深山，栖隐林泉。僧寺道观大都设在高山深处白云缭绕间，故有“天下名山僧占多”的说法。细心的游人还会发现：隐者、僧人和道士居住山中，虽然粗茶淡饭，生活简朴，但却往往容光焕发，神采奕奕，年寿颇高。这是什么原因呢？

一般人认为游览山水是为了寻幽探胜，欣赏自然美。这话固然不错，但从环境学角度来看，这种观赏还具有一个更基本的功能，即能显示出自然景观对人的身心所带来的愉悦和舒散作用，或者说，对人体有一定程度的医疗保健和治愈作用。

早在两千多年前，古人就认识到自然山水与人的情绪有关。孔子曾说：“知者乐水，仁者乐山。”(《论语 · 雍也》)庄子更充满激情地说：“山林欤，皋壤欤，使我欣欣然而乐欤！”(《庄子 · 知北游》)到了魏晋南北朝时期，随着思想的解放、人性的觉醒，人与自然关系的丰富性、复杂性和层次性得以逐步展开。自然山水也一跃变为人们独立观赏的对象。于是，登山临水，观赏自然，或依山傍水建筑别墅园林，便成为一时盛事。嵇康在《与山巨源绝交书》中自述：“游山泽，观鱼鸟，心甚乐之。”王羲之在《兰亭诗序》中说:“此地有崇山峻岭,茂林修竹,又有清流激湍,映带左右……天朗气清,惠风和畅……所以游目骋怀,足以极视听之娱,信可乐也。”这种“乐”,就是指物的感兴形式作用于人们的视听感官所产生的愉悦身心的快感。《世说新语·言语》篇记载有人观江南佳丽山水后说,可以“使人情开涤”。山水诗大家谢灵运更具体指出这种“娱乐”“开涤”的原因:“山水含清晖,清晖能娱人。”(《石壁精舍还湖中作》)认为在自然生态中弥散和蕴含着一种使人身心舒畅的“清晖”,是它使人驱郁化闷,耳聪目明。

江畔、旷野、山谷、丛林中,绿化较好,空气清洁。新鲜空气中除富含氧气外,还供给人类大量的负离子,而空气中负离子含量的多少,则直接关系着人的情绪与健康状况。在人头攒动、车马喧嚣的都市内,每一立方厘米的大气中仅含四十到五十个负离子,但在郊外田野中则有数百甚至上千个,而在山林泽畔,可高达两万个以上。负离子能调节中枢神经系统的兴奋和抑制状态,改善心肌营养,增强摄氧功能,可刺激造血系统功能,使红细胞和血红蛋白增加,还能促进肌体的新陈代谢,明显地能使人情绪愉快。美国心理学家罗顿说:“一系列的实验室测试表明,一个人如处在负离子的环境中,心情肯定会十分愉快的。人们愿意去山地度假,其中一个原因就是那儿的空气中的负离子浓度极高。”(《生气、悲伤、愉快? 找天气算账》)药理学的研究还证实,花瓣里所含的挥发芳香油散布在空气中,被游人吸收之后，能产生一种极舒适愉快的兴奋感觉。这种感觉，无论在生理上或心理上对人体都有益处。所以古代的贵族文士和诗人在车马喧闹的都市住久了，在声色狗马的享乐之余，或在钩心斗角、险象环生的政治舞台上失败后，便都扑向大自然的怀抱，沐浴在山水的清晖灵气中，抚慰和医治自己精神与肉体上的淤痛。从这里我们可以看出，中国人很早就认识到自然景观与人的情绪健康的关系，含负离子浓度很高的“清晖”能“使人情开涤”。人们可以在大自然中涤烦除器，调理情绪，以气补气，颐养天年，而西方人直到18世纪还普遍认为自然界是丑陋的、可怕的，会给人带来痛苦。

不光是真实的自然景观，就是描写和表现自然景物的山水诗画也能产生一种保健作用。汉代枚乘《七发》中讲了这样一个故事：楚太子有病，玉体不安，吴客前来探视，并向他讲述七事以启发诱导，第七件事是说钱塘怒潮的汹涌澎湃，声如雷鼓。吴客铺张渲染，绘声绘色，楚太子听后发蒙解惑，“涊然汗出，霍然病已”。如果说这则故事多少带些夸张的成分，那么下面宋代秦观的叙述就较可信了。秦观在汝南做官时曾患肠癖之疾，他的朋友带着一卷唐人王维画的《辋川图》前来探望，并说看了这幅图病就会好。秦观在枕上细细观看，“恍然若与摩诘（即王维）入辋川，度华子冈，经孟城坳，憩辋口庄，泊文杏馆，上斤竹岭，并木兰柴，绝朱萸沜，蹑槐陌，窥鹿柴，返于南北垞，航欹湖，戏柳浪，濯栾家濑，酌金屑泉，过白石滩，停竹里馆，转辛夷坞，抵漆园，幅中杖履，棋弈茗饮，或赋诗自娱”，与古人神游辋川山水，竟忘了自己身在他乡异代。几天后，病果然痊愈了。（《淮海题跋》卷一《书辋川图后》）过去的书画收藏家每每喜欢在他们所宝爱的山水卷轴上，题上“特健药”三个字，也说明山水诗画不仅具有形式美的特点，而且在人体上也可产生一种积极的反应作用。

现代城市的高速度发展，使人类与自然的关系日渐疏远；雾霾、噪音、尾气等污染日渐严重，使得挤入现代城市的人们感觉又陷入了另一个“樊笼”；现代生活的快节奏又使人们很少有闲暇时间，悠然漫步于山林泽畔。这时，山水诗画就使我们渴求自然的心理得到补偿，成为我们观赏大自然的代用品。窗前月下，工间课余，旅行途中，“卧以游之”。随着诗人和画家的笔端，精骛八极，神驰万里，我们仿佛进入了诗画所描绘的那个空灵澄明的境界，含濡心灵，吞吐宇宙，与天地精神相往来，达到妙悟畅神的效果。于是，心理上的郁闷和生理上的痛苦，便可以得到一定程度的抒散和发泄，神凝形释，豁然舒朗。

同时，山水诗画又是自然美与艺术美的结晶。山水诗的许多名篇音调谐美，精巧玲珑，吟诵便会觉得唇舌间幽香暗生，清爽满口；反复含茹把玩，更会感到涤烦除嚣，令人回肠荡气，极优雅娴静之致。山水画中流动飞走的线条和缥缈隐约的色彩，能够导引着眼睛作一种起伏变化的追逐，使我们的眼球肌肉感到舒畅。在审美通感和艺术联想的作用下，这些线条和色彩又会产生一种神奇的旋律感和运动感，当这种节奏与人的脑电波运动、肠胃蠕动、心脏搏动以及自律神经活动等人体内部的节奏相合拍时，就会使人产生一种极舒适愉快的感觉，在一定程度上抑制了病痛。

钟情山水，知己泉石，不仅可以培养审美鉴赏力，而且可以使人消除紧张，精神愉快。所以不妨带着童心多到大自然中走走，至少应抽暇多欣赏一些山水诗画。

关于“判天地之美，析万物之理”

李泽厚、刘纲纪主编《中国美学史》第一卷的《庄子的美学思想》一章中，作者叙述了庄子及其后学对于美有多方面的深刻见解，指出《庄子》一书中，曾多次谈到“天地之美”。但作者援引《庄子·天下篇》中的一段话，并不能证明庄子肯定天地之美。为了便于分析，现照录原文如下：

> 判天地之美，析万物之理，察古人之全，寡能备于天地之美，称神明之容。

引文之后，作者接着分析道：

> 人要使自己“备于天地之美”，就要“观于天地”，“原天地之美”，“判天地之美”。庄子学派的这种基本看法，是通过对自然的观察去了解美，寻求美，而不是到某种超自然的神秘的精神世界或天国中去找美，这对后世中国美学和艺术的发展起了积极作用。（《中国美学史》第一卷，中国社会科学出版社，1984 年版，第 248 页）

这段议论的观点并没错，说要“备于天地之美”，就要“观于天地”，“原天地之美”也没有错，但作者接着说要“备于天地之美”，就要“判天地之美”，则使人感到疑惑不解，似乎与庄子原意不符。另外，赵鑫珊的《科学·艺术·哲学断想》一书中《从美学角度看数理科学》一文，亦引用庄子这句话，并且发挥说：“愿两千多年前我们中华民族伟大哲学家庄子的那条古今最崇高的美学原则，深深扎根在我们的内心世界，照亮我们，为中华之崛起，去攀登世界科学的高峰：判天地之美，析万物之理。”

我觉得以上诸位先生大作中对庄子“判天地之美，析万物之理”两句话的理解都是错误的。导致这个错误的原因，恐怕是与作者对“判”“析”等语词误解，对庄子美学思想缺乏全面认识有关。

据《说文解字》四下：“判，分也。从刀半声。”“剖，判也。”又同书六上：“析，破木也。”破木，即析木使断裂。从训诂学角度来看，“判”“剖”“析”三词意义相近，可以替代，都有解剖离析、割裂分散之意。又据《庄子集释》卷十下，郭象注“判天地之美，析万物之理”两句曰：“各用其一曲，故析判。”成玄英疏曰：“一曲之人，各执偏僻，虽著方术，不能会道，故分散两仪淳和之美，离析万物虚通之理也。”关于这两句的注释，古来分歧很少，多将“判”“析”释作剖分割裂，离析支解。联系这一段话的上下文，就更清楚地看出庄子原意是说天下大乱，圣贤不明，道术已经分裂为方术，哀叹学术今不如昔，不该不遍的一曲之士，虽各有所长，而未能圆通周变，从宏观上整体上把握宇宙的本原。“寡能备于天地之美，称神明之容。”很明显，庄子是反对用“判”和“析”的方法来观察天地自然之美的。按照庄子的观点，大美不言，大道不称，明法不议，成理不说，只有“至人无为，大圣不作”，才能“观于天地”，认识全整律动的宇宙。任何局部的、具体的、机械的解剖离析，都不能认识天地之美的本原，通自然之性。所以陈鼓应翻译这几句说：“割裂天地的纯美，离析万物的常理，偏得古人的全体，很少能具备天地的纯美，相称于神明的容状。”(《庄子今注今释》)应该说，陈鼓应的译文比较接近庄子的本意。

在庄子美学思想体系中，“原天地之美”与“判天地之美”是两个截然对立的命题，前者是庄子对天地之美的肯定看法，后者则是庄子对割裂离析天地之美的否定态度，两者不能相提并论。庄子认为天地自然之美只能通过神秘的“原”和“观”的方式去领会感知，只有在心凝形释的情况下，才能达到“天地与我并生，万物与我为一”(《齐物论》)，“独与天地精神相往来”(《天下》)的境界，才能认识体合天地的“至道”和“大美”。换句话说，不能运用具体的逻辑推理和剖判分析的方法去把握认识天地自然。这种注重整体、反对分析，注重感觉经验、反对逻辑解说的表述，形成中国古典美学的一大特点，如果不了解这一点而去架空高论，奢谈庄子的美学，那么一切理论都是建立在沙滩上的。

当然，从现代科技的立场来看，天地自然之美不仅可以剖判分析，而且还可以探幽抉微，认识其必然的规律性。但李、刘、赵三先生是在讨论庄子，所以应首先从训诂学上理解“判”“析”在古汉语中的含义是什么，弄懂“判天地之美”这一命题在庄子美学中的本义和初始的理论内涵是什么，而不应该脱离语境，望文生义，将庄子已经否定的命题，连类而及，无限上纲，拔到一个闪光的理论高度。

唐诗的现代魅力

徜徉在古城阙上，依栏杆处，任那杨花柳絮纷纷扬扬随意拂面，静听春的韵律萦绕故国女墙，袅袅余音，不绝如缕；漫步在灞桥两岸，俯仰之间，碧云天，黄花地，寒鸦数点绕渭水，西风落叶下长安，悠悠飘来的一片衰翠，预报着又将是一个摇落情思的悲凉季节。

许多年来，踏在半裸着秦砖汉瓦残砾的黄土地上，遥望着西风残照中隐约城影映入水面，我一直在苦苦地思索：为什么脚下这片黄土能孕育出中国历史上最强悍雄盛的几个帝国——周秦汉唐？“回首可怜歌舞地，秦中自古帝王州。”（杜甫《秋兴八首》其六）为什么雄才大略的政治家屡屡选中这一块风水宝地作为政治、文化和经济的中心？经过历史的风吹雨打，故国的流风余韵在何处还可以寻觅到？

是的，历史确实发生了翻天覆地的变化，“旧时王谢堂前燕，飞入寻常百姓家”（刘禹锡《乌衣巷》），“伤心秦汉经行处，宫阙万间都做了土”（张养浩《山坡羊·潼关怀古》），但作为人类所创造的符号系统的总和——文化，却可跨越具体时空潜存下来，“文化是一个连续统一体，是一系列事件的流程，它穿越历史，从一个时代纵向地传递到另一个时代，并且横向地从一个种族或地域播化到另一个种族或地域。最后，人们终于理解到，决定文化的因素就存在于文化流程自身之中：语言、习俗、信仰、工具和礼仪，都是前导或伴生的文化要素和文化进程的产物”（莱斯利 · A. 怀特《文化的科学——人类与文明研究》）。正如唐人孟浩然所感慨的：“人事有代谢，往来成古今。江山留胜迹，我辈复登临。”（《与诸子登岘山》）江山所留胜迹是人文景观，也就是文化，它可以超越人事代谢和古往今来，傲然耸立于天地之间，所以我辈可登临观赏。

“折戟沉沙铁未销，自将磨洗认前朝”（杜牧《赤壁》），透过唐人留下的诗歌、音乐、舞蹈、绘画、书法、建筑等文化遗存，我们或许还可以拼凑出那些最有光彩的片段，一定程度上复原出当年的社会风貌，倾听熙攘嘈杂的车马声，捕捉时代心灵的跳动。当然，这就需要我们首先破译解读这些负载内容极为神秘复杂的密码系统——语言符号。

一

中西文化的差异比比皆是，以下这个对照就颇有意思。在西方文化中，掌管艺术与科学的是女神缪斯，她们是由主神宙斯和记忆女神偷情时所生的九个女儿，各自的分工分别是，欧忒耳珀掌管音乐与诗歌，塔利亚掌管喜剧，墨尔波墨涅掌管悲剧，忒尔西科瑞掌管舞蹈，卡利俄珀掌管史诗，克利俄掌管历史，乌拉尼亚掌管天文，埃拉托掌管抒情诗，波吕许尼亚掌管颂歌。西方艺术中多表现感情的癫狂放纵、不羁的追求与索取，当与此文化原型和集体无意识有关。

在中国文化中，司文艺的究竟是哪一位神祇，似乎历来分工不明确，归属混乱。但看《尚书·尧典》中所说的"夔典乐"，《淮南子·本经训》中初创书契的仓颉，以及《周礼·春官》中教六诗的太师，可以推测，掌管这一工作的断非一个女流。所以中国艺术中绝少对感情的极端宣泄，大多是文质彬彬，情理中和，所谓"思无邪"，所谓"乐而不淫，哀而不伤"都是缘此产生的。除去明代的《金瓶梅》《肉蒲团》之类，一部中国古典文学史，可以说还是非常节制的，富有实践理性精神，这恐怕也与司其职者为男性这一原型有关。

但当我们透过尘封的历史，把视线投向唐代，所看到的却不仅仅是赳赳有力的关西大汉，倒还隐然有一含情凝眺的女儿破壁欲出。她不是楚腰纤细和三寸金莲的那类病态女子，也不是执红牙板、唱"杨柳岸，晓风残月"（柳永《雨霖铃》）的侍婢歌女。她风姿绰约，如"梨花一枝春带雨"（白居易《长恨歌》）；她仪态万方，"回眸一笑百媚生"（白居易《长恨歌》）；她坚贞不移，"得成比目何辞死，愿作鸳鸯不羡仙"（卢照邻《长安古意》）。她究竟是谁呢？

她就是卢舍那。

在洛阳龙门石刻群中有一座宏大的摩崖雕像，据载建于唐高宗时,始于咸亨三年(672 年)四月,毕于上元二年(675 年)十二月,耗时近四年。像高 17. 14 米,头高 4 米,耳长 1. 9 米,那丰腴秀美的脸庞,那雍容大度的气派,那薄纱贴肤的衣饰,尤其是那永恒宁静而又欲语还休的微笑,震撼着每个朝觐的香客和观光的游人,被人誉为“东方的维纳斯”,而其博大崇高又是那纤秀的希腊女儿所不可比拟的。据唐玄宗开元十年(722 年)所立的《大卢舍那像龛记》记载:

> 佛非有上,法界为身,垂形化物,俯迹同人。有感即现,无罪乃亲。愚迷永隔,难凭信因。实赖我皇,图兹丽质,相好希有,鸿颜无匹。大慈大悲,如月如日。瞻容垢净,祈诚愿毕。正教东流,七百余载,□龛功德,唯此为最。

这段文字虽简略,甚至有人谓其“鄙拙”,疑为寺僧托名而作(王昶《金石粹编》卷七三按语)。但我们还是可以从中窥出一些信息,除了表现出对皇权的崇拜,难道不也流露出对“丽质”“相好”的女性美的赞颂吗?据说武则天生得美丽妩媚,而佛教塑造人物也大都“面如净满月,眼若青莲华……能令人心服,见者大欢喜”(《大智度论》)。所以就会以当朝女皇为模特,塑造佛祖的化身。佛陀世容的神秘内涵早已被历史的风雨风化剥蚀,愈来愈模糊了。而那圆润流畅的线条,丰满柔和的构图,贴身衬体的衣裙,随意飘洒的璎珞以及丰腴婀娜的丽质,却积淀为一个有意味的形式，一种时代精神的象征。

二

正如学者们所论，在卢舍那雕像中体现了本土文化与印度文化、希腊文化的交融结合。唐诗从孕育到出现再到成熟也是多种文化因子交融互渗的作用，南方文化的清通简要、灵秀飘逸与北方文化的厚重质实、苍劲悲凉都流淌在唐诗的血管中。

李唐王朝的统治者本是由北方游牧部落中的关陇军事集团起家的。《朱子语类》卷一一六中说“唐源流于夷狄”，固然是中原本位和夷夏之别的陈旧观念，但其祖先出自鲜卑民族却是无法掩盖的事实。入主中原之后，他们仍很大程度上保留着西北的“胡风”，他们酷爱和醉心于南方艺术，也是沿袭北朝以来北人学南的遗风，是一种心理的补偿，犹如民谚形容丈夫好窥他人室家之美，谓女人总是人家的好，孩子是自家的亲。但是这种仰慕和模仿客观上促进了南北文化的大交流、大融合。魏徵在《隋书·文学传序》中曾指出南北文风的不同。他说：

> 江左宫商发越，贵于清绮；河朔词义贞刚，重乎气质，气质则理胜其词，清绮则文过其意；理深者便于时用，文华者宜于咏歌，此其南北词人得失之大较也。

南北文学各有所长，又各有所短，单一的清绮秀美或贞刚壮烈都失之过偏，不能蔚为大观。“若能掇彼清音，简兹累句，各去所短，合其两长，则文质彬彬，尽善尽美矣。”（《隋书·文学传序》）魏徵以儒家中庸政治模式所描绘的这幅文学理想主义图景，在唐诗的形成与发展过程中竟愈来愈清晰。盛唐诗人“既闲新声，复晓古体，文质半取，风骚两挟。言气骨则建安为传，论宫商则太康不逮”（殷璠《河岳英灵集》），将诗推向了历史的顶峰。

除了南北文化的交融之外，还有一个更大的文化交流圈存在，这就是由丝绸之路绾合的东西文化交流。唐帝国政治稳定，经济繁荣，文教昌盛，吸引着周边少数民族政权的朝贡和欧亚各国的来访，王维《和贾舍人早朝》诗给我们俯拍了这样一个宏大的场面：

九天阊阖开宫殿，万国衣冠拜冕旒。

诗写皇帝早朝场面的盛大宏伟。在一片鼓乐声中，宫门大开，各国的朝贡使臣和本朝的文武官员依次列队，鱼贯而入，参见圣明天子，叩谢隆恩，山呼万岁。颔联“九天”两句，“衣冠”前饰以“万国”，极言国别、人数之众多，在“万国衣冠”后再用一个“拜”字，形成了国别上的一多、人数上的众寡和位置的尊卑这样多层对比，烘托出唐代天子统一宇内、君临天下的威严至尊。

由于这两句诗气势宏大，句调整饬，所以每每被治唐史者所称引，用以证明盛唐气象的强大和中西交流的频繁。诗的极度夸张写意反而紧紧地把握住了历史的脉动，这是很值得深思的。

当然，交流并不是单向的输出，而是一种“双向的文化馈赠”（袁行霈主编《中华文明史》第三卷）。丝绸之路不仅把经史典籍、丝绸瓷器与火药纸张辗转运到西域、扶桑（指日本）、地中海甚至撒哈拉沙漠以南的非洲，同时也由戈壁上的骆驼驮运来了一个新奇的世界，极大地拓展了中原和南方读书人原有的地理概念。犍陀罗与笈多式艺术、龟兹乐、胡旋舞、凹凸画法、自雨亭、琉璃瓦、夜光杯、胡饼、胡药、郁金香、葡萄酒以及袒胸露臂甚至半裸的乐伎，在质朴的本土文化面前展现出一个五光十色的旋转世界，带着感性的刺激、诱惑和挑逗……

国力的强盛与疆域的扩张，使文人学士不仅能漫游江南山水和中原大地，而且能奔驰到东北边塞和西域地区，甚至深入到中亚腹地。北风卷地，金戈铁马，胡语驼铃，全是一派异域风光。他们歌颂原始蛮荒的自然力，表现出人对自然的开发，充满进取者的豪情；同时也表现了唐帝国对四夷的征服，流露出血腥与狰狞。边塞西域之于唐代人，不再是南朝贵胄为填补精神与想象空虚而模拟出的乐府旧题旧调，也不再是波斯商队驮来的一个西洋镜，更不是酒家胡讲述的一个天方夜谭故事，而是他们目击身经的一块新大陆。

随着文化交流促成的思想并存，不仅造就了一个自由宽松的舆论环境，而且形成价值观念的多元取向、并容兼蓄。李唐统治者以儒学为依归，唐太宗曾多次表示："朕今所好者，唯在尧舜之道、周孔之教，以为如鸟有翼，如鱼依水，失之必死，不可暂无耳！"（《贞观政要》卷六）他命颜师古考订"五经"，颁行天下，以为定本，又责成孔颖达等人修撰《五经正义》，统一南北各家经学，作为钦定的教科书。政府还规定科举试经义，并在各地创设学校，讲解儒经。但统治者并不禁止佛道两教的传播发展，而是三教兼崇，听任其交流互渗。这种"兼崇"与汉代的"罢黜百家，独尊儒术"刚好相反，造成了诗人思想的自由解放，性格的开朗外向，艺术的百花齐放。中唐诗人刘叉谓其"酒肠宽似海，诗胆大于天"（《自问》），一方面是因其旷荡放浪的性格，另一方面也因时代给他提供了一个比较宽松的思想氛围，使他能张扬个性，发抒忧愤。难怪李白这样一位傲岸不屈的诗人竟也深情地咏叹道：

东风动百物，草木尽欲言。（《长歌行》）

这不是奉和应制，也不是阿谀粉饰，而是一种挚情的流露。梁启超称杜甫是"情圣"，其实又何止杜甫，唐代诗人多是时代与社会的热恋者，虽然这种爱实际上是一厢情愿，是一种"辗转反侧，寤寐思服"的单相思。时代给了他们粉红色的梦想，却又把他们推到仕途的悬崖下面，但这却更深化了他们的苦情。明代戏曲家汤显祖曾说:“世有有情之天下,有有法之天下。”他认为李白所生活的唐代是“有情之天下”,而他自己所处的时代则“灭才情而尊吏法”,是“有法之天下”(《玉茗堂文之七·青莲阁记》)。闻一多说:“古今中外诗境当不脱唐宋人所造的两种境界,前者是浪漫的,后者是写实的;唐人贵融情而宋人重炼意。所谓炼意,即诗人多谈哲理的作风。”(郑临川:《闻一多论古典文学》)钱锺书亦说:“唐诗多以丰神情韵擅长,宋诗多以筋骨思理见胜。”(《谈艺录》)就时代精神与美学特征的总体把握,这些论述无疑都是非常深刻的。

三

艺术欣赏与研究无非就是对美的捕捉、体验与玩索。中国古代诗话及选本中的点评,实即批评者对诗境的会心领悟,对诗美的直观把握,对诗艺的夫子自道。批评者悠然地漫步于奇葩嘉木丛中,不时驻足观赏,往往流连忘返,“此中有真意,欲辨已忘言”(陶渊明《饮酒》其五),所以摒弃了高头讲章与名理分析,甚至于干脆无言,不立文字仅用圈点来表达其丰富复杂的感受。

概念、范畴和逻辑推理是通向事物本质不可缺少的路径与桥梁,但事物的生动特写、叠象映出与复义并生,心灵的莫名其妙的涟漪,情感的汹涌澎湃的潜流,就会在抽象化的过程中被蒸发，脱掉了水分，挥发了芬芳，成了一具诗的木乃伊，徒有其形，而无生命力，更谈不上悠然的神韵意境，只配做生物解剖课上的诗歌标本。所以西方的一些学者已开始对传统的科学思维进行反省和质疑。早在1884年，克依克果便说：

每一个存在的个人所面临的“存在”所包孕的困难，是一项无法以抽象思维来表达的东西，更不用说明了。因为抽象思维压根儿无视存在中的具体性、时间性和存在的过程……抽象思维面对一个难题时，用的是“把它省略”的方法，然后大言不惭地说一切已获适当的解释。(引自《叶维廉比较文学论文选》)

海德格尔更进一步表述这种思想：

实际经验里所见的不整齐和不协调的个性，经过了语言的影响和科学的塑模，完全被隐藏起来。这个齐一调整以后的经验便被生硬地插入我们的思想里，作为准确无误的概念，仿佛这些概念真正代表了经验最直接的传达。结果是，我们以为已经拥有了直接经验的世界，而这个世界的物象意义是完全明确地界定的，而这些物象又包含在完全明确地界定的事件里……我的意见是……这样一个(干净利落确切无误的)世界只是“观念”的世界，而其内在的

串连关系只是“抽象概念”的串连关系。(引自《叶维廉比较文学论文选》)

而注重直观、直觉和顿悟特征的中国文化却没有必要视语言和逻辑为牢房,早在庄子时代就对此困惑提出了解脱之路:

筌者所以在鱼,得鱼而忘筌;蹄者所以在兔,得兔而忘蹄;言者所以在意,得意而忘言。(《庄子·外物》)

筌、蹄与言既然都不过是一种工具,那么就不必耿耿于怀,拘限于此,一旦进入意义澄明空澈的境界中,就可以将这些工具全部丢弃。到了佛教传入中国,与老庄易相结合,便产生了适合中国国情、体现中国智慧的禅宗,将顿悟、直觉、直观理论更进一步系统化:

世尊在灵山会上,拈花示众。是时众皆默然,唯迦叶尊者破颜微笑。世尊曰:“吾有正法眼藏,涅槃妙心,实相无相,微妙法门,不立文字,教外别传,付嘱摩诃伽叶。”(《五灯会元》卷一)

不立文字,便超越了名理思维,拈花微笑,通过体态动作等副语言表达比语言更丰富的蕴涵。“僧问:如何是佛法大意?

师曰：春来草自青。”（《五灯会元》卷十五）则又开启了以自然和诗境来说禅，通过诗的审美情味来启迪禅学的领悟，干脆撇开思维道路，明性见底，即物即真。

逻辑思辨本是人类脱离混沌蒙昧后，心智成果的历史积淀，现在却要推倒这些路碑，返回到与物浑成的境界；理论本是对具体感性和诗意光辉的一种抽象，现在却要重回到感性和诗境中，仿佛让成年人玩捉迷藏和过家家的游戏，我们只能观看评说，但不可能再情不自禁地进入第一次的角色。不过，当中国文化感到心智成熟了，开始系统地学习西方的科学理论与方法时，胡塞尔、庞德、艾米莉等西方智者和诗人，却生吞活剥地模仿东方，严肃认真地玩我们祖先幼小时玩过的游戏，这个黑色幽默或许能使我们悟出点什么吧。

四

李白初入长安时，曾借用乐府旧题写了一篇《长相思》，诗中哀婉地唱道：

> 长相思，在长安。络纬秋啼金井阑，微霜凄凄簟色寒。孤灯不明思欲绝，卷帷望月空长叹。美人如花隔云端，上有青冥之高天，下有渌水之波澜。天长路远魂飞苦，梦魂不到关山难。长相思，摧心肝。

此篇多谓借男女相思之情，抒君门九重之感，缠绵悱恻，凄楚动人。但如果我们抛开具体托兴比拟对象不管，难道这不正是对一切美好的思想的苦恋和精神企慕吗，不亦是对某种人生境界的渴望与追求吗？当然，这种追求只能是一种因慕悦向往而产生的永恒的距离怅惘。再向上追溯，早在春秋时代，秦地百姓就在水泽迷蒙之中咏叹道：

> 蒹葭苍苍，白露为霜。所谓伊人，在水一方。溯洄从之，道阻且长；溯游从之，宛在水中央。（《诗经·秦风·蒹葭》）

这首诗所表达的也是一种可望难即、欲求不遂的企慕情境、距离怅惘（《管锥编》第一册），是一种不确定的、无具体对象的高级情感。而追求的方式则是一种悲剧式的企恋。这种心理模式是一种积极主动的进取，而不是消极被动的顺应。追求的目标是不可企及的社会终极彼岸，追求的基调是人生悲剧的诗化复现。

唐诗，在现代人心目中难道不正像“在水一方”的“所谓伊人”吗？由于时代、社会以及语言符号所积淀的文化一心理内涵发生了极大的变异，我们主观上想直截了当地步入诗境，领略她的风采，占有她的感情，但实际上是很难的。所以，我们只能“溯游从之”，移形换步，上下求索，从不同的方位和视角，来想象她的冰清玉洁、花容月貌，捕捉她骚动的灵魂。

这一次心路历程的旅行将是冒险性的远征。

（本文是拙著《唐诗美学精读》的引论，原文有较详页下注释，收入本书多删掉）

唐诗与梦

唐诗与梦，表面上相距遥远，两不相蒙，实际上秘响旁通，旨趣多所一致。

一、诗材与梦

诗与梦最直观的联系，当是因诗中有许多记梦之作。清人所编《全唐诗》卷八六八以《梦》为题，收有唐肃宗等二十五人三十一首作品及有关背景资料。其实，仔细翻检《全唐诗》及唐人别集，发现记梦的诗人和作品远不止于此。

梦作为诗歌表现的题材和对象，又可细分为两种情况。一种是记梦之作。如陈陶的《陇西行》："誓扫匈奴不顾身，五千貂锦丧胡尘。可怜无定河边骨，犹是春闺梦里人。"这是一篇反战作品。开头两句叙述慷慨悲壮的战争场面。三、四两句将"河边骨"与"春闺梦"联系起来，谓思妇不知征夫早已战死，仍在梦中与变成枯骨的丈夫相会。诗从作者所处空间转到"春闺"，又由思妇的梦展示出另一个虚幻的空间。两个现实空间与一个梦幻空间，虚实相形，转换巧妙，现实的悲惨与梦境的浪漫，枯荣迥异，哀乐反差，对照强烈。思妇的心理世界通过梦得以曝光，而梦在悲惨现实面前，愈发虚幻苍白。

直接以梦命题的有岑参的《春梦》："洞房昨夜春风起，遥忆美人湘江水。枕上片时春梦中，行尽江南数千里。"本篇前两句写梦前之思，后两句写梦中之思。由于白天一直怀念美人，所以晚上因忆成梦，梦中相逢了。在枕上虽只片刻，而在梦中却已走完了江南数千里路。醒时多年无法实现的愿望，在梦中达成了。套用弗洛伊德的理论说，这是积压郁积的欲望通过梦这种假想的方式得到了宣泄和满足，并通过艺术创作得到了升华，使之成为一篇脍炙人口的名作。杜甫的《梦李白二首》也是思念友人之作。李白因参加永王璘事件遭拘被贬，后遇赦放还。杜甫很长时间未获李白的消息，误以为他仍在贬所。于是忧念成梦，便写成了这两首诗。两篇都是从梦前写到梦中，又从梦中写到梦后。这种记梦模式对后世影响很大。宋代苏东坡《江城子・乙卯正月二十日夜记梦》、辛弃疾《破阵子・为陈同甫赋壮词以寄之》，均沿袭此格，以梦前、梦中、梦后为顺序，虚实相间，逐层递进，以情感逻辑的红线贯穿始终。心迹婉曲，唱叹有神。贺贻孙《诗筏》："诗中说梦，如蔡伯喈'梦见在我傍，忽觉在他乡'，拟似空幻，恰是梦境。然'凛凛岁云暮'一篇，皆梦境也……段段空幻，不独为少陵《梦李白》二诗之祖，且开汤临川《牡丹亭》无限妙想。"(《清诗话续编》第一册)

另一种是梦中之作。梦中创作，神来之笔，灵感结晶，这是历来为人们所津津乐道的。南朝宋山水诗人谢灵运，据说是因梦其弟谢惠连，忽然得“池塘生春草，园柳变鸣禽”一联名句，以为神助(《诗品》中卷)。唐代的野史笔记中还载有唐玄宗李隆基梦中作《紫云回曲》《凌波曲》《霓裳羽衣舞曲》等。其真实性固然值得怀疑，但至少可以看出人们对梦中创造性思维活动的偏爱和重视。

李贺是一个耽于幻想的诗人，他的《梦天》《天上谣》《瑶华乐》《兰香神女庙》《贝宫夫人》都是以白日梦的形式表现其潜意识中的某些欲望，内心本能冲突在扭曲状态下得到显现，意念和希望在梦境幻想中得到满足，前人曾指出他的这类作品的一个共同特点是“泄其隐情，偿其潜愿”，因此经常带有浓厚的悲剧情味和乖戾的病态色调。

《白孔六帖》记载：“沈亚之梦为秦公幼女弄玉婿。公主死，作《挽歌》，应教曰：‘泣葬一枝红，生同死不同。金钗坠芳草，香绣满春风。旧日闻箫处，高楼明月中。梨花寒食夜，深闭翠微宫。’”这与沈既济《枕中记》、李公佐《南柯太守记》等以梦为框架的传奇小说题旨类似，无外乎表现失意文人潜意识中对功名和美色的欲望，于是借梦泄隐，以假想的方式满足愿望。但是，究竟为何梦中能作诗呢？清人李钟伦认为：“梦中创见之思者，精专所极，积思而梦。”(《周礼纂训·春官·占梦》)也就是说梦中之作是诗人对某些问题凝神结想、反复思考的结果。现代学者则对这类创造活动提出释放说、信息说和想象说三种解释(参见刘文英《梦的迷信与梦的探索》)。

二、诗旨与梦

诗歌吟咏性情，抒发怀抱，多所寄托。诗的主旨往往是作者人生哲学、生活观念的一种流露。唐诗经常用梦之片刻短暂，来影射人生瞬息即逝；用梦之虚幻来喻指人生之虚无；用梦之假有、难以实现，来类比人生追求的渺茫；用楚怀王的巫山云雨梦来作为男女私情的原型。

李白的《梦游天姥吟留别》，首段夸张天姥山的雄伟，因而向往入梦，次段叙梦境，“我欲因之梦吴越，一夜飞度镜湖月”，写现实中无法实现的愿望，在梦境中得到了充分的满足。作者先写梦登天姥，次写梦游天姥，由显而晦，又由晦而显，迷离恍惚，零乱破碎，正是梦中印象。末尾以梦游推见世事的虚幻。“忽魂悸以魄动，恍惊起而长嗟。唯觉时之枕席，失向来之烟霞。世间行乐亦如此，古来万事东流水。”在这里，梦游天姥是一个隐喻的语意链，是一连串象征符号的排列，梦中游山与现实中游宦形成了一种巧妙的类比。

李商隐《锦瑟》一诗，晦涩难懂，但其中“庄生晓梦迷蝴蝶”一句，用《庄子 · 齐物论》中庄周梦蝶的典故，与崔涂《金陵晚眺》“千古是非输蝶梦，一轮风雨属渔舟”，齐已《感时》“忽忽枕前蝴蝶梦，悠悠觉后利名尘”等类似，一方面比喻人生如镜花水月般虚幻，另一方面也暗含着主体自我的迷失，精神家园的失落。

三、诗境与梦

诗歌创作通过形象(意象)的组合叠加,形成境界,传达主旨。而梦的工作原理也是通过意象(梦之显相)的加工改造、变形润饰,形成显梦形象。由此可以看出,诗的创作与梦的过程极相似。

诗歌的境界(或称意境)是中国古代诗歌美学的一个核心范畴,是理解中国艺术奥秘的网上纽结。唐人不仅在理论上对境界的构成、特点、类型作了大量开创性的研究,奠定了关于境界学说的基本原理,更重要的是,他们还创作了许多境界深融、气象高妙、神韵悠然的杰作,成为后世不可企及的范本。

诗要有境界,不仅仅是要形象生动,具体真实,同时还要空灵澹荡,气韵飘逸,神采飞扬。故中唐刘禹锡说:“诗者,其文章之蕴耶? 义得而言丧,故微而难能;境生于象外,故精而寡和。”(《董氏武陵集记》)戴叔伦讲:“诗家之景如蓝田日暖,良玉生烟,可望而不可置于眉睫之前也。”(司空图《与极浦书》)司空图说:“返虚入浑,积健为雄。具备万物,横绝太空。荒荒油云,寥寥长风。超以象外,得其环中。”(《诗品·雄浑》)象外,是对具体形象(包括意象、兴象)的突破,是对有限的超越,是浩浩乎凭虚御风,飘飘乎遗世独立,心灵升腾起来,消融在一片澄明之中，与天地精神相往来，体合宇宙自然的合规律性与合目的性。返虚入浑，化实为虚，变真为幻，这是创造境界的关键。“了知境界，如幻如梦”（《华严经·梵行品》），这个比喻很关键，把佛学的境界与梦和幻绾合起来，其实佛境如幻似梦，诗境又何尝不是如此。对诗境探索研究，可以帮助我们深入理解梦境的达成，反之亦然。

四、诗法与梦

诗人写作时，有时以梦作为一种技巧和手段，来表现某种特定的情绪。孟浩然《除夜有怀》“守岁家家应未卧，相思那得梦魂来”，从对面落笔，写家人因守岁而尚未睡眠，故想借梦与亲人交流感情而不得。李商隐《过招国李家南园》“唯有梦中相近分，卧来无睡欲如何”写因思念而想托梦神交，但思念之极，因失眠而失去了梦中相逢的机会。有些作品感叹梦中相见之短促，反而又凭空增添醒后相思之剧烈。如元稹《梦昔时》：“闲窗结幽梦，此梦谁人知！夜半初得处，天明临去时。山川已久隔，云雨两无期。何事来相感，又成新别离。”别离已经痛苦，本想借梦来逃避事实，麻醉感情，可梦中非但没有达到这一可怜的目的，没有满足这一意愿，反在梦境中又出现新的离别，旧伤未愈，新痛又添。新旧勾连，虚实相衬，更托出苦情之沉重压人。后代诗词多用此法。如贺铸《菩萨蛮》：“良宵谁与共，赖有窗间梦。可奈梦回时，一番新别离。”陈见复《悼亡》之二：“何必他生订会期，相逢即在梦来时。乌啼月落人何处，又是一番新别离。”梦中景象既虚幻不真，且又匆匆而别，并没有使人的愿望得到充分的满足和实现。所以，诗人的感情干脆反向发展，形成一种逆反心理。如王嘉《拾遗记》中记载石崇爱婢回答石崇的话：“生爱死别，不如无爱。”李白《相逢行》中说：“相见不得亲，不如不相见。”《红楼梦》第三十一回黛玉说：“聚时欢喜，散时岂不冷清，既生冷清，则生感伤，所以不如倒是不聚的好。”均可为元稹诗作注脚。“梦见不真而又匆促，故怏怏有虚愿未酬之恨；真相见矣，而匆促板障，未得遂心所欲，则复怏怏起脱空如之嗟。”（《管锥编》第三册）至于白居易《读禅经》“言下忘言一时了，梦中说梦两重虚”（《白氏长庆集》卷六五），则是虚虚结合，以梦为喻，表现其禅学旨趣。

其次，诗通过空白、简化、模糊和欣赏等方法实现了从实到虚、从有到无的超越，使诗具有意境。换言之，诗在某种程度上，调动一切手段技巧，来达到梦的自由、空灵的境界。从这个意义上说，诗在亦步亦趋地仿效梦的工作原理，追求梦的境域。俗话说，如诗如梦，如梦似幻。看来梦与诗的交汇点在幻。梦之幻觉效果与生俱有，而诗之幻则不易实现。司空图提出“返虚入浑”，“超以象外”，都是为了实现这个幻。“山川草木，造化自然，此实境也。因心造境，以手运心，此虚境也。虚而为实，是在笔墨有无间——古人笔墨具此山苍树秀，水活石润，于天

地之外，别构一种灵奇。”（方士庶《天慵庵随笔》）

返虚入浑的具体手法有巧设空白，以无为有。如杜甫的《石壕吏》、贾岛的《寻隐者不遇》两诗，在问答体中省去问话，形成空白。崔颢的《长干行》其一和王维的《终南山》尾联两句“欲投人处宿，隔水问樵夫”，则省略答语，有问无答。通过适当地剪辑省略形成空白，无字处皆成妙境。虽不是记梦诗，但是却具有梦的空灵特征。

五、诗用与梦

梦是一种能量释放，是一种无功利、无目的的自由活动。而诗在中国历史上，特别是在儒家看来，是一种有功利有实用目的的活动，诗与政教一直捆绑得很紧。“故正得失，动天地，感鬼神，莫近于诗。先王以是经夫妇，成孝敬，厚人伦，美教化，移风俗。”（《毛诗序》）肩负如此神圣庄严而又多重的职责，真让诗有点喘不过气来。

诗在唐代一方面仍与政教相连，科举考试、社交应酬、干谒求仕都离不开诗。另一方面，由于唐代思想文化领域较宽松开放，道家思想、神仙家思想也非常活跃，并影响着文人士大夫的生活方式。“陶冶性灵存底物，新诗改罢自长吟。”（杜甫《解闷五首》其四）白居易虽有针砭时弊的讽谕诗，但也有“或退公独处，或移病闲居，知足保和，吟玩情性者一百首”（白居易《与元九书》)闲适诗。这些都显示出诗的功能对儒家思想的疏离,对教化的逃避,而表现出向超功利的道家思想的靠拢,对诗的游戏功能的回归。

附记:

本文是1996年起草的一篇写作提纲,当时主要参考了弗洛伊德《精神分析引论》、刘文英《梦的迷信与梦的探索》、范文《潜意识哲学》等书,并补写过《李白作品中的"梦"》一文,后论梦与古代文学因缘者渐多,近来举国说梦,无论材料与识见,皆远迈拙作,我却无勇气与兴趣将此残篇完成,故仍录原貌以存真。

小诗中的大智慧

唐代山水田园诗，篇幅短小，但却包含着一种大智慧，即诗人和诗歌对人与自然关系的多样性和深刻性的超前理解及深刻认识，一种哲理的顿悟和诗性的关怀。具体表现在以下几个方面。

第一，不介入、不践踏、不蹂躏、不扼杀自然界的生命，不分解剖析自然物，保持自然界的独立完整。我们读王维的诗：

木末芙蓉花，山中发红萼。涧户寂无人，纷纷开且落。

（《辋川集·辛夷坞》）

空山不见人，但闻人语响。返景入深林，复照青苔上。

（《辋川集·鹿柴》）

人闲桂花落，夜静春山空。月出惊山鸟，时鸣春涧中。

（《皇甫岳云溪杂题·鸟鸣涧》）

人退出去，没有人的介入，自然界恢复了它本初状态，生机盎然。有人或人多，都是对自然界的一种干扰。自然界最大的污染源来自人类，自然界最大的破坏者是人类，自然界最凶残的敌手也是人类。

第二，自然与人不分主客，人不是主动者，自然也不是被动者，物我关系是一种自动关系，物各自然，本样自存。

王维《终南别业》：

中岁颇好道，晚家南山陲。兴来每独往，胜事空自知。
行到水穷处，坐看云起时。偶然值林叟，谈笑无还期。

杜甫《江亭》：

坦腹江亭暖，长吟野望时。水流心不竞，云在意俱迟。
寂寂春将晚，欣欣物自私。江东犹苦战，回首一颦眉。

杜甫《后游》：

江山如有待，花柳更无私。野润烟光薄，沙暄日色迟。

杨伦解释说："物自私，谓物各遂其性也。更无私，谓物同适其天也。"（《杜诗镜铨》卷八）"物自私"与"更无私"，相反相成，与《礼记·中庸》"万物并育而不相害，道并行而不相悖"可以互相发挥，这种认识与现代生态学的原理暗合。

第三，不占有，不用机巧来欺骗自然，与自然保持一种友好亲和的平等关系。唐诗中经常喜欢用《列子·黄帝篇》中的一个典故："海上之人有好鸥鸟者，每旦之海上，从鸥鸟游，鸥鸟之至者百数而不止。其父曰：'吾闻鸥鸟皆从汝游，汝取来，吾玩之。'明日至海上，鸥鸟舞而不下也。"海上之人以平等纯洁之心待鸥鸟，鸥鸟数百相就，一旦有捕猎鸥鸟的机心，鸥鸟即舞而不下。这反映出人与自然关系的微妙变化。

李白《独坐敬亭山》：

众鸟高飞尽，孤云独去闲。
相看两不厌，只有敬亭山。

杜甫《岳麓山道林二寺行》：

一重一掩吾肺腑，山鸟山花吾友于。

王维《归嵩山作》：

清川带长薄，车马去闲闲。
流水如有意，暮禽相与还。

孟浩然《宿建德江》:

移舟泊烟渚,日暮客愁新。
野旷天低树,江清月近人。

宋人辛弃疾《贺新郎》:

我见青山多妩媚,料青山见我应如是。

这里物我关系的和谐,不是修辞学意义上的拟人拟物,而是哲学意义上的众生平等,民胞物与。

弗洛姆在《占有还是生存》一书中曾分别引用英国诗人坦尼森和日本俳句诗人松尾芭蕉的作品说明东西方对自然的两种态度:西方人占有自然,东方人保存自然的生存状态。其实松尾芭蕉所用之俳句体及其美学境界,受唐诗文化影响非常深刻(参见拙著《唐诗美学精读》第一章第二节所论)。

第四,对自然变化的敏感,现代人则变得麻木迟钝。这种态度的文化背景是儒、道、佛对自然的态度,如张若虚的《春江花月夜》:“江畔何人初见月,江月何年初照人……不知江月待何人,但见长江送流水。”刘希夷《代悲白头翁》:“今年落花颜色改,明年花开复谁在……年年岁岁花相似,岁岁年年人不同。”孟浩然《春晓》:“夜来风雨声,花落知多少。”

文明的进步有时导致人的感官的退化、感觉的失灵。历史的发展并不能证明今人都比古人聪明,也并不一定每代人都能给智慧宝库中增加新品种。现代人对大自然干了许多蠢事,交了许多学费,草原沙化与荒漠化,农地重金属超标,饮用水大面积被污染,温室效应与全球暖化,雾霾天气增加,极端气候频现,珍稀动植物濒临灭绝,由电影《2012》等引发的毁灭谣言频传,可人类迄今仍未见变聪明,也没有对大智慧形成共识。

1972 年 6 月联合国人类环境会议发表了《人类环境宣言》,指出“保护和改善人类环境已经成为人类一个迫切的任务”。美国生态哲学家莱奥波尔德等人提出“大地伦理”,并界定其内涵是:首先,把大地上的山川河流、虫鱼鸟兽和花草树木视为一个有机体,人只是其中的一个不可分割的组成部分。其次,在这个大地有机体中,每个生物占据着各自的生态位,各有其自身的内在价值。再次,除了满足生存的需要外,人类没有权力缩减生物形式的丰富多样性(见《沙郡年鉴》,另一译名为《沙郡岁月》)。这种先进的生态伦理思想,其实在中国古代哲学、文学(包括唐诗)中似曾相识,可以互相解释并互相借鉴,本文以唐诗为例提出这个问题。

多少楼台烟雨

一个时代猎猎招展的标帜，是其文明的程度。“把人类种系与全部其他动物物种区别开来的这些独特的人类特性，都被包括在文化一词之中。”(威尔凯姆·奥斯特瓦尔德:《教育理论的原则》)文化可区分为物质形态的和精神形态的两个系列。一般认为音乐、绘画、诗歌是纯粹精神的文化，而植物栽培、火枪制造等则是物质的文化。但文化发展史的实际远非如此简单，有许多是两种形态兼而有之的，是类属边界模糊不确定的，还有许多是综合各种文化因素而成的。如园林艺术，既有土木工程、花木栽培、动物养殖等层面的，又含有诗歌、绘画、雕塑、音乐的特点，西方人称建筑为“凝固的音乐”，中国人称园林为“天然图画”，都包含着对此综合性的承认。所以，对园林艺术的研究也宜从多角度、多学科展开，既发挥专长，各有偏重和分工，又能打通合作，互相兼顾。

从园史的角度来看唐园研究，我感到有如下特点：对皇家园林研究多，而对私家园林着墨少；对长安洛阳两京地区的园林谈及较多，而对其他地区的园林涉猎极少；从园林建筑发展史的角度通览总括较多，详细分析研究有唐一代园林的断代之作较少。当然，公允地讲，产生这些情况的原因主要是由于没有实物遗存和系统详尽的资料，所谓“巧妇难为无米之炊”。同时，与皇权思想的作祟和园林史研究本身的不深入不系统亦有关系。

再具体到唐代文学研究中，谈到描写自然景物的诗文，过去学术界笼统地称之为山水田园诗和山水游记，这个说法是不准确的。从学理上讲，应细分为山水景色、园林景色和农事生活。山水景色属于未经人类加工改造的第一自然，呈原始朴茂状态；园林景色则属于打上人的烙印的第二自然，多错彩镂金和清绮秀美；农事生活则是出于实用功利的劳作。前两者是通过审美的欣赏获得愉悦与解脱，后者则是通过精耕细作以期最大的丰收。“田园”一词很暧昧，以旅游观光客的眼光看农家生活或在自己别业中采菊种莲，与以农事为营生相差极大。描写园林景色的作品，与描写大自然山水及农事生活的作品既有联系，又有区别，而这种区别的意义前人鲜有论及（详参拙著《唐园述论》）。

实际上，唐代文人的创作，并不是关在亭子间、小斗室中苦思冥想，闭门造车，而是多在幽雅宜人、可游可居的园林别业中触物起情，感兴而发。唐代士人的生活也不是整天在朝廷上辩论社稷民生，正襟危坐，谠论高言，更不是熬通宵，开夜车，刻苦攻读四书五经，单调呆板，如李白笔下所嘲笑的：“鲁叟谈五经，白发死章句。问以经济策，茫如坠烟雾。”（李白《嘲鲁儒》）恰恰相反，唐人的生活内容丰富多彩，漫游、探险、斗鸡、走马、蹴鞠、角抵、弈摶、击壶、品茗、纵酒、谈禅、炼丹、弹琴、击剑、观伎……这么多的内容,这么多人的雅集聚会,城中正宅狭窄,容量有限,山中僻远,交通不便。最理想的环境与活动场所就是园林别业,“山居之迹于寂也,市居之迹于喧也,惟园居在季孟间耳”(王世贞《游金陵诸园记》),王世贞的话,道出了古代士人的共同感受。也引出了另一个问题:园林别业与士人的社群交游、生活内容、审美情趣和诗文创作,究竟有什么关系?

从考据学的角度来看,唐代文献的研究已有长足的发展,对诗文集的整理,对作家生平履历及交游的考索,甚至对一些语词的考释,都颇多成果。与此相对照,对地名的研究,却颇显寂寥。殊不知,人名与地名均属于专名学(Terminology)的两个分支,是治史的两把利器,双轨并进,将会沾溉无穷。惜前者起步早,成果颇丰硕,以现代而言,最著者有岑仲勉《元和姓纂四校记》《唐人行第录》,傅璇琮《唐代诗人丛考》,傅璇琮、张忱石、许逸民《唐五代人物传记资料综合索引》,吴汝煜、胡可先《唐五代人交往诗索引》《全唐诗人名考》,郁贤皓《唐刺史考全编》,陶敏《全唐诗人名考证》等,荦荦大观。但关于地名的研究,除辑校重印《括地志》《元和郡县图志》《唐两京城坊考》等外,新的成果较少,且多为一些大的总的地名,一些具体的方面,如园林别业的分布、数量、方位、古今沿革等极少涉猎。从园林史料的辑考来说,这是一个空白。就唐代文史研究来说,也是一大缺憾。很难设想,离开逍遥谷东山别业、辋川别业、嵩山草堂、浣花溪草堂、庐山遗爱草堂、平泉山庄、绿野堂、王官谷别业，我们能对韦嗣立、王维、卢鸿一、杜甫、白居易、李德裕、裴度、司空图等士人的游历、生活及创作有一种具体深入的理解。因此，无论从园林史还是文化史的角度，都应重视对唐园林的研究。

就研究方法而言，对资料的搜集整理、甄别考证、理论研究，本来应是整个研究过程的三个阶段，但在学界长期存在着各以自己所长，轻视别人所短的倾向，并因此而生门户之见，宗派之争。我以为此三个阶段各有其独立价值，学人各有其家数理路，不应互相轩轾，在研究中可以有所偏重，但不应偏废，更不应以自己的学派和路数，攻讦别人。因此，我尝试以唐园研究作为一个试验，企图将原始资料的搜集、索引的编制、史实的考证、文本的分析、理论的概括打通。我深知这样做要花费大量时间，使许多笨功夫，战线拖得太长。但我以为这是对研究者体能与智能、专业知识与相关边缘知识的一次总测试。我的答卷也许破绽百出，但我敢于面对失败，不断总结教训。相关的工作分为唐园谱、唐园述论两部分，从提出迄今快二十年了，本早该结题，但因为我的旁骛和慵懒，仅提交了部分阶段性成果，最终的研究仍在缓慢进行中。

我对唐园研究虽然有不少设想，但一直感到底气不足，力不从心，除了兴趣多样、有所转移，项目耗时、精力不够外，还有几个原因：

我出生于寒素之家，自幼家中住处窄仄，从记事起，就寄居在父亲工作单位的一个宿舍里，一直住到负笈长安上大学时，园林别业无论其豪华还是素朴，对一个贫家子弟来说，想起来都是一种非分的奢侈。现在居住条件虽有所改善，但仍被关在闹市鸽笼似的斗室中。梁思成说："建筑在我国素称匠学，非士大夫之事，盖建筑之术，已臻繁复，非受实际训练，毕生役其事者，无能为力，非若其他文艺，为士人子弟茶余酒后所得而兼也。"(《读书》)作为一门专业性很强的学问，士人子弟尚且难入其堂奥，何况我这样的寒素子弟。故从事园林的研究，与自己的出身体验不符，此其一。

我幼时成长在西北沙漠边缘的一座小城中，那里的民居建筑是简单的土木结构，还有一些依山而掏挖的窑洞，仍保留着远古穴居时代的痕迹。我在内蒙乌审旗尔林川还看到另一种洞型民居，将丛生的红柳枝条编成一个曲拱型窑洞状的框子，然后在里外各涂上厚厚的泥巴，避风御寒，令人联想到《诗·豳风·七月》"穹窒熏鼠，塞向墐户"的景象。据说光绪时有一位翰林院大学士王培棻赴陕北三边一带视察，曾写有《七笔勾》，其中谈当地民居时写道："窑洞茅屋，省下砖木措上土，夏日晒难透，阴雨更肯漏，土块砌墙头，灯油壁上流，掩藏臭气马粪与牛溲，因此上把雕梁画栋一笔勾。"虽有些夸张，陕北老家的朋友甚至认为这是对可爱家乡的一种丑化和妖魔化，但也反映了西北乡间居住条件之简陋恶劣。及长，利用访学调研开会之便，曾在各地观赏了许多著名的园林作品，如苏州拙政园、留园、狮子林、网师园，无锡寄畅园、蠡园，上海豫园，扬州个园、寄啸山庄，北京颐和园，济南大明湖等。但主要工作和生活仍在西北的这座古城中。按照园林史家的一般说法，园林之佳丽多萃于江南，而西北少有名园。故我要在西北从事园史研究，确实有很多困难，此其二。

园林是一种立体构成的综合艺术，存在于具体的空间中，研究明清园林，因其有实物遗存，可以观赏，可以拍摄录像，可以实地勘测，可以绘出精确的平面图、剖面图和建筑施工图，故这种研究是建立在实测和计量基础上的，有其证据的可靠性。我所选择的唐园研究，由于时光流逝，沧桑巨变，不要说是私家园林，就连巍峨壮观的大明宫、兴庆宫、太极宫，也都变成了瓦砾废墟，被深埋在地层中。大明宫变成了土，还保留着夯土台，而辋川别业、逍遥谷东山别业、庐山遗爱草堂，恐怕连一个可供参照的标记都没有了。金人元好问《论诗三十首》中说："眼处心生句自神，暗中摸索总非真。画图临出秦川景，亲到长安有几人？"讽刺闭门造车，没有实地考察和体验的创作。但他只说对了一半，时至今日，即便是亲到长安，又在何处寻觅五陵豪饮、北里冶游、乐游怀古、曲江流觞、雁塔题名、灞桥折柳、渭城劝酒等唐人所艳称的韵事呢？所以就连考古学家发掘大明宫遗址，建筑史家介绍唐代宫殿，也只能画一些想象图、假想图而已。故根据我个人的肤浅理解，对唐园（尤其是私家园林）的研究，主要不是实物考古研究，而是一种文献考古研究。无情的历史对园林建筑这门严格要求精确数据尺寸的科学予以极大的嘲弄，然而这又实属无奈，别无选择，此其三。

人类活动有个极其滑稽可笑的悖论：在广大的空间中耗费智力、财力、劳力创作出园林建筑等能体现人类聪明才智的标志性工程，又在绵延的时间中不断被侵蚀破坏，最后被彻底摧毁。唐人笔下所写到的此类情景俯拾即是：

国破山河在，城春草木深。（杜甫《春望》）

不见高人王右丞，蓝田丘壑蔓寒藤。最传秀句寰区满，未绝风流相国能。（杜甫《解闷》）

寥落古行宫，寂寞宫花红。（元稹《行宫》）

朱雀桥边野草花，乌衣巷口夕阳斜。旧时王谢堂前燕，飞入寻常百姓家。（刘禹锡《乌衣巷》）

繁华事散逐香尘，流水无情草自春。日暮东风怨啼鸟，落花犹似坠楼人。（杜牧《金谷园》）

江雨霏霏江草齐，六朝如梦鸟空啼。无情最是台城柳，依旧烟笼十里堤。（韦庄《台城》）

宋人张礼《游城南记》述其登慈恩寺塔，凭吊唐代故迹："依塔下瞰，曲江宫殿、乐游燕喜之地，皆为野草，不觉有黍离麦秀之感。"康梣跋此文曰："夫宋去唐未远，而风景池亭犹有存者，今门坊之名亦漫不可考矣。呜呼，沧桑易变，陵谷难常。"李格非《洛阳名园记》感叹唐代园林盛衰兴废说："方唐贞观、开元之间，公卿贵戚开馆列第于东都者，号千有馀邸。及其乱离，继以五季之酷，其池塘竹树，兵车蹂践，废而为丘墟；高亭大榭，烟火焚燎，化而为灰烬，与唐共灭而俱亡者，无馀处矣。”对此满目凄凉，我们除了扼腕叹息、感极而悲外，又能如何呢？

“折戟沉沙铁未销，自将磨洗认前朝”（杜牧《赤壁》），将实地勘查发掘出来的残缺破损的雕栏玉砌、鸱尾瓦当、柱础斗拱等拼凑起来，或许在一定程度上能凑出一幅建筑实景的立体拼图。与此相关，将唐人诗文笔记、正史、野史和壁画中有关园林的鸡零狗碎的记载，小心谨慎地集中起来，分类组合，或许在一定程度上也能组成一幅文献的平面拼图。实物与文献互相印证，互相补充，最后或许能形成有关唐园的轮廓，或谓之想象图、复原图。我们今天所能做的，仅此而已。

当年李渔谈到写作《闲情偶寄》时，曾不无自嘲地说：

> 予，一介寒生，终身落魄，非止国色难亲，天香未遇，即强颜陋质之妇，能见几人，而敢谬次音容，侈谈歌舞，贻笑于眠花藉柳之人哉！然而缘虽不偶，兴则颇佳，事虽未经，理实易谙。想当然之妙境，较身醉温柔乡者倍觉有情。如其不信，但以往事验之：楚襄王，人主也，六宫窈窕，充塞内庭，握雨携云，何事不有？而千古以下，不闻传其实事，止有阳台一梦，脍炙人口。阳台今落何处？神女家在何方？朝为行云，暮为行雨，毕竟是何情状？岂有踪迹可考，实事

可篓陈乎？皆幻境也。幻境之妙，十倍于真，故千古传之。能以十倍于真之事，谱而为法，未有不入闲情三昧者，凡读是书之人，欲考所学之从来，则请以楚国阳台之事对。

看来，李笠翁的这段闲情剖白，要作为我无法深入研究的一个借口，也是现代人无法再次进入古代城堡的一个遁辞。对于现代人来说，所谓的盛唐气象、帝国丰采，所谓的“九天阊阖开宫殿”，“青天白日映楼台”，“二十四桥明月夜”，“山顶千门次第开”（以上四句诗分别引自王维《和贾舍人早朝大明宫》、韩愈《同水部张员外曲江春游寄白二十二舍人》、杜牧《寄扬州韩绰判官》、《过华清宫绝句》）云云，不正如阳台一梦那样邈远玄虚吗？我们的研究亦如元好问所讽刺的暗中摸索，痴人说梦。杜牧《江南春绝句》云：“千里莺啼绿映红，水村山郭酒旗风。南朝四百八十寺，多少楼台烟雨中？”这或许是一个无解的历史之谜，我自不量力，积三十年之功，最终所能提交的也不过是这样一些“暗中摸索”“幻境”的肤浅答卷。

（本文是拙著《唐代园林别业考论》引言，收入本书有改动）

从“女伶气绝”说起

万历二十六年(1598年),四十九岁的汤显祖写成了传奇剧《牡丹亭还魂记》。这部作品的问世和上演一下子轰动了整个文坛,“家传户诵,几令《西厢》减价”(沈德符《顾曲杂言》),在当时和后来引起强烈反响,并导致了几桩著名的公案:

> 杭有女伶商小玲者,以色艺称,于《还魂记》尤擅场。尝有所属意,而势不得通,遂郁郁成疾。每作杜丽娘《寻梦》《闹殇》诸剧,真若身其事者,缠绵凄婉,泪痕盈目。一日,演《寻梦》,唱至“待打并香魂一片,阴雨梅天,守得个梅根相见”,盈盈界面,随声倚地。春香上视之,已气绝矣……(焦循《剧说》卷六引《蛾术堂闲笔》)

娄江女子俞二娘,酷爱《牡丹亭》,有感于杜丽娘的遭遇,断肠而死。汤显祖知此事后,写了《哭娄江女子二首》诗,其中说:“何自为情死?悲伤必有神。一时文字业,天下有心人。”(《汤显祖诗文集》卷十六)自怜的才女冯小青看了《牡丹亭》,题诗叹息:“冷雨幽窗不可听,挑灯闲看《牡丹亭》。人间亦有痴于我,岂独伤心是小青。”(《读〈牡丹亭〉绝句》)

艺术欣赏过程中这种奇特反常的现象，不独中国有，西方也常见。歌德的《少年维特之烦恼》发表后，在德国一时出现了所谓的“维特热”，有许多受作品影响而陶醉的青年男女，因婚姻不自由，即以自杀表示抗议，并学维特用手枪，甚至仿效维特死时的服饰领带。

英国一位好心的老太太，观赏戏剧《哈姆雷特》演出，当看到王子和雷欧提斯比剑时，大声喊道：“危险，王子，剑上有毒！”

一位著名演员，很喜欢讲述他在演《中间人》一剧时发生的趣事。他演一位发明家，已到了山穷水尽的地步，买不起足够的燃料来维持烧制陶器的炉火。再过几刻，他的命运就要发生变化了。这时顶层楼座上有一位观众大为感动，突然扔下五角钱来，同时喊道：“喂，朋友，拿去买一点劈柴吧。”（朗费尔德《审美态度》，引自朱光潜《悲剧心理学》）

以上不厌其烦地罗列引录，就是想说明艺术欣赏过程中的一个特殊现象。

艺术欣赏是人类审美活动的一个重要方面，是艺术作品由“内化”到“外化”的过程，是艺术作品“来复关系”得以实现的中间环节。在此阶段，艺术品作为客体对象和刺激物，通过阅读观赏，在欣赏者心理上引起一连串复杂的心理感应。欣赏者在观赏表演时，艺术品由物象（包括视觉形象和听觉形象）转变为一串信号，刺激感官，有机体以反射的方式对刺激信号作出有规律的回答。首先，引起局部感觉，然后是对整体的知觉，再次是整体形象的复现——表象。自觉表象活动是文艺创作和欣赏的基本心理活动。

欣赏过程中更常见的现象是移情(Empathy),按照朱光潜先生的解释:“移情作用是外射作用(Projection)的一种,外射作用就是把在我的知觉或情感外射到物的身上去,使它们变为在物的。”外物皆着我之色彩,登山情满于山,观海意溢于海。欣赏者仿佛步入了神奇的童话世界,天地有灵,万物含情。从本质上说,这可以看作是人的本质力量的对象化。人在观照外物时找到了自我,确证了自我的价值。

感情的外射和移借,首先决定于欣赏对象要具备某种优越的形式,具有激发欣赏者注意力的诱因,这是不言而喻的。其次,还要看欣赏者心理距离的远近,它决定移情作用是适度还是过分,是舒缓还是迅猛。

当距离适中时,比如我们现代人观赏《牡丹亭》,固然也会为作者大胆新奇的构思、华美如珠的文辞而称绝;为杜丽娘这位贵族少女敢于喊出“这般花花草草由人恋,生生死死随人愿,便酸酸楚楚无人怨”而震惊;为她打破少女独处深闺的心理平衡,唤醒对生命力和青春美的追求,发现了自我和作为人的最合理最基本的需要而欣喜;为她的因情感梦,梦思而死,死而复生而感动。但由于时代的间隔,社会状况的差异,个人境遇的不同,戏曲的程式化和台词道白的陌生化形成距离,很少有人会“断肠而死”。

但当距离过近时，欣赏者完全失去了与欣赏对象所保持的适度的时间和空间距离，不是把客体对象作为艺术品来欣赏，而是作为人生经历的一次复现，满足欲望的一种代用品，作品中的情节和戏剧动作，主人公的一举手一投足，一颦一笑，都与他有切身的利害关系。这样，就产生了布洛所谓的“距离的自我矛盾”(Antinomy of Distance)。

商小玲、俞二娘因和作品主人公处于同一个时代，有类似的心理状况，也有自己的追求和爱慕（“尝有所属意”），当她们在参加演出或观看这出凄婉动人的戏曲时，会比任何人都更能理解杜丽娘的境遇、性格、行动和精神上的喜悦与痛苦。因为这一切都与她们自己的个人经验非常接近，几近零距离。这种情形使她们更强烈地意识到自己的烦恼和绝望，经过这一观点的转换，她们不再感到自己是傅粉作场、假扮春秋，也不再想到杜丽娘和柳梦梅。汤显祖的这出戏对她们已不再是艺术品，而是勾起她们记忆性表象和痛苦生活底蕴的触媒，再度点燃了她们感情的火焰，导致了她们激情的爆发。

诚如朱光潜先生所言：“客体愈是激起我们的欲望，使我们回想起自己的个人经验，我们就会把思想集中在自己身上，想到自己的悲观，自己的希望与忧患，而不是去凝神观照客体本身。”（《悲剧心理学》）个人经验与作品虚构情节过分近似就会导致距离的丧失，而距离的丧失又造成欣赏者感情的误抛，对艺术作品采取挚诚天真而又荒唐古怪的态度。

从距离说来看，欣赏者在想象中把自己和作品人物等同起来，或者在情节中自动充当了一个角色，物我交融，内外合一，她们为主人公的胜利而意气昂扬，为主人公惨遭失败而揪心裂胆，因受制于情节的发展，故对全剧的动机和趋势没有任何抵触。古今对话，物我交欢，人神相合。从心理过程来看，刺激物对欣赏者的作用往往是突如其来的、极猛烈的，如雷霆万钧般摧毁欣赏者感觉区域表面的屏障，与原有的生活底蕴和被压抑、被深埋的记忆相联系，唤起一连串不规则的随意式想象，引起许多互逆性信号——疑问。反射过程的渠道被阻塞，不能把输入信号译变、归类、上升到理性层面，不能使用正常的思维方式，意识的“来复关系”遂不能实现。“青年男子谁个不善钟情？妙龄女人谁个不善怀春？这是人性至洁至纯，为什么此中有惨痛飞迸？”不解、疑问、迷惑，使欣赏者全身心沉浸在作品中，陷入一种痴迷狂傻和非理智状态。

前一种情况如商小玲，曾经有自己中意的情人，但在礼教纲常等陈腐观念仍然作祟的时期，联姻作为政治交易和维系家族利益的一根纽带，男女之情这种人与人之间最自然的关系被扭曲异化，以互相感知和性爱为基础的自由结合是很难成功的。一个女子对男性的一见钟情，委身终生，更被视为是伤风化坏大节的。所以她势不得通，郁郁成疾，在演出《牡丹亭》时，“真若身其事者”——入了戏，进了角色，与剧中人物零距离了。随着剧情中杜丽娘的因情感梦、梦而染病、病而身亡，她也以身殉情，用生命和青春完成了杜丽娘的形象塑造。这是多么痴情、多么感人的一幕啊！

后一种情况如20世纪40年代在解放区上演《白毛女》时，看到恶霸地主黄世仁侮辱强奸喜儿，台下观众中的一位刚入伍的解放军战士怒从心起，义愤填膺，竟然向扮演黄世仁的演员开枪射击。这说明该战士彼时完全忘记了在演剧中一切道具环境都是程式，一切逼真的动作都是假定，而是全身心沉浸于剧情中，进入剧本提示的主人公所处的特定时空环境中，与正面主人公忧患休戚，同呼吸共命运。从作品来说，这是它现实主义美学思想和精湛高超的表演艺术的胜利；但从欣赏者来说，则是他心理距离的不适度、心理活动的失频和非理智所造成的。

欣赏过程中的这种现象，由作品本身所具有的诱发性激起欣赏者紊乱的思绪和强烈的激情，继而支配甚至完全控制了欣赏者的心理活动，形成高度注意力的优势兴奋中心，它给欣赏者的印象是强烈深刻的，但打击也是惨重的。这类欣赏者体验最深，但要摆脱痛苦与恐惧的渊薮也最难。而且，这种体验往往只是纯情绪的，如谷鲁斯《动物的游戏》中所说，是“超过美感以上的”（Extra Aesthetic），不是超然静观的悠闲态度，不能伴随着快感和愉悦感，充分领略和体味对象的美，破坏了戏剧效果，是一种不自觉的非理智、非艺术现象。

信天游中的比兴

信天游中运用比兴，这是大家公认的，但它究竟仅是一种修辞手法，抑或还具有审美认识的意义，研究者论述较少，本文略抒鄙见，求教于方家。

一

赋、比、兴是战国时代（或者更早）的学者根据《诗经》所总结出的作诗的三种表现方法，最早见于《周礼·春官》。《诗经》中的作品，特别是运用比兴的作品，主要是各国歌谣。所以，也可以说，比兴是民歌的表现方法。在信天游中，也正如在《诗经》中一样，比兴可以分为三类。

（一）比体。比体就是单纯的打比方。据瑞恰慈《修辞哲学》解释："比喻是不同语境间的交易。"它多从两物形状、声音、色彩之间寻找同构，进行类比，"或喻于声，或方于貌，或拟于心，或譬于事"（《文心雕龙·比兴》）。例如：

黄河畔上灵芝草，
长得不大生得好。

用灵芝草的贵重稀罕，比喻意中人长得漂亮，百里挑一。

雪花花盖房冰打墙，
露水夫妻不久长。

用雪、冰、露瞬息即逝，比喻相好者因时而变，情移爱迁。这种比体，一般用在信天游双句联章的上句，但有时也用在下句。例如：

长得不大生得好，
走路好像那饿鹰绕。

妹妹走路摆三摆，
一朵莲花水上开。

这种比多在物与我、喻体与主体之间的外在形状相似处、同构处做“交易”。但是，这种“交易”是一厢情愿的，是“索物以托情”（李仲蒙），即把感情附着或寄寓于外物，情是主动的，景是被动的，景受制于情。

（二）兴体。何谓兴？众说纷纭。挚虞《文章流别论》说：“兴者，有感之辞也。”《文心雕龙·比兴》说：“兴者，起也。”钟嵘《诗品》中也说：“文有尽而意无穷，兴也。”今人多根据朱熹的解释：

“兴者，先言他物以引起所咏之辞也。”把兴理解为“起兴”“发端”，这是从修辞学的角度理解兴。在信天游中，确实有许多发端之辞：

白葫芦开花瓜上架，
忘了你的人样忘不了你的话。

前沟里糜子后沟里谷，
那达儿想起那达儿哭。

羊肚肚手巾水上漂，
你不会唱酸曲奴给你教。

都是借物发端，兴起所咏之辞。物与心、景与情之间的相似处不明显，两者不是主动与被动关系，而是一种自动关系。还有些兴句与下面的叙述句关系较密切，但它仍然不是情、物之间的比附，而是物引情动，情缘物生：

三月里出门树发芽，
树叶叶落了你不回家。

与李白的民歌体《长干行》中“门前旧行迹，一一生绿苔。苔深不能扫，落叶秋风早。八月蝴蝶来，双飞西园草。感此伤妾心，坐愁红颜老”等句有异曲同工之妙，都是因景物的变迁，引发感兴之情。唯前者是两句一节，蕴藉简古；后者则反复曲折，风姿绰约。

（三）比兴体。在信天游中，我们常发现，有些句子，究竟是比还是兴，很难分辨。实际上，它是比、兴的融合，外比内兴、比以拟辞、兴以启情，是一种“兴兼比”，即通常所说的比兴。如：

羊羔羔上树吃柳梢，
拿上个死命和你交。

乍一看，似乎是兴句，只用来借以发端，加强语势。但仔细揣摩咀嚼，小羊羔攀上树啃吃柳树梢，谓其不怕艰难，这与下句所说豁出死命和恋人交朋友情势相同，所以又属比体。

应该指出的是，不论是单纯的比，还是兴，或者是比兴的合用，都是同下句联系起来而言的，单就比体、兴体或比兴体本身的一句而言，它们又多属于赋法，在信天游中多采用描写句，写物图貌，随类赋形。如：

弯弯镰刀割韭菜	——描写（赋法）	比体
慢慢品妹妹的心好坏	——叙述（赋法）	
对面价沟里牛喝水	——描写（赋法）	兴体
横山下来些游击队	——叙述（赋法）	

山丹丹花开背洼洼开——描写（赋法）
你有那心思慢慢来——叙述（赋法）　}比兴体

二

以上所谈信天游中的比兴，特别是兴，仅属于修辞学范畴，即艺术表现的技巧处理问题。兴还有另一层意思，就是兴发感动，用宋朝李仲蒙的话说，就是："触物以起情谓之兴，物动情者也。"（胡寅《与李叔易书》）这是指民歌作者们在创作前瞬间的审美心态，是就信息输入过程而言的。从创作心理学的角度来理解兴，在信天游研究中，寥若晨星。民歌作者们在观照外物时引起审美的注意和指向，在注意和指向中发现了美，而在对美的感受和体验中，又引发了感情，"目既往还，心亦吐纳"；"情往似赠，兴来如答"；"登山则情满于山，观海则意溢于海"（《文心雕龙·物色》）。这满山溢海的情意本来是隐伏潜藏着的，由于外物的触动和感发，才如点燃导火索的雷管，引起感情的爆发，如加了酒曲的五谷，酝酿成醇香的米酒。这是创作前的准备，是形成比兴这种修辞手法的心理机制的艺术心理学根据。缘此探讨比兴，就从对表现技巧的摘引深入到对创作过程本身的审美阐释了。而恰恰在这一点上，无论是从事古代诗学研究的，还是民歌研究者，都较少留意，鲜有新见。

比兴在信天游中的广泛运用，使信天游具有如下特点：

技巧的原始性。信天游中比兴手法的运用，不是继承古代文人诗歌创作的最高成就，而是继承古代民歌的表现手法。信天游中的比兴，与《诗经》中的比兴相比，是有很大的发展的，但其中的相似、承继关系仍然十分明显。《诗经》中的比兴，或状桃花之鲜，或尽杨柳之貌，或拟雨雪之状，并以少总多，情貌无遗，古简浑成，对后世影响极大，是百代比兴之宗。但《诗经》中的比兴，又多为比拟发端之辞，比较简略原始。屈原开创了文人创作的新纪元，所以《离骚》中的比兴，已不是简单的发端和起兴，而是一种比兴体系和象征结构。到了唐代，诗人作品中的比兴，已不仅仅是以一物方一情，以一事喻一意，借物发端，兴起诗句的复沓重章体，而是从总体构思出发，编织意象，构成比兴体系，如李白的《蜀道难》《梦游天姥吟留别》，杜甫的《同诸公登慈恩寺塔》《佳人》等作品，是比兴发展的新成就。信天游继承《诗经》的比兴，随类引譬，触物起情，活泼生动，不拘一格，但也显得短小单调，原始稚拙。对研究古代民歌的艺术手法来说，信天游是一种难得的活化石和补充资料，值得采集和珍视。但对发展和丰富新诗的技巧来说，信天游中的比兴，就嫌简单不足。因为新诗主要是一种文人创作，要继承的不是最初的手法，而是最高的成就。过分强调新诗向新民歌学习，反倒会限制了新诗，使新诗失去了向多方面拓展的可能性。

表现的写意性。写意是中国艺术的一大特点。在信天游中，由于运用比兴手法，使得每节两句之间有一种空白，形成引发读者产生联想和想象的张力，活泼灵动，不那么实。也许有人会说，信天游像黄土高原那样淳朴厚实，何以又说它不那么实呢？笔者觉得，说信天游淳朴厚实，是从风格角度立论，而又说它不那么实，具有写意性的特点，则是从比兴构成的角度而言，两者并不矛盾。信天游比兴的写意性主要表现在情景的随意性和景物的虚拟性上。所谓情景的随意性是指喻体与本体、景物与感情之间的组合，并不是固定的、必然的，而是随机的、灵活的，如在下面三段中：

白羊肚肚手巾包冰糖，
我的哥哥好心肠。

白羊肚肚手巾三道道蓝，
红军哥哥跟的是刘志丹。

白羊肚肚手巾红腰带，
五哥哥长得好人材。

同是一个“白羊肚肚手巾”，但在不同的情景下，表达的是不同的意义，它与下句关系的远近度也不同。所谓景物的虚拟性，是指在信天游中，描写自然景物、山川风光虽然逼真生动，但信天游毕竟不是山水田园诗，景物描写并不是作者的目的，只有作为情绪的陪衬时才有意义，景物往往起着“道具”的作用。有时候，比兴句中的景物也并非眼前之物，而是民歌手们广泛使用的固定套路和模式，采用的是民歌中常见的“现成词组”和“现成思路”。

意象的自然性。信天游比兴句中出现的意象，基本上都是自然意象。举凡飞禽走兽、花草树木、丘岭沟谷、蓝格英英的天、清格粼粼的水、巧格溜溜的手手……皆可以被编采吸收，作为取譬起兴的材料。在这些意象中，较少机械航行、宫阙楼阁、诗文书画等，反映出地处蒙、汉、回三族交界的陕北人，日出而作，日入而息，凿井而饮，耕田而食，艰苦自足，古朴真淳，过着初民一般的生活。经济落后，社会结构松散，正统的儒家思想薄弱。当然，唯其落后，与整个城市文明隔绝，才使得信天游这种民间艺术得以保留，很少受到文明社会的污染，保持其自然原始的本色。

叙事的舒缓性。由于信天游主要以抒情见长，特别是善于表现旷夫怨女的咏叹，相对来说，叙事方面就显得薄弱。加之比兴句多是描写句式，而描写句式一般不发展情节，或情节发展缓慢。这样一来，每小节只有一个叙述句式，势必延宕情节的发展。所以，同其他地区和兄弟民族的民歌相比，信天游中的长篇叙事诗或史诗几乎没有，文人借用这一体裁所创作的叙事诗，也屈指可数。因此，今后若要发展民族叙事诗，借鉴民歌的技巧，对信天游这种体裁上的制约，也应该有清醒的认识。以上是笔者对信天游比兴的浅见，仅仅是问题的提出，而不能算是问题的解决。

谈游学

游学，是指研究生（特别是文科研究生）在开始专题研究和撰写学位论文前所进行的一系列学术咨询、学术访问、学术考察性的外出实践教学活动。它是导师负责制的有益补充，是研究生教育中不可缺少的重要环节，也是当前研究生教学改革的一种探索和尝试。

根据其内容和作用的不同，游学可分为如下几项：

（一）查检文献资料。由于国内图书馆科学的落后，缺乏统一的编码目录来反映学科或专题文献，加之检索、缩微、复制和照相的多种限制，远远不能满足科研和教学的需要。各地馆藏资料的版次多寡不一，遇到许多善本、孤本、抄本、手稿资料或实物资料，馆际间根本不能流通，更谈不到网上浏览或下载。研究生为了课题和论文的需要，就不得不亲赴某地去查找、抄录或复制，这往往是游学的一个最直接目的。需要注意的是，在出发游学前要胸中有数，尽量能够确定所查文献资料的馆藏地区，收于何种丛书，刊载于何种期刊，否则就成了漫无目标的到处游窜，既耽误了时间，又浪费了资金。只有准备充分，才能广泛全面地搜集资料，做好科研和论文写作的预备工作。

（二）走访本学科及本课题的专家。恢复高考制度以来的研究生教育，主要是采取导师负责制。导师制可以充分发挥学有专长的教师在培养过程中的导控作用，密切师生关系，使培养高层次人才的任务进一步得到落实，并能体现出学术风格和个性，保证学派的传承沿续。作为一种教学制度，它的优点是应该充分肯定的。但在多年来的实践中，也暴露出一些不足之处。如学生因导师而拘守门户，近亲繁殖，教与学之间的智能损耗（所谓取法乎上，仅得其中，取法乎中，仅得其下；所谓识过于师，方堪传授，识与师齐，减师半德），这样培养出来的学生仅能成为某家某派的传人，而不会超越前辈学者，成为视野开阔、知识广博、实力雄厚的创造型人才。同时，在撰写论文或进行课题研究时，导师也不可能对学生所选题目的每一细节都很精通谙熟，平时注意留心学界动态和新成果是很必要的，但有些敏锐的、细微的、技术性的问题往往是论文不能囊括的。著名理论物理学家侯伯宇教授就认为："在当今'知识激增'的时代，最新的科技情报，不在最新出版的期刊中，甚至也不在学术交流会上的论文中，而在发表论文或参加学术会议的专家、学者的头脑中。"（赵弘毅《侯伯宇教授及其科学研究》）所以就很有必要遍访名家，转益多师，摆脱常规知识和一般理论，站在课题研究的前沿阵地上，把请教的目标集中缩小到某些极关键、极敏感的问题上，进行质疑问难。学生可以通过老师的言谈、动作，甚至神态语调来领会问题。专家在回答问题的过程中，自然也会表现出他的思维方式、学术观点和治学经验。对学生来说，问一得三，有时不仅能解决研究中遇到的具体问题，而且还可以突破导师传承所形成的思维定势，对于激活创造性心理机制，从多层次多角度思考问题，有很大的帮助。从教学管理部门来讲，这是借助外力、取长补短的一种极好途径，值得提倡。

（三）与同行切磋学习体会。前几年，某些学校由于信息闭塞，地域阻隔，加之研究生学习时间短促，任务繁重，所以极少有机会与全国各地的同行切磋学艺，交流体会，通报论文选题，这种长期不相往来造成了同行间陌如路人，论文选题往往雷同撞车，给国家和研究生本人都造成了损失。其实，通过游学可以避免这个问题。会议间歇，寝室一角，不同年龄、不同阅历、不同地区、不同学派的同行聚到一块儿，心有灵犀，漫说长篇大论，有时就是三言两语，往来驳难，思想交锋，也能碰撞出灵感的火花。大家在平等的地位上交流讨论，不仅可以增进校际的友谊，锻炼研究生人际交往的能力，而且使彼此间建立了广泛的横向联系，形成自发的学术和人际网络。

（四）实地考察。通过几年的专业理论学习，研究生形成了论文的初步观点和基本思路，但是预想的方案是否与实际相符，还不能遽下结论，需要亲自到实地去考察、校对、验证。诸如企业的增产指数、器皿的色泽形态、古迹的建置存废、地形的方位走向、舆论的不同社会心理反应等，都不能道听途说，抄二手资料，需要亲自考察、调研，增强论文的可信度和精确性。同时，也把理论联系实际的方法贯彻渗透到教学科研之中，使学生从开始就树立实事求是的良好学风，遵守基本的学术研究规则。

游学一般应在导师带领下，或在导师、研究生管理部门指定的范围内有组织、有计划地进行。时间可长可短，视专业需要而定，但最好安排在撰写论文开始之前。经费可采取公费或私费公助等多种形式。

实际上，我国古代教育就不仅讲究学派师承，家法传播，同时也极重视转益多师，广摄博采，知行结合，借以丰富和发展本学派，培养经世致用的拔尖创新人才。许多大学问家在年轻时就仗剑去国，辞亲远游，遍访名师，以文会友，以此来扩展自己的阅历和学识。在准备著述之前，不仅要拜访叩问通才专家，而且常常亲自去考察，网罗天下逸事旧闻，考稽山川地理沿革。如司马迁、徐霞客、李时珍、顾炎武等，不但饱读了万卷书，且跋涉了万里路，积累了许多有益的治学经验。孔子率学生周游列国，一方面是在传播推广他的政治主张，另一方面，这本身就是一种带有游学性质的实践教学活动，还是一种国际性的实操教学。为古典游学树立了范本。可见，游学也是我国古代教育的一个优良传统。

过去，由于某些管理者不理解游学的性质和目的，误以为这不过是变相的游山玩水、公费旅游，故对游学不能积极支持或正面倡导，所以游学没有制度化，纳入研究生的教学过程，仅仅在某些资金雄厚、教改卓有成效的院校进行。我认为游学应成为研究生教育的一个重要环节，使它起到培养拔尖创新人才的作用。

知识人研究刍议

正如经济人对应的是经济市场，资本人对应的是资本市场，思想者对应的是思想市场一样，知识人对应的应该是知识市场。知识人在知识交换的市场和社会进程中所起的作用越来越重要，但与此相对照，理论界对知识人的研究却显得相当滞后保守，许多问题含混笼统，某些研究项目甚至还是空白。我认为，这种状况亟须改变。

一

首先应提出来的是关于知识人的概念问题。内地学界一般倾向于使用“知识分子”这个词，而较少使用“知识人”这个用法。我个人觉得“士”“士人”是前现代社会的用法，知识分子虽是现代的用法，但容易意识形态化，而“读书人”则不能成为一个正式的称谓。现代社会知识普及，几乎人人都是读过书的人，但未必都是知识人，更未必都是知识分子。故本文倾向用“知识人”这个提法，并将其在某些特定条件下作为“知识分子”的替换词。十一届三中全会以来拨乱反正，推倒了过去强加在知识分子身上的一切不实之词，提出知识分子是工人阶级的一部分的论断，在当时的背景下，这无疑具有极其重要的理论创新意义。它使千百万知识分子从“臭老九”的境遇中解放出来，庄严地抬起了头。但这一论断只是对知识人本质属性的部分规定，并没有挖掘出知识人、知识分子范畴的全部内涵，特别是对知识分子与工人、农民，在社会使命、思维模式、生活方式等方面的差异性没有申述。何况有关知识分子的政策并没有限制更不能代替对知识人问题进行深入细致的理论研究。持论者或说，知识分子就是脑力劳动者。但知识分子与脑力劳动者并非同一概念，知识分子属于脑力劳动者，可并非所有的脑力劳动者都是知识分子。比如政府机构的管理者、公务员，企业中的白领都属脑力劳动者，但一般不将其称为知识分子或知识人。所以，单从是否从事脑力劳动这一点，还并不能界定出知识人的特殊本质。此外，劳动人事部门用一个更简单的方法来划分知识分子与非知识分子，即凡拿到中等专业学校或技工学校以上文凭者，即属知识分子，可享受知识分子的待遇和补贴。这样规定虽然简便实用，易于操作，但也容易引起混淆，比如许多靠自学掌握某种技能或成为某些专业领域权威的人，是否也算知识分子？难怪有人用漫画讽刺，说依据时下的规定，连人文之祖孔子也不配享受知识分子的“待遇”——食用祭祀的冷猪肉，因为他老人家也没有文凭。我认为，劳动人事部门最好不用知识分子这个概念，而改用脑力劳动者这样的术语，避免因知识分子概念本身的含混，造成实际工作的麻烦。诚然，我们研究问题不能从概念出发，在概念上兜圈子做游戏，但准确地理解一个概念的含义，却是进行科学研究工作的必要前提。

从现代社会学来看，知识人应具备独立性、批判性和预见性。

在社会政治中，知识分子须具有独立意识，能对时政提出剀切的批评，而不是周容合时，应时顺俗，作某些政治活动的学术广告，这是衡量知识分子独立性的一个重要标志。

从一般意义上说，知识分子并非仅仅是些受过高等教育的技术娴熟的工人，严格按照模型和工序对某一类零部件进行重复性的大批量生产，以制造标准件为目标。知识分子中相当大的部分从事传播文化和实现新创造的精神成果的技术转换工作，一部分则从事原始创新和理论创新的工作。前者在观念上属于实用理性，后者则是思辨理性。前者的任务是模仿、再造、改型和实用化，后者是创新、发明、发现和试验化。知识分子除了圆满完成职业上的工作外，还习惯上自觉或不自觉地承担着对社会进程的规划和设计，对人类精神命运的理性思考。他们不光“入乎其内”，投身和参与社会变革，还要“出乎其外”，用学术的和人道的双重标准来批评社会政治。对社会政治的批判——拾遗补阙，是知识分子的使命与职责。因此，在知识分子身上常表现出一种深沉的忧患意识，一种似欲承担人类命运的道德重负。每当世道浇漓、风雨如晦之际，知识分子往往就是漫漫长夜中民族良知和社会正义的殉道者与守夜人。而那些虽有学历和知识，但是靠曲学阿世、卖论取官者，却不齿于士林，根本不配知识分子这个称号。

知识分子在人类生存所系的重大事务上，还具有某种预见性和超前性，能超越具体的种族、国家和时空界限，思考人类应该出现或可能出现的前景，这种预见在当时可能会被公众指斥为蛊惑人心的异端邪说，但历史的发展往往会被他们的预见不幸言中。似此，我认为知识人这个范畴不光具有政治经济学的规定性，而且还具有创造学和伦理学的规定性。它不是指从事脑力劳动的所有人，而是指其中的先进分子，他们往往借助于某些思想和为了某些思想来超越职业的界限，超越一己的或小集团的私利，来对人类社会共同关心的问题提出忠告或施加影响。这类知识人很大程度上又与思想者相交叉，甚至相重合。

从社会学来看，这些具有大致相同心理素质、社会角色的群体，本身就构成了一个社会阶层。他们不仅具有职业上的独立性，而且具有理念和人格上的独立性。因此，我们的研究必须找出他们与工人、农民的“同中之异”来，而不是仅仅停留在思想与理论上的相同处。

二

与知识人概念理解的含混相联系，对知识人的研究还表现在如下几个方面的薄弱和冷落。

（一）对知识人创造成果的评估与对创造主体的研究不相适应，重物轻人。社会承认知识和知识人能促进生产力大幅度发展，能带来极大的物质财富和精神财富，但是对创造主体的认识和研究却显得相对落后。对这一社会阶层的经济收入、生活水准、健康状况、婚姻家庭的统计研究较少，对他们的认知方式、思维模式、政治理想、伦理追求和生活情趣的理解就更谈不到了。他们与其他社会阶层的差异性何在？知识阶层的独特品格是什么，社会使命是什么？作为劳动者的一部分，知识人的劳动有何特点？用衡量体力劳动的计件工作制和八小时工作制是否能计算出知识人的工作量？知识人所从事的实际上是一种复杂性劳动，用度量简单劳动量的工时制不能计算出他们的劳动投入。而这种规定和限制已极大地影响了知识人的创造热情。许多年来，由于缺乏研究，理论上虽说知识分子是“工人阶级的一部分”，应和工农打成一片，但并没有消除知识分子和社会大众的实际隔膜，知识分子的群体形象常常被扭曲或误解为“呆头呆脑的智能机器”，“喜欢对社会问题吹毛求疵的人”。

（二）对知识人发展史和知识人思想历程的研究，与对工运史和农运史的研究相比较，量少质轻。20 世纪上半叶，由于革命战争的需要和特定的时代环境，理论界对工人运动和农民战争的研究取得了许多成果，这方面的论著在刊物上连篇累牍，在书库中也是积案盈箱，但关于中国知识人的产生和发展，关于传统知识分子的思想特征，对近代以来知识分子在传播民主、科学、自由、宪政等方面的地位和作用，却较少有人研究，甚至有许多偏见和荒谬之论。此外，历代哲学家和政治家的思想体系中，究竟哪些观点代表了知识精英的思想，哪些代表了农民的思想，哪些代表了贵族地主的思想，也需要花大气力去披沙拣金、爬梳剔理。还有，两千多年的专制制度造成的古代知识人性格中的附庸特点、主从意识、官本位思想、分裂人格，是否在现代知识人身上仍然残存或遗留？在弘扬传统知识分子美德的同时，是否也应用现代观念的烛照，来重新认识古代知识分子因受传统的影响和制约所产生的心理缺陷和障碍？因为它们在某种程度上已积淀为民族性格的一部分，在现代化进程中已明显是一些消极因素，在同新观念的碰撞中，也就造成了现代知识人的许多性格悲剧。

（三）国内对知识人理论研究的落后与国外同行的研究热潮不相适应。国外学术界对知识人问题研究的内容十分广泛，诸如知识分子的定义、知识分子的社会使命、知识分子的内部结构、知识分子的生活方式等等，均有详细深入的成果。欧美学者在20世纪40年代以来提出“技术统治论”的观点，认为随着技术革命的深入，将会在21世纪出现新的知识革命，而知识人在这场革命中将会形成一个新阶级，他们称之为“知识新阶级的崛起”。美国著名社会学家古德纳（Alvin W. Gouldner）教授在《知识分子的未来与新阶级的兴起》一书中认为构成知识新阶级有两个要素，即文化资本和语言集团，他断言拥有文化资本和特殊语言符号体系的知识人将会主宰未来社会。这是在欧美社会学界流行极广、影响极为深远的一种理论。西方马克思主义学者也很重视对知识人的研究，他们认为知识分子是社会的中间阶层，正向中产阶级和资产阶级接近，基于知识分子在民主运动中所具有的不可忽视的积极作用，他们又指出知识分子与工人阶级是一种联盟关系，是工人阶级的“社会邻居”（格尔克《政治运动中的知识分子》）。

苏联学者对知识人的生活方式研究也不少，他们认为知识分子的闲暇时间比工人和农民更具有相对独立性，但不能把知识分子的活动硬性划分为工作时间和闲暇时间。知识分子从事的是创造性的劳动，它不受固定的时间和空间范围的限制。一般说来，他们的闲暇时间在相当大的程度上是他们创造性劳动的继续（皮缅诺娃《苏联知识分子的生活方式》）。西方当代对知识人研究最引人注目的当推美籍学者萨义德，他通过辨析各种定义，提出自己对当代知识分子的见解：主要特点是背井离乡、疏离主流、边缘化，具有业余、外围的身份（爱德华·W.萨义德《知识分子论》）。这些观点都需要我们认真研究，或分析批判，或甄别吸收。总之，中文学术界应对西方浩瀚的知识人研究作出相应的理论回应。

三

目前，国内理论界对知识人的认知整体上停留在对知识分子政策和文件的注释与解说阶段，而政策本身又只是原则性的规定，极其简要，弹性很大，所以，使我们对知识人问题的思考常陷入困境。摆脱困境的唯一出路就是加强理论研究。知识人问题不仅是一个全球性的社会学理论“热点”，而且具有极强烈的现实意义。它不仅具有学术上自主的学理价值和认识价值，而且可以为决策机构提供制定政策的依据，使相关政策与决策的出台更加完善。

20世纪前半叶，民族命运处于关键时刻，救亡是全民族的头等大事。由于严酷的军事斗争需要，我们重视对工人阶级和农民阶级的理论研究，对马克思主义进行了创造性的发展，从而制定了切实可行的方针政策，使中国革命取得了胜利。50年代至70年代末，这一研究继续走向深入。80年代以来，随着社会的转型，对全民族的启蒙问题再次被提到极其重要的理论高度上，民主、科学、自由、宪政这些“五四”前贤所提出的社会设计的基本元素，仍然有待后继者从知行两个方面来完成。理论界也应随之调整研究角度和视野，加强对创造主体——知识人的研究，这又是摆在理论工作者面前迫在眉睫的一项新课题。

如果说杰出的知识人是某一时代社会灵魂和文明尺度的象征的话，那么，对知识人的研究则是认识这种文明的重要路径。

附记：

本文写于20世纪80年代后期，最近始从资料袋中翻出。90年代以降，在本文观点形成后，对知识人理论的译介以及对中国古代士人、现代知识分子研究的新成果不断涌现。现在看来，本文整体上已显得陈旧，充其量只能算是恢复“对普通事物的常人见解”，但文中所指出的某些问题不但存在，而且更为严重。21世纪初叶，知识人中的“公知”受到鄙视，教授受到丑化，专家受到嘲弄，再次说明这一话题依然没有过时。笔者从90年代中后期倾心研究中古士族，特别是唐代文学士族，也算是我对自己主张的一次践履。

教师的三重境界

教师从事的据说是太阳底下最光辉的事业，可是近来教师的形象变得不太光辉了。媒体上不断有关于高等教育、高校教师的负面报道。原因一方面是我们的大学教育理念不够清晰、大学精神未能彰显，另一方面是我们对教师职业的定位、对高校教师的功能作用认识模糊混乱。我所理解的大学教师应从三个方面努力，应追求三重境界，分别是：敬畏讲坛，站好讲坛，超越讲坛。

第一是敬畏讲坛。所谓的敬畏讲坛是指讲坛的神圣性、庄严性。西方的大学来源于中世纪的修道院，中国古代的学校也是沟通天人、传道授业、发蒙启愚的场所。所以古代对学校的教职人员的要求与对神职人员的要求近似，极其苛刻。讲学迹近布道、传道，献身教育类似殉道。前两年，有教师打趣地将教师走穴赶场子出席各种非专业活动，比作娱乐圈的坐台、出台，但我认为此台非彼台。仅仅为了谋生混饭，为了发大财，为了出大名，为了当大官，那么就请尽快离开讲坛，不要玷污了这块圣洁的地方。

因为讲坛具有神圣性，所以讲授的内容都应该是科学、民主、宪政的基本内容，都应该是本乎圣贤经传的，都应该是有益于世道人心的，都应该是有所出处的。而不应全是稗官野史的传闻附会，低级趣味的黄段子，街头市井的庸俗见解。

作者在课堂上

因为讲坛具有神圣性，所以也应赋予传道讲学者以人格尊严、精神独立，而不能动辄以洗脑、洗澡、割尾巴、清除精神污染之名，行思想改造之实，剥夺教师思想的自由、学术的自由，使教师成为卑贱的思想奴隶。

因为讲坛具有神圣性，所以关于教育改革的商业性议论应受到质疑。教师的生活待遇及工作条件毫无疑问应得到改善，以便使他们能穿得起质地良好的长袍或西装，在学生面前挺直腰杆，体面地从事有尊严的工作，但这种改善与提高主要应通过政府的拨款及学校的筹措，而不是鼓励或放任教师的走穴搞创收。

因为讲坛具有神圣性，所以从业人员主要应从思想的深刻、业务的精湛的角度要求自己。换句话说，从精神的富有、学识的渊博的角度来要求自己，而不应过分看重物质的待遇，与其他行业从业者进行无谓的攀比。如果是为了物质的奢华，请离开教师队伍；如果是为了一夜成名，成为媒体追捧的所谓演艺明星或文化明星，请离开教师队伍；如果是为了政治上的发达，请离开教师队伍。

我个人认为教师的工资待遇及津贴确实不高，应呼吁有关部门提高和改善全体教师的待遇，但不能将工资低、津贴少作为走穴、赶场子、从事经营性兼职的借口。经营性兼职、赶场子走穴，说明教师对专业缺乏自信。假如一些名校教授都耐不住寂寞，都缺乏学术自信，那么关于教师队伍的危机就不完全是危言耸听了。难怪媒体及网民要讽刺挖苦甚至丑化高校教师，难怪海外学界对我们的学者有许多负面评论。一分为二地看问题，我们的教师首先要自律、自持、自重，然后才能呼吁媒体及大众理解教师、同情教师、公正公平地对待评价教师。

人生有涯。一个人的体力、精力是一个定数，只能抓大节抓关键，不可能每一方面都尽如人意。样样都抓，样样稀松。甘于清贫，耐得住寂寞是当好教师的首要条件。俗话说坐得冷板凳，方能吃上冷猪肉。沧海横流，纷纭热闹的东西可能如昙花，如浮萍，而真英雄会砥柱其间的。

第二是站好讲坛。我理解的站好讲坛是指履行好一个教师应负的责任，具有独立承担各个环节各个层次教学工作的能力。这包括业务要过硬，教学要受学生欢迎，对学生要有耐心有爱心有责任心。这是教师职业准则的题中应有之义。

我所从事的是中国古代文学教学，这个专业犹如中医，认老不认少，一个年轻教师要做到纵横古今，旁征博引，确实不是一件容易的事。为了练基本功，从刚走上教学岗位，我就要求自己将备课所涉及的所有作品原文背诵，所有讲授内容都能脱稿，每次上课前都要将所讲内容重新设计，即便是再熟悉的内容也要预先认真准备一遍，同学或一些同行听我讲课如脱口秀，误以为我口才好，善于言辩。其实我是嘴笨脑子也笨，我的教学能取得较好的效果，看似容易实则艰辛。

有些文科老师不给学生布置作业不提要求，我所在的学院在学生中实施"2—3511 工程"，即要求学生在大学前两年背诵三百篇古代名作，写五十篇文章，讲一口流利的普通话，写一手好的书法。其中背诵的任务就要在我的课程上落实，凡是要求学生背诵的，我自己先背会。其中每个年级都会有些学生不理解，我总是不急不躁，每次上课都认真考核，为提高学生的古典文学基本功做了些工作，赢得了学生们的好评。

第三是超越讲坛。所谓的超越讲坛是指不满足不局限于讲好一门课，不仅能胜任教学工作，而且能在教学之外发挥自己的作用，施展自己的才华。

首先，大学教师的三大任务：教学、学术研究与社会服务。除教学外，科研与服务都是讲坛之外的，但又都与教学息息相关。学术研究的新动态、新成果可以回馈教学，充实教学，丰富教学，将教学内容引到学术前沿，对培养创新人才，对建设世界一流的研究型大学是必不可少的。而教师的社会服务不仅是他应尽的责任，而且可以启发学生不脱离社会，不脱离团队，有社会归属感。

对教学与科研非常浅显的辩证关系不仅我身边许多老师不明白，就连媒体的一些报道也故意混淆是非，误导受众。比如前段时间主流媒体与网上都热炒上海某高校一位长期在教学第一线深受学生欢迎的老讲师，因科研成果少，临病逝时都没有评上高级职称。这引起媒体及大众对高校教师评价体系的质疑及非议。我很钦佩这位老师，也很同情他的遭遇，但媒体称这位老师因时间忙而无暇写论文，这种说法很值得商榷。我们知道自然科学特别是实验科学是在实验室做出来的，而不是凭空写出来的。人文社会科学研究也只有在长期文献资料积累的基础上才能做出大成果，并非凭着小聪明拼凑几条材料就能出成果。所以我个人认为这位老师的症结不是没时间写论文，而是没时间搞研究。除非教公共基础课，否则自己不搞研究就无法站在国际学术前沿，能将课讲好很值得怀疑。何况没时间搞科研，但将教学特色总结提炼为一项教学成果也是有价值的，与科研成果同等重要。如果这位老师连总结、概括自己教学经验的时间也没有,那么话就不好说了。

其次,教师对专业之外的社会公益、校院系教研室的事务、学术团体的活动也应竭尽所能,做一些服务工作。

还有,作为一名教师,对社会的民主、公正等也应表关心。既要关心结果的公平公正,也要关心程序与过程的公平正义。一个大学教师只有对专业之外的公众事务表示关心,表现出应有的态度,才能称为真正的知识分子。中国古人讲:“风声雨声读书声,声声入耳;家事国事天下事,事事关心。”美国人讲,一个核物理学家不能算知识分子,只有当他在反核声明上签了字,才算知识分子。

古人说“君子不器”,一个大学教师只有当他超越了自己狭窄的专业,对人类命运及人类共同面对的生存困境有了终极关怀,才有可能超越教坛,成为伟大的学术宗师和社会公众的良知。

这样的宗师与良知是青年学生的福祉。我们学校需要这样的宗师与良知,中国高等教育更需要这样的宗师与良知。

对于新加入这个学术共同体的青年教师来说,我认为你们非常有希望成为这样的宗师与良知。对我个人而言,这也是一个远大的理想与目标。高山仰止,景行行止。虽不能至,而我心向往之。

我愿与年轻朋友共勉,在这条道路上不断实践、不断努力。

(原刊《美文》2008 年第 1 期)

趋势与走向

本文所讨论的中国当代学术文化是指20世纪后半叶中国的学术文化发展状况，尤其关注最近二十年学术文化的嬗变，试图对其演生特征进行描述和解说，并对未来发展趋势给予一些粗线条的展望。

在中文学术界，习惯上将20世纪分成前后两部分：1915年至1949年这一段一般称为现代，1949年至今称为当代。前后各五十年左右。当然，时间已跨入21世纪，20世纪正逐渐变成历史，故又有人反对用现代、当代这样的概念来指称，直接用百年学术文化或20世纪学术文化这样的概念。由于本文不是对整个20世纪或百年中国文化的全面评价，只是就后五十年尤其是近二十年学术文化的变迁进行粗浅解说，故仍沿用习惯的说法。

所谓的“学术文化”，相对于意识形态的政治文化，它是一种专门的思想资源；相对于大众的通俗文化，它是一种精英文化；相对于流行的娱乐文化，它是一种严肃的专业文化。当然，在当代中国，很难将学术文化与主流意识形态的政治文化、大众通俗文化、流行娱乐文化等截然分开，在很大程度上它们是交叉的，甚至有些是重合的。加之，专门的学术文化要产生社会效应，也必须从专业领域走向公共领域。不过就学理而言，笔者仍打算将其抽出来，予以重点讨论。

一、中国当代学术文化的定位

要给当代中国学术文化予以准确定位，必须将其放在近百年中国社会变迁及学术文化演生的大背景中，才可能有一个较为平实公允的把握，亦使人们看出其中的来龙去脉。但这是一个很大的论题，要比本文所讨论的话题更复杂。而且，20 世纪的中国又与世界大局的动荡息息相关，离开世界特别是西方国家、前苏联与日本，中国的许多事件永远扯不清，这一话题就更加难以叙述了。故这里只引述一些学者的结论作为本项研究的出发点。

北京大学谢冕教授最近撰文指出，中国 20 世纪文学思想有三次改道：第一次是五四新文化运动，第二次是 1942 年毛泽东发表《在延安文艺座谈会上的讲话》（以下简称《讲话》），第三次是打倒“四人帮”以后，特别是近二十年。（谢冕《文学的纪念（1949—1999）》）这一看法虽然只是针对文学思想变迁而言，但笔者认为它有某种普遍意义。这种看法并非谢冕独创，更早的时候，中国文艺界的代表周扬亦将五四运动、延安整风运动及 1978 年十一届三中全会称为中国现代的三次思想解放运动。（周扬《三次伟大的思想解放运动》）虽然谢氏与周氏所讨论的问题不同，具体划分亦不尽相同，但是两人以三件标志性的事件划分三个阶段，尤其是第二个阶段没有从 1949 年划起，而是不约而同地追溯到 1942 年（《讲话》的发表与延安整风运动的开始都在这一年），确实有些意味深长。

1915 年兴起的新文化运动及随后的五四运动，从思想文化上剪断了现代中国与传统中国的脐带。如果说辛亥革命推翻清王朝，是打倒封建政统的话，那么新文化运动则将其学统与道统也打倒了。虽然有学者反思“五四”，认为当时的激进主义与全盘否定传统为此后中国历史发展埋下伏笔，有其弊端。但另外亦有人指出，“五四”提出的两大主题：救亡与启蒙，救亡即反对列强侵略的主题完成得较好，但启蒙即反对封建主义的任务迄今没有完成。中国政治文化领域、学术文化领域以及大众生活中，封建的观念意识仍然根深蒂固，中国要走向现代民主社会，反封建仍然任重道远。

十一届三中全会以来有关真理标准问题的讨论，是中国思想文化领域的又一件大事，中国的对外开放，农村与城市的经济改革等都与此有密切关系。它不仅是后五十年中前后两个阶段的分水岭，而且是整个中国 20 世纪的一个转折点。它已经并将继续对中国未来发展提供许多精神资源，所以可以称其为一个时代的里程碑。

总结以上三个作为开拓新时期的标志性事件，我们会发现，第一次是破旧立新，打破旧传统，形成新风气；第二次是破上立下，打破现代知识阶层出现的精英文化，呼唤普罗文化或所谓的工农兵文化；第三次又是破旧立新，打破教条主义、经院哲学，使新的自由学术文化得以传播。

有了以上背景，我们可以调整焦距，透视近二十年来中国当代学术文化，并为其定位。基于对当前中国社会及思想文化总体特点的考量，我以为本阶段中国学术文化仍处于一个转型期，虽然五彩缤纷，但尚未形成一个稳定的特色。中国学术文化界亦如中国经济建设领域，到处大兴土木，日新月异，新景观、新面貌让人目不暇接，也许变动不居正是它的特点。在将来的学术史中，它将会被视为新与旧的过渡转型时期，这不仅仅是因为它处于两个世纪的交接点上，更重要的还在于，它是两种价值系统、两种生活方式的转换过程。作为研究对象，观察并追踪这种变动有诸多不便之处，但笔者仍愿不揣浅陋进行一些简单的归纳与梳理。

二、中国当代学术文化的变迁

对当代学术文化变迁轨迹的描述，可以从不同领域采用不同方法来考察，笔者仅就变动最突出的如下数端进行勾勒。

（一）从单一信仰转变为多元价值。中国大陆自 1949 年以来，无论是工农大众还是知识分子，都经历过一个转变世界观的精神历程，无论是“洗澡”还是“社教”，是思想检查还是大会批判，是忆苦思甜还是“三忠于四无限”，都是要解决一个信仰问题。所谓的灵魂深处爆发革命，所谓的脱胎换骨，所谓的思想转化，都是就此而言。而学术文化尤其是人文社会科学也是围绕着这一中心工作展开的。但随着林彪、“四人帮”的垮台，以及对个人迷信的批判，一场现代造神运动结束了。许多虔诚的中国人出现了信仰危机，变成了怀疑主义者。随着商品经济浪潮的不断冲击，务实的中国人将对信仰的追求转变为对物质利益和财富的渴望，因而出现了所谓“全民经商”的新景观。社会再没有一个固定的价值标准可以规范制约个体，中国进入了一个多元价值的社会，人们的信仰亦呈现出多样化。在目前中国，既有秉持自由主义理念者，又有坚守马列原教旨主义者，还有激进的民族主义和爱国主义者，也有民间信仰的改革者与创始者。说明中国人不再只有一种信仰，他们在自觉或不自觉地打破单一价值观，选择更适合个人的信仰与价值观。

与此相关，学术研究的理论花样翻新，学术研究的方法亦日趋多样化。学术界也出现了“代沟”，年轻学者对老一代的理论与方法不屑一顾，老一代学者又惊呼年轻一代的文章他们看不懂，概念不懂，方法不懂，更主要的是新的价值观他们不懂或不能接受。

（二）从激进主义转变为保守主义。传统中国哲学中虽然有“中庸”“大中”等理念，但 20 世纪的中国文化中，二元对立、矛盾斗争、肯定否定的简单思维方式更加流行，人们从观念到行为更趋向于激进与革命。宣传西方思想，则要求全盘西化；倡导民族文化，则又视一切外来文化为洪水猛兽。在共产党内，虽有“左”、右倾错误，但人们习惯于“宁左勿右”，其中的“左”往往表现为互不相容的对立面，强调斗争是解决矛盾的基本方法。“与天奋斗，其乐无穷；与地奋斗，其乐无穷；与人奋斗，其乐无穷”，“共产党的哲学就是斗争的哲学”等等，都是这种激进思想的体现。

近年来，许多学者反思当代中国思想文化的发展历程，提出文化保守主义的观点，认为在文化系统中新与旧、中与西、传统与现代、人文与科学、物质与精神，其实并不是截然对立的，而是可以共容的，在新的社会框架中，可以将人类文化遗产整合于其中。社会变革不光有肯定否定的巨变，也有温和改良的渐变，旧的传统在新的社会中仍有其存在的理由。社会运动亦如生物基因的生长一样，既要有变异的一面，又要有遗传的一面。

那种视旧时代的文化遗产为新社会的包袱的看法，即是人们常讽刺的洗澡时将澡盆中的脏水与孩子一起倒掉的简单做法，亦即鲁迅所批评的将旧社会的鸦片与房子一把火全烧掉的“昏蛋”。

文化保守主义理论的提出，可以追溯到“五四”时期，但是一直不为人们重视，今天听起来仍如空谷足音。它可以与古代的学术资源进行对接，使文化环境有更多的包容性，是民族文化走向成熟的一个重要标志。

(三)从思想转变为学问。有人说,中国学术文化在20世纪80年代强调思想,90年代强调学问,或叫“思想淡出,学问淡入”。这种看法虽然有些片面,但亦有几分接近事实。不过,这种变化亦有其深刻的背景。

80年代承思想解放之余绪,加之开放伊始,新学说、新思潮、新流派纷纷在中国抢滩登陆,各自寻找自己滋生发展的土壤。国内知识界如饥似渴,对各种新理论都有浓厚兴趣。有着经世致用传统的知识分子,不满足于坐而论道,同时介入到对各种实际问题的解决中,对现实中国开出各种各样的药方。随着批判资产阶级自由化的深入及学运的落潮,知识界的热情顿时被浇灭。有些人流亡国外,有些人浪迹商海,有些人躲进书斋,以退为进,忘怀世事,寄托玄远。

这一变化应该说是喜忧参半。于学术而言,相当部分的人跳出学术圈,使学术圈更加纯粹,蜕变为一个专门的职业化的行当,有关学术规范,与世界学术接轨对话等话题随之也被提出,学术越来越疏离于意识形态,不断边缘化,独立为一种专门的知识资源,学人则由公共领域退回到各自冷僻的专业圈中,仅就专业问题进行探究讨论。对于学科建设本身,这是一件大好事。可以预言,中国学术文化的各个门类,将在这种环境中获得益处,一些深入细致的专门成果也会随之出现。但另一方面,回避现实,忘怀世事,没有现实关怀与终极关怀,学术尤其是人文科学的灵魂便被抽掉了。缺乏思想解剖与意义的追寻，学术本身也就变成为碎珠散玉或为稻粱谋的工具，它的崇高性也就丧失了。清代考据学的重要成果，恰好出现在专制最严峻的乾嘉时期，这是学术的胜利，也是思想的缺席。

(四) 从人文转变为技术。中国是一个有着悠久人文传统的国家，《周易》中已有“观乎人文，以化成天下”的理念，前现代社会对人文精神一直很重视。但是20世纪以来，历史传统被割断，人文精神遭遗弃。西方列强用坚船利炮打败中国的现实，使人们不得不承认中国的科技太落后了，而中国人所谓“落后就要挨打”也仅仅承认科技方面与发达国家的差距，于是全社会重视科技。这一认识虽然有反复，但在最近二十年又一次被强化。受这种思潮的引导，经济与技术虽小有进步，但全社会人文精神失落，人文素质降低，却成为进步过程中的沉重代价。余英时先生在《让一部分人在精神上先富起来》中沉痛地指出：“为什么进入二十世纪以后，在整整百年之中，中国的人文精神竟如此一蹶不振呢？我曾听到不少人说，二十一世纪中国即将成为科技大国，因为中国人既聪明，又灵巧，特别是在技术方面确实具有无穷的潜力。我没有理由怀疑这一说法，而且已有不少事实在支持着这个推断。但是我还想问一个问题：即使这一天到来了，中国人便真的感到完全满足了吗？科技彻头彻尾是西方文化的产品，而且毫无可疑是从一种更高的精神境界转出来的。难道中国人百年以来追求的仅仅是魏源说的所谓‘师夷长技以制夷’这件事吗？在世纪末的今天，中国的精神贫困更远在物质贫困之上，这已是无可争辩的事实。”离开希腊、罗马以及文艺复兴以来的文化传统就不可能有今天的西方科技。人文是科技生长的土壤，制度是科技进步的空气，没有人文精神的养成，仅求技术的进步，则技术就成了无源之水，无本之木，探索技术而不得，更遑论其他。

（五）从拿来引进到建立本位文化。整个20世纪，西方的各种思潮在中国都曾巡回演出，近二十年此风更烈。中国现代意义上的学术也是从西方引进的，从学术范畴到学术理论、学术体制、学术教育，都是沿用西方的。西方新思想的不断输入，对于中国学术的发展，无疑有至关重要的作用，现在、将来仍要坚持。但是，如何在拿来引进过程中形成中国学术文化的本土特色，这也是一个亟待解决的问题。史家陈寅恪在《冯友兰〈中国哲学史〉下册审查报告》一文中早就指出：

窃疑中国自今以后，即使能忠实输入北美或东欧之思想，其结局当亦等于玄奘唯识之学，在吾国思想史上，既不能居最高之地位，且亦终归于歇绝者。其真能于思想上自成系统，有所创获者，必须一方面吸入外来之学说，一方面不忘本来民族之地位。此二种相反而适相成之态度，乃道教之真精神，新儒家之旧途径，而二千年吾民族与他

民族思想接触史之所昭示者也。（陈寅恪《金明馆丛稿二编》）

中国是一个有着丰厚文化资源的古国，对于外来文化在开放接受过程中，不可能是全盘不动地吸收。另一方面，中国自己的学术亦应产生出新的理论、新的学派，来回应并与外来文化不断互鉴。新思维的确立不外乎对古代学术资源的创造性转化，以适应新时代的需要；对外来文化的改造，以适应中国的环境。关住国门，抱残守缺，并不能形成本位文化；对外来思想照单全收，亦步亦趋，也无法形成本位文化。

三、中国学术文化前景的展望

如果要对未来中国学术文化进行过于细致的预测，似乎有些困难，转型期的诸多不确定因素，或许对未来的发展在速度上、强度上都有相当影响，过分乐观或者悲观都是不必要的。

但是，随着中国加入 WTO，经济全球化与一体化加深，数字革命与网络生存，不仅会打破各种真实空间的阻隔，而且为人们的想象力提供了无尽的虚拟空间。在全新的界面与平台上，中国的学术文化势必要发生许多新的变化。可以预期至少有如下几个方面的变动：

（一）国际化。毫无疑问，随着中国改革开放的进一步深化，中国的学术文化也会越来越国际化。具体表现在学术交流的国际化。中外学术交流将会越来越频繁，交流方式将会越来越多样，交流成果亦会越来越丰硕。学术资源与成果国际共享。学术本为天下公器，中国前现代的小农经济与现代的计划经济，造成学术资源与成果的条块分割，别说国际共享，就是国内共享也做不到。而在全球化与一体化的过程中，依靠网络技术、数据库、云计算，可以实现共享。随着传播方式与发表方式的逐渐改变，在全新的虚拟空间中，边缘区与中心区的概念逐渐模糊，作者与读者的概念也逐渐模糊。在移动互联网上，我们可以将阅读笔记即时贴出，甚至作者可以与读者在线实时交流，主客辩难，主客之分也会消融。至于利用云技术、数据库和电子书库，则不仅可以将全世界的图书搬进自己的磁盘，而且可以将世界学术权威请到自己书斋中，足不出户，便可参加国际学术会议。过去说，“秀才不出门，便知天下事”，现在则变成，学者不出门，便可参与天下事。

（二）规范化。国际化的前提与伴生物，便是规范化。主要是学术范围、学术方法及学术评价体系的规范化。目前在中国学术界，除自然科学和工程技术科学外，人文科学与社会科学都缺乏国际公认的学术规范、学术标准。所以许多讨论实际是一种自言自语或失语。比如对人权、自由、民主、宗教等基本范畴的理解，国内学术界与海外学术界基本是各说各的，因缺乏规范（或谓游戏规则），对话与交流皆不会有任何成果。而要让真正的对话与交流成为可能，必须对一些普世价值与公理能够认同，有一个基础与出发点。没有基本学术理论认同与基本学术规则的遵守，学术之成长与交流之展开都是不可能的。

(三) 本土化。随着国际化的加深，中国学术界会越来越不满足于成为外来文化的转运站，而会进一步提出本土化的诉求。五千年中国文化源远流长，绵延不断，如儒家、道家、佛教中都包含着许多理论资源，启示人们如何应付现代文明的种种窘境，治疗现代人心灵上的疾患。经过创造性的转化，古典文化中的理论，可以变成现代学术的一个源头。

由于东西文化交流的增加，东西方的隔膜与差距不断缩小，西方人会越来越多地意识到中国文化的独特性。终有一天，人们会发现广袤的中华大地不仅有广大的商品市场，有许多物质资源，同时还有学术的市场和思想的市场，有许多精神资源等待人们去发掘。而这些资源将是人类文明演化中不可或缺的环节。

中国学人因天时地利，应对中华文化资源的开发有独特贡献，应在评判世界文化中有自己的声音，应在全球化的过程中提出自己的问题，有自己的学术战略，在处理与解决人类危机与文明困境时，有自己的经验，升华为自己的思想，在学术上形成自己的流派。犹如足球比赛，同样的游戏规则，不是限制，而是激发不同风格流派互相切磋竞争。又如音乐演奏，采用不同的乐器，表现不同风格的乐曲，但同样可以各臻化境，达到美与和谐的顶峰。

（原刊《西北大学学报》2002 年第 2 期，题为《从人文科学立场看中国当代学术文化的走向》）

困境与学术突围

古代文学的研究对象——创作主体与文本，在远离其产生的具体时空环境后，便成为一种历史的遗存，割断了与当时的一切利害关系，包括现场性、参与性等新闻效应。

古代文学研究在20世纪80年代后，逐渐地与意识形态疏离，成为现代学术门类中一门极普通的学科，边缘化、专门化、技术化使古代文学研究独立自足，呼吸到了学术自由的空气，这是近三十年来的最大进步。但长期受主流文化支配，长期为政治服务，一旦挣脱锁链之后，反倒不自在；没有了依附对象，没有了政教的灵光圈，反倒手足无措。那种想挟着话语权利，利用对古代作品的再阐释，操控人的思想的可能性越来越小了。那种通过古典的阐释来引爆大规模思想运动、政治运动的几率也微乎其微。同样，想通过对古典的释读，迎合圣意，上书对策，一夜之间大红大紫，成为学术暴发户的投机也很难再成功了。正如一夜之间不会使一位考古学家成名，同理，也不会出现古代文学专家一夜成名。现代学术的游戏规则、专业及知识背景，都要求古典学者耐得住十年寒窗的寂寞与平淡，抵挡住喧嚣、热闹、轰动效应的诱惑。

古典学者在当下要不断调适心态，直面自己的学科与个人的生存状态，理性地看待学科地位的涨落变化。

与技术工程等应用学科相比，古代研究似乎有些迂阔，是一种解决不了具体问题的屠龙之学。与经济、金融、法律等当代显学相比，古代研究成果的正负效应都不会对社会带来巨大的骚动与震荡。

与现代畅销书相比，严谨规范的古典研究著作很少能雄踞排行榜之首，全民疯狂抢购一本古籍研究著作的可能性很少。与当代作品及作家相比，熟知古代社会、古代作家与古代作品的人会越来越少。知道《流星花园》《上海宝贝》《向左走，向右走》，而不知道《离骚》《孔雀东南飞》《世说新语》的人会越来越多。

通俗读物及影视类作品中涉及历史文化的错误、硬伤也会越来越严重。但我们不要大惊失色，天不会塌下来。

面对变化着的时代，研究古典的学者应神闲气定，不卑不亢，在各自的专业领域，从技术的层面，做出最规范、最精致的专业成果。另一方面，从价值的层面来看，古籍犹如神学，古典研究者又略近于祭司，具有沟通天人的作用，是民族文化遗产殿堂的守护者。我们的古典知识，是我们这个缺乏宗教的民族的准宗教；我们对古籍的诠释，既是一种职业，又是出于一种虔诚信仰的情感。

与理念上的困惑相关的，是古代文学研究还面临着一个学术的困境。20 世纪 80 年代以来，古代文学研究与意识形态逐渐疏离，回归文学，于是乎用审美的标准、文学的理论、艺术批评的方法研究古代作家作品，形成了时尚，给研究者和读者都带来了许多兴奋和快感。应该承认，这是古代文学研究自觉与独立的一个重要标志。

但是，兴奋过去后，人们很快感觉到，纯文学的理论也不是放之四海而皆准的，艺术批评的解剖刀不可能对所有作家作品都游刃有余，审美的观测台上也有许多盲区。

造成此现状的原因很多。首先，现代美学、文学理论及批评方法主要是一种横的移植，在西方本来就是各种体系及理论的什锦，在中国又缺乏学术大师将其整合为一体大思精的体系，哲学与美学在现代中国的矮化，亦使现代文学理论的成长失去了丰厚的土壤和参照的标准。用这样一种理论来评判和分析神奇复杂的古代文学现象，自然力不从心。

其次，古代作品及作家所生长的环境，并不是一个将作品视为纯文学文本的时代社会。音乐关乎政教，诗赋用于取士。在唐宋以前，极少职业作家，对于士族，文学仅仅是一种身份和修养，而对于寒庶下层读书人，文学则变成仕进与上达的工具，是他们的一块敲门砖。而碑、铭、诔、书、策、论等各种应用文体被广泛使用，亦无法用纯文学理论解释。作家毕生的大部分精力主要消耗在应举、仕宦、羁旅、宦海浮沉等方面，优秀的文学作品不过是偶然的不平之鸣，发愤所作，这样的人生全幅信息是很难用纯文学理论解析的。

有识之士曾提出杂文学的概念，倡导编写一种大文学史。傅璇琮先生等一批学者曾将其概括为“历史—文化”综合研究，认为这是“由单纯的价值判断而向文学事实的清理，也就是由主观框架的设施而向客观历史的回归”（傅璇琮《中国文学史研究系列·总序》），傅先生除个人的学术实践外，还对此次学术潮流的涌动起到引领作用。我个人则将对此种复杂系统的研究称为广谱的研究。古代文学研究应有第二次回归，由纯文学的研究进入杂文学的研究，由狭义文学研究进入广义的文学或大文学的研究。如果说，第一次回归是使文学回归其本位，那么第二次回归就是使文学回归到中国古代的实际境地中。这就需要多学科、多视角的参与，譬如社会学、民族学、宗教学、民俗学、金石学、考古学、历史地理学等等。关于这一点，学界已有许多类似的主张，并有学者躬行实践，提供了一批厚重扎实的研究成果。兹不赘述。

笔者仅据近年来稍有体会的文学地理学研究来举例说明这种学术突围的必要性与可能性。

金克木在《文艺的地域学研究设想》一文中曾指出：

> 我觉得我们的文学研究习惯于历史的线性探索，作家作品的点的研究；讲背景也是着重点和线的衬托面；长于编年表而不重视画地图，排等高线，标走向、流向等交互关系。是不是可以扩展一下，作以面为主的研究，立体研究，

以至于时空合一内外兼顾的多“维”研究呢？假如可以，不妨首先扩大到地域方面，姑且说是地域学（Topology）研究吧。

胡阿祥在《魏晋本土文学地理研究》中则从历史地理学角度阐述文学地理学的内涵：

中国历史文学地理有着广泛而又复杂的研究内容：诸如文学发达程度的地区差异（以文学家和文学作品的多寡为主要指标），各类文体的区域异同及受地理环境影响的深浅，文学题材与风格的地域特色。个别地区文学的地理背景，地理环境对文人灵感的培育与文人创作的影响，形成文学地域差异的自然地理环境因素与人文地理环境因素等等，都属于中国历史文学地理的基本内涵。

人地关系是历史演进中的基本关系，地理环境既是孕育滋养人类的必备条件，又是人类社会活动的舞台。对于史学研究而言，舆地研究又是治史的一把利器，所以，研究历史时期的文学，同样离不开这把利器。陈寅恪倡导的“地域—家族”研究方法，实即对人地关系理论的活参。他自述撰写《李德裕归葬辨证》的考证方法：先确定“时”与“地”，然后核以人事。合则是，否则非。他认为“时”与“地”之交叉点，犹如解析几何之

Cartesian Point(笛卡尔直角坐标系 OXY 下的坐标,简称直角坐标。见蒋天枢《陈寅恪先生编年事辑》)。陈氏受业弟子王永兴在其所著《陈寅恪先生史学述略稿》的第一章第四节题为《陈寅恪先生的治史方法》,专列一条"时间、地理、人事之法"予以讨论发挥。故在陈寅恪先生看来,无论是单个的人的考证,还是复杂事件的说明,都离不开时地结合的方法。我近年来倾心于文艺地理学视野中的唐研究,先后著有《唐代园林别业考论》《唐代关中士族与文学》《唐代三大地域文学士族研究》等,从方法论及具体观点上都受陈寅恪、钱穆、严耕望、谭其骧、史念海、毛汉光诸位文史大家的启迪与影响,并在此领域形成如下体会和感想。

首先,一般认为唐代是统一帝国,与此前的东晋南北朝及此后的南宋辽金时期不同,强调政治统一所带来的地域统一与文化融合,忽略此一时期各个地区的差别性,各种文化的独特性。政治的大一统与地域的统一,是我们民族根深蒂固的光荣梦想,自有其存在的合理性。但以唐代而言,是否属于统一帝国,已大可商榷(葛剑雄《统一与分裂》第二章)。就算是统一时期,各地的方土风气,方言土语,区域发展的不平衡,以及缘此环境熏习而成长之人物,皆有其独特性,并不会因此而丧失地域特征,当时并没有一种广被一切地区认同的同一文化(谭其骧《中国文化的时代差异和地域差异》)。

学人们经常称道的南北文化融合、南北文学合流,并没有使唐代文化及文学简化为一种模式、一种单纯的质素。恰恰相反，此一时期的地域影响比南北分裂时期更为突出，更形复杂，更难用简单的术语概念来规范。那种打算用教科书语言，将唐代地域文学的丰富多彩简明扼要地概括为一两个要点，强制纳入一个模式范型中的企图，不仅徒劳无益，而且十分有害。唐代文人的分布具有地域特色，由于经济文化的不平衡性与文学的地域性，所谓文学的统一与合流只能是一种理想、一种趋势。大唐之音，和而不同。

其次，受南北朝文化研究的影响与制约，谈唐代地域文化，人们亦侧重进行南北比较，忽略了地域因素的多元并存。实际上，草原游牧文化、关中文化、陇右文化、河洛文化、燕赵文化、陈夏文化、齐鲁文化、吴越文化、荆楚文化、岭南文化、巴蜀文化等在参与构筑唐代文化过程中，都具有重要作用。唐代的文化区域既有南北的差异，又有东西的差异。北方圈内关中文化与河洛文化及关陇集团与山东士族的冲突碰撞便说明这一点，南方圈内吴越与荆楚的纠葛矛盾，亦由来已久。

按照学术界的看法，华夏文化的重心首先经过由东向西的轴线，然后再沿着由北向南的轴线转移（钱穆《国史大纲》），中唐时期则成为此文化流布与重心转移的一大枢纽，不仅在时间上成为承前启后之关捩点（陈寅恪《金明馆丛稿初编》），而且从空间上也透露出气运转移之消息，此后经济文化重心之倾斜与格局之形成，已成定势。故不能用简单的南北比较来代替对各个文化区域的深入研究以及南北东西此消彼长的互动研究。

第三，文学家族、诗人群体往往因科举仕进、战争灾难、贬谪宦游而不断迁徙流动，这种迁徙流动造成某一时期某一地区文学的风云际会，文学人才一时称盛。对于迁入区而言，这种流动提升并丰富了移入区的文化，但却使文士的地方代表性不断丧失，使文学的地域风格不断弱化。故迁徙流动不仅影响士人个人及家族的荣枯兴衰，而且表征出文学重心的潜转暗换以及南北经济文化倾斜失衡格局的形成。

造成人们对文学统一的长期夸大式描述，可能与政统、道统的作祟有关。另外，现代方法论中的简单化模式，加上思想的懒惰，使人们一直想找到一个放之四海而皆准的方法，将所有现象纳入一个模式中，然后大言不惭地向外界宣布，发现了一种通则，找到了一种规律。

文学地理学的研究方法，也不是包医百病的，也有其学术局限，但将其和其他理论与方法综合运用，形成一种广谱研究，还是有其不可替代的功用，也算是对古代文学研究学术突围的一点尝试。

需要再次说明的是，古代文学的艺术研究是一个见仁见智的问题，同样，广谱研究中的历史文化研究（包括文学地理学研究）也有一个见仁见智的问题。从事文献考据研究的学人往往会陷入某种误区而不能自拔，总以为自己的结论是确凿无疑、唯一正确的，而其他人的成果是靠不住的；总以为自己的擅长才是真学问，由其他途径进入文学殿堂的都是野狐禅。这与前述纯文学研究者的坐井观天、自鸣得意，适成一个硬币的两面。

“在相对论中，人们必须抛弃存在一个唯一的绝对时间的观念，代之以每个观察者携带的钟所记录的他的时间测量——不同观察者携带的钟的读数不必要一样。”（史蒂芬·霍金《时间简史》）既然说我们已身处地球村时代，那么对此村庄的乡规民约也应粗知一二，使恕道、宽容及“金规则”同时变成古代文学研究的基本学术伦理。

（原刊《河南社会科学》2003 年第 5 期）

白云山的文化高度

陕北佳县的白云山海拔仅为几百米，从绝对高度来看，山并不是特别高，构成名山的自然地理优势并不特别突出。白云观的创建有两说：一说始建于宋代，主建于明清；另一说则直接将其与终南道人李玉凤来此创庙相联系。就以第一说为依据，不过千年左右的历史，在丰富的道教文化景观中，算不上最悠久的，且僻处陕北，长期交通不便，构成名观的人文地理优势也不充分。但白云山又确实有知名度，白云观又确实影响广远。

那么，为什么僻处陕北黄河之滨的白云山有如此大的知名度？为什么这样一个普通的道观有如此大的吸引力，使得陕甘宁晋蒙豫甚至青(海)新(疆)的信众、香客、旅游者，都怀着朝圣的虔诚心理迢迢千里、络绎不断地来到此山，有时一日竟能达十多万人呢？

这让我想起李白夸耀天姥山的句子："天姥连山向天横，势拔五岳掩赤城。天台四万八千丈，对此欲倒东南倾。"小小的天姥山在李白心目中，竟然超过了大名鼎鼎的天台山，因为他认为天姥山的文化高度高于天台山。

"山不在高，有仙则名；水不在深，有龙则灵。"此言不虚。白云山的知名度与吸引力同它的神祇众多、签卦灵验确有密切关系。循此，有许多学者将白云山定位为道教文化旅游胜地，并在此“论道”。

我认为白云山的知名度应取决于它的文化高度，而它的文化高度又是由多元文化层累式积淀而成的。白云观的体量并不是因它有几十座庙宇、几万平方米建筑，而是因它含义丰富的文化元素。白云观的建筑既不能等同于自然景观，也不是单纯的宗教建筑景观，而是一种含义更复杂的文化景观、文化符号。换句话说，我们不能单纯从自然地理景观来看白云山，也不能单纯从宗教景观来看白云观，从宗教文化角度研究白云山现象，而应从多元文化的结晶来看白云山，从保护文化生态多样性的层面来思考白云山的未来发展。

白云山作为榆林甚至陕西的一笔文化遗产，并不像一般宗教文化景观，由单纯的、经典的宗教符号构成。恰恰相反，它具有多元文化的特点，这种多元性至少可以从如下几个层面来理解。

首先，宗教文化的多元性。白云观以道教文化为主，但并不是纯粹的道教文化，它同时杂糅并兼容着佛教、儒教及原始宗教文化的元素。在其创建理念、建筑构成、音乐设计等各个方面都体现了诸教杂糅兼容的特点。

其次，民族文化的多元性。白云山以汉族文化信仰为主，但也兼容了蒙古族文化的特点，故它可以吸引广大的蒙汉信众及游客。

第三，艺术文化的多元性。在艺术构成的品种上，既有建筑、雕塑，又有壁画、书法、音乐等。建筑中既有道教的，又有儒家的和佛教的。音乐上既有古典音乐，又有宫廷音乐的痕迹；既有陕北民乐又有江南音乐的成分。

第四，经典宗教文化与民间俗文化构成的多元性。佳县白云观与北京白云观、武当山道观的不同在于它不是单纯的道教文化，而是道教文化与民间俗文化的杂糅，老百姓感兴趣的主要不是道教而是民俗，甚至可以理解为道教搭台，民俗唱戏。

第五，精英文化与大众文化构成的多元性。白云山的道观庙会首先是一种大众文化，反映了大众文化的趣向，是陕甘宁晋蒙交接地带民众的狂欢节和嘉年华。但是，这种大众文化也受到文化精英和政治精英的关注。比如大家熟知的毛泽东两次来白云山。毛泽东不仅仅是政治领袖，他同时是无神论者，但他对白云山的态度则是很值得人们沉思的。这反映了精英趣味甚至红色意识形态与大众趣味在一定程度上并不是水火不相容的，而是可以合流的。

由此可见，白云山是由以上多元文化因素多层次地构成的，所以它的文化高度远远高于它的海拔高度，它的文化体量远远大于它的建筑体量。这种多样性、多极性的融合，也正是“白云山论道”大会所标示的主题“和谐与发展”的深刻含义。

基于此，我认为白云山的保护也应遵循文化遗产保护的多样性原则，即将自然生态保护与旅游开发结合起来，将短期经济效益与长远社会文化效益结合起来，将道教文化元素与其他诸种文化元素相合起来。

愿白云山顶的白云永远缭绕，愿白云道观的香火永远旺盛。

文学与高尔夫

陕西厚重的黄土下埋着丰富的石油、天然气和精煤，也埋着十多个王朝的皇帝，埋着精美绝伦的文物，埋着几千年的中华文明。陕西地面上有什么文化，陕西当代文化的标志又是什么？山西、河南两个邻居认为地下看陕西，地上要看晋豫，北京、上海两大现代都市则认为古代看陕西，当代要看京沪。它们都与陕西争夺当代地上文化的话语权。

陕西的地表文化、当代文化也颇有特色。秦腔、同州梆子、信天游、安塞腰鼓、长安鼓乐，还有因话剧《白鹿原》而一炮打响、顷刻走红的华县老腔等，都是能代表中国文化多样性的艺术品种。陕西的文化名人陈忠实、贾平凹、高建群、路遥、赵季平、刘文西、吴天明、张艺谋等，也都是具有全国甚至世界影响的文化名人。这些无形文化资源及文化特异现象在西部其他省区少有，搁在津京沪粤等经济文化发达地区也是极其突出的。

为什么经济仍欠发达的陕西，在文学艺术方面却枝繁叶茂、欣欣向荣，令鄙夷老陕的外省人也要肃然起敬呢？需要认真思考深入研究，恐怕很难用三两句话说透彻。

其实，陕西从事文学艺术创作者除上列专业的明星团队外，还有一个广大的业余爱好者群落，他们在工作之余从事着诗歌、小说、散文、书法、绘画等的创作。从职业背景来考察，这一群落中有工人、农民、军人、学生、教师，还有国家公务人员，有相当部分的是厅局级甚至是省部级的官员。对这些业余从事文学艺术创作的群体如何评价，看法并不一致，尤其是对其中的公务人员写作，或所谓的官员写作，也有不同的议论，是非褒贬各有其立论的不同背景。本文对此文化现象的透视也应是其中的诸多观测点的一个。

一、慕雅：精英文化的追随者

在这支公务员创作大军中，以习诗歌、散文者居多，也有染指小说的，还有兼营书法、绘画的。诗歌队伍中多喜旧体诗词，这与全国各地的情况类似，以离退休老干部居多，他们是旧体诗词最虔诚的研修者，其用功程度不亚于大学中文科系的专业学生，但水平普遍不高，故诗词界将这类作品戏称为“老干部体”。陕西诗词界的一些老同志，由于入道较早，钻研较广，格调较高，故其实际创作水准已超越了老干部体。如张勃兴、徐山林等老同志的作品中便不乏清新的意象。跻身散文创作领域的人最多，散文体无定型，文无定法，使大多数人认为散文的门槛低，投身文学的人多从散文入手。西安文联的文学散文刊物《美文》用贾平凹“大散文”的旗号吸引大众，倡导有文无类，有宗无派，将包括公务员在内的各界散文爱好者都吸引过来，紧紧地团结在以贾平凹为首的“散文王”周围。陕西召开的一些文学创作研讨会，经常有各级官员参加，但他们大多不是以其职务身份出席，不是坐在主席台中央讲两句不痛不痒的“重要讲话”匆匆离开，而多是以文学爱好者的身份认真聆听，发言低调谦逊，对专业作家和专业评论家礼数周备，媒体报道不是按官阶排列，而是根据会议内容及发言的质量排列。包括陈忠实、贾平凹、刘文西、赵季平等名人在内的陕西专业文艺家，不光受到一般读者的崇拜，也受到了各级官员的追捧，追捧者与被追捧者的虚荣心都得到了极大的满足，官与民、专业与业余的紧张获得了一种放松。当然，也有人斥之为附庸风雅。但附庸风雅无论如何要比附庸丑恶、附庸腐朽、附庸陈俗格调高，对审美文化艺术经典的追求无论如何要比对官场文化、拜金文化追逐的意义重大。耳濡目染，潜移默化，社会之改良，风气之变迁，由传统的官本位、钱本位转向对文化英雄的崇拜，对文化经典的迷恋，对文学创作的模仿，久而久之，必将对提升社会文明程度，改变社会价值标准产生深远的影响。

二、业余：八小时之外的智力休闲

其实，中国文学史上的大作家都不是专业的或职业的，而是业余的。我们今天称为大作家的屈原、韩愈、白居易、苏东坡也都是当时的公务员，他们的写作也在业余。古代属于专业写作的人员数量反而极少，知名者如柳永、曹雪芹等屈指可数。

业余写作较少与收入津贴物质利益挂钩，较少受五年规划、年度计划等限制，故可以避免职业作家的许多压力，可以在较少功利的心理状态下从容展开，至少为文学名著的产生提供了环境保障。

作为业余的休闲项目，文学写作无论如何要比打麻将、泡歌厅更高雅，比钓鱼、打太极含更多智力保健意味，比高尔夫、攀岩更节俭。曾写长篇小说《五福》的樟叶曾说，别人公务之余去钓鱼、打牌、唱歌、喝酒，他都不喜欢，他每到周末就将自己关起来，翻翻书，写写短文，数十年下来，集腋成裘，不仅辑成两部散文集，而且还创作出一部长篇历史小说《五福》。目前还拟写《五福》的续篇——另一部反映陕西近现代变革的长篇《晚春》。有人讥讽其为附庸风雅，但附庸这样的风雅远比附庸腐朽文化高明，从这个意义上说，附庸风雅也就是附庸先进文化，这样的附庸与追求应理直气壮地倡导，应使其成为一种新的社会风气。还有人说，这样的活动可以使公务人员滋生新的腐败。但与干部子女及配偶经商、买官卖官、出入色情场所、境外豪赌等相比，文学休闲无疑要干净得多。更何况文坛有其自身的游戏规则，公务人员如果仅为了爱好，参与第一，比赛第二，无伤大雅。如要进军文坛，与专业作家比高低，公平竞争，优胜劣败，本身也要有很大的实力，文坛是实力排行榜而非官阶排行榜。从底线而言，中外古今法律都没有限制公务人员从事写作，凡法律不限制的均属合法。相反的是，中外文化都称美官员的博通儒雅，学究天人之际，会通古今之变。

三、票友：玩的就是心跳

在陕西，陈忠实、贾平凹、高建群、叶广芩等作家的知名度远远高于一些党政官员，他们的名字成了陕西当代文化的新名片，他们作品的许多情节普通市民也耳熟能详。

一些非文化口的党政干部提及文坛现状，绝不说官话、套话、门面话，像评球一样，他们评论当代文学作品也很内行，能切中要害。对陕西的文学大腕，他们都是百般维护，不允许别人激烈地批评，爱屋及乌，由对作家文学作品的喜爱，扩大到对其书法、绘画也都喜爱。哄抬贾平凹书画价格的，首先是陕西人，特别是陕西的那些公务人员。

公务员充当文学票友，促成陕西当代文学的广泛传播，也提升了陕西文学阅读的整体水准。不管学术界将来对 20 世纪中国当代文学如何评价，在陕西，陈忠实、贾平凹、路遥都已成了偶像，他们的作品都已成了经典，这不能不归功于本地的文学啦啦队。在陈、贾、高等作品的普及化进程中，各级公务员推波助澜，影响极大。陕西多所高校都设立了贾平凹、陈忠实作品研究中心，路遥去世后由他的母校延安大学为其塑了一座铜像，对贾平凹的研究则已由与他的学科专业并无直接联系的西安建筑科技大学建起了一座典雅别致的贾平凹文学艺术馆，馆中收藏了他的文学、书法、绘画的绝大多数作品。这仍然要归功于几个文学票友的策划努力。

公务员们读文学、写文学，所以他们也懂得文学创作的基本规律，对专业作家和艺术家提出的要求建议，能更好地听取采纳，对作家创作所需经费及条件，也能积极给予解决。为了鼓励专业作家深入生活，陕西有作家在县市及企业“挂职”的制度。有时公务员不光是写作爱好者，而且还能成为真正文学艺术的赞助人，为作家艺术家的工作生活解决许多实际问题。所以，陕西的专业作家与政府官员的紧张隔膜并不突出，他们有许多沟通的孔道。

四、崇文：学习型社会的雏形

陕西文学界至今津津乐道的一件事是，当年路遥获得茅盾文学奖凯旋归陕，主管文教工作的省委副书记牟玲生亲自到火车站迎接祝贺。历届省委省政府的领导都能礼敬文化名人，故重文之习，化成风气。但流弊所至，也有些极端的例证。

举凡文化遗产保护、汉唐古迹开发、《道德经》论坛这样专业性极强的学术活动、行业活动，大出风头的也是一些知名作家、文学评论家，而非专业学者。至于房地产开发、选美比赛、戏剧及歌曲大赛嘉宾席上，也多是文学名流的身影。好像能写小说能评论小说的人一通百通，在任何领域都成了大家。

这种名人现象、名人效应在全国各地虽不乏先例，但在陕西尤显突出，恐与社会各界特别是公务员的重文崇文有关。与粤沪两地喜说股票及商业新闻、京津两地喜说政治新闻不同，陕西人聚会总喜欢八卦一些文坛新闻，比如平凹最近如何，刘文西最近如何等等。

陕西人崇重文化，追求新知，与渐次走近的精神富裕社会遥相呼应，希望陕西人在下一轮文化软实力竞赛中走到其他省份的前列。

当然，陕西人以刘文西、陈忠实、贾平凹的审美文化之文遮蔽了吴宓、张季鸾、张奚若、侯外庐、陈直、史念海、霍松林、石兴邦、何炼成、张岂之、彭树智、周伟洲等的学术文化之文，更遮蔽了杨钟健、周尧、张伯声、张国伟、舒德干的科学技术之文，未免有些偏狭。路遥获茅盾文学奖应迎接祝贺，张立同获全国科学技术发明一等奖，更应去机场迎接祝贺。如此说来，陕西公务员的重文崇文并无大错，但还是有些狭隘，有些短视，实宜放眼量拓心胸，将天文、地文、人文悉数网罗收揽，将古今中外打通，才能为当代做廉吏，为万世开太平，为往圣前贤继绝学。

（原刊《大地》双周刊 2007 年第 4 期）

诗境雕虫

“破颜花”正诂

李白《宴陶家亭子》：

曲巷幽人宅，高门大士家。
池开照胆镜，林吐破颜花。
绿水藏春日，青轩秘晚霞。
若闻弦管妙，金谷不能夸。

其中第四句，王琦《李太白集》卷二〇注曰：“《五灯会元》：世尊在灵山会上，拈花示众，是时众皆默然，唯迦叶尊者破颜微笑。”用禅宗故实灵山法会拈花微笑，譬喻林花盛开，使人怡悦。瞿蜕园、朱金城《李白集校注》卷二〇亦袭此说：“破颜，《五灯会元》：‘世尊在灵山会上拈花示众，是时众皆默然，唯迦叶尊破颜微笑。’”安旗主编《李白全集编年注释》：“破颜花，《五灯会元》卷一：世尊在灵山会上拈花示众，是时众皆默然，唯迦叶尊者破颜微笑。”詹锳主编《李白全集校注汇释集评》：“破颜花，《五灯会元》卷一：‘世尊在灵山会上拈花示众，是时众皆默然，唯迦叶尊者破颜微笑。’朱注：‘破颜，笑也。言花开如人之笑也。’安注：‘借言花色之美令人颜悦。’”

综述以上所引诸家注释“林吐破颜花”句，皆援引《五灯会元》以为出典，似无异辞。以笔者孤陋寡闻，很少发现有人对此条注释提出质疑。但笔者以为此注似不妥，提出来与诸高明商兑，并向海内外方家求教。

我的第一条理由是，从训诂学角度来看，《五灯会元》一书晚出，似不能作为李白诗句出处之书证。《五灯会元》为宋人著作，在词义训释中，如故事、传闻一类可以广征后人记录来佐证前人记述，但若作为语词出典之书证，似不妥，此为注释之常识，毋庸赘言。

第二，从《全唐诗》的语汇意象来看，除李白诗所用外，唐人似很少用“破颜花”一词。根据北京大学中文系李铎教授主持之“《全唐诗》电子检索系统”检索《全唐诗》、《全唐诗补编》、唐前诗及《乐府诗集》，完全匹配者只有一项，即李白《宴陶家亭子》诗。但“破颜”一词常见，经检索分别是：

破颜看鹊喜，拭泪听猿啼。（宋之问《发端州初入西江》）

须臾破颜倏敛态，一悲一喜并相宜。（王琚《美女篇》）

同人愿得长携手，久客深思一破颜。（戎昱《九日贾明府见访》）

落羽羞言命，逢人强破颜。（卢纶《落第后归终南别业》）

五月荔枝初破颜，朝离象郡夕函关。（鲍防《杂感》）

破颜君莫怪，娇小不禁羞。（权德舆《玉台体十二首》其四）

仙杏破颜逢醉客，彩鸳飞去避行舟。（羊士谔《游郭驸马大安山池》）

买药床头一破颜，撇然便有上天意。（卢仝《赠金鹅山人沈师鲁》）

嘉陵江上万重山，何事临江一破颜。（元稹《使东川·百牢关》）

相思莫忘樱桃会，一放狂歌一破颜。（白居易《天寒晚起引酌咏怀寄许州王尚书汝州李常侍》）

水精如意玉连环，下蔡城危莫破颜。（李商隐《赠歌妓二首》其一）

事想同清话，欢期一破颜。（项斯《和李中丞醉中期王徵君月夜浐水旧居》）

褒姒冢前烽火起，不知泉下破颜无？（唐彦谦《登洪元城观烽火》）

曾愁香结破颜迟，今见妖红委地时。（韩偓《哭花》）

十年兵火真多事，再到禅扉却破颜。（裴说《岳阳兵火后题僧舍》）

自有风吹手中满，九月十月争破颜。（皎然《洞庭山维谅上人院阶前孤生橘树歌》）

无语下窥黄谷子，破颜平揖紫霞君。（吕岩《七言》其五十三）

除李白诗外，共十七例。主要意思是指人之微笑，亦可借指花盛开或果实成熟（如“五月荔枝初破颜”，“仙杏破颜逢醉客”，“九月十月争破颜”等）。其中涉及佛道内容的各一例。吕岩诗涉及道家神仙思想，裴说诗虽题为写于僧舍，并用“破颜”一句，但与佛典无关。

另外检索“拈花”一词，共得四项，分别是：

逢酒判身病，拈花尽意怜。（元稹《遣春三首》其一）

欲散重拈花细看，争知明日无风雨。（白居易《花前叹》）

酒恶时拈花蕊嗅，别殿遥闻萧鼓奏。（李煜《浣溪沙》其一）

若将此等当禅宗，拈花微笑丧家风。（大义《坐禅铭》）

其中前三例无疑与释典无关。第四例大义《坐禅铭》，见《全唐诗续拾》卷二三。陈尚君先生原注出自《缁门警训》卷二。按：《全唐诗》无大义诗，据小传知大义为马祖道一之弟子，在信州上饶县鹅湖山创仁寿院（后改称鹅湖寺），时称鹅湖和尚，元和十三年卒。有关大义的记载，见《全唐文》卷七一五韦处厚

《兴福寺内道场供奉大德大义禅师碑铭》,观《祖堂集》卷十五、《景德传灯录》卷七等。大义之《坐禅铭》真伪姑且不论,其出现亦在李白《宴陶家亭子》诗之后则无疑。按:大义因为南宗禅江西马祖道一之法嗣,禅宗灯录对其行状事迹亦多所记载,但俱不载《坐禅铭》,且《缁门警训》一书为唐以后人所编,出世颇晚,故是否可以确认为大义所作尚有待考证。且“拈花微笑”之公案,宋元以下,学人颇怀疑其真实性,宋人伪托王安石言见秘府所藏经籍,已为佛学史家证伪(详见下文讨论),如真有唐人大义之出处,为何要舍远而求近呢?且不在禅门中找内证,却要拉扯儒臣王安石呢?故笔者以为此诗颇可怀疑。

第三,《五灯会元》中关于灵山法会之记载实为宋人虚构,在僧传和灯录系统中出现较晚。根据日本著名佛学史家忽滑谷快天的考证,在《景德传灯录》中“尚未有世尊拈花,迦叶微笑之付法云云,至李遵勗《天圣广灯录》始记多子塔前之付法,《传灯》后九十余年,《建中靖国续灯录》中载录拈花普示,微笑初传。其后诸录皆效之。就中《联灯会要》,最为杜撰,云……”(《中国禅学思想史》)契嵩曾据《传灯录》作《正宗记》,并未记拈花之事,而《五灯会元》在诸灯录之后,在禅史中亦为较晚之典籍,以其常见,故影响反在诸灯录之上。

关于“拈花微笑”的出处,禅宗史家多据《人天眼目》卷五《宗门杂录》:“王荆公问佛慧泉禅师云:‘禅家所谓世尊拈花,出在何典?’泉云:‘藏经亦不载。’公曰:‘余顷在翰苑,偶见《大梵天王问佛决疑经》三卷，因阅之，经文所载甚详。梵王至灵山，以金色波罗花献佛，舍身为床座，请佛为众生说法。世尊登座，拈花示众，人天百万，悉皆罔措。独有金色头陀，破颜微笑。世尊曰：吾有正法眼藏，涅槃妙心，实相无相，分付摩诃大迦叶。'此经多谈帝王事佛请问，所以秘藏，世无闻者。"（《续藏经》第一辑第十八套第五册）

日人浅川鼎《善庵随笔》评论说：

> 宋儒所谓道统，以禅家之血脉，世尊拈花迦叶微笑附会曾子之一贯，此世人所知，今姑不论。但拈花事出于《五灯会元》，虽一切经中所未见，而古来相传之说，必非为彼徒之杜撰，然彼徒诸宗皆有依之经，以禅宗言，若无所依之经而胡乱教人，恐为人所疑。乃有出于《大梵天王问佛决疑经》等说，而其经世因无闻者，则谓尝在秘府，王安石见之。（引自《中国禅学思想史》）

故"拈花微笑"之说，实始于王安石，而故事中之王安石又称从众人皆未见过的《大梵天王问佛决疑经》中见之。《大梵天王问佛决疑经》，唐代无闻。假令王安石真见到，亦是宋始出，今传日本之《大梵天王问佛决疑经》与中土本不同，忽滑谷快天认为是彼邦人依《涅槃经》伪造。故忽滑氏的结论是：拈花微笑不过是禅家口诀，参之以为得道之术，未为无益，笔之于史则恐泥。其实就本文所涉及的论题而言，不管是史实、传闻抑或禅宗口诀，不管是《大梵天王问佛决疑经》《坐禅铭》《人天眼目》抑或《五灯会元》，如出于李白之前或同时，则可据以为典故出处，否则恐不能为据。

第四，联系本诗下文及前后句来看，此诗前句"池开照胆镜"，典出《西京杂记》卷三："高祖初入咸阳宫，周行库府，金玉珍宝，不可称言……有方镜，广四尺，高五尺九寸，表里洞明，人直来照之，影则倒。以手扪心而来，则见肠胃五脏，历然无碍。人有疾病在心，则掩心而照之，则知病之所在。又有女子有邪心，则胆张心动。秦始皇常以照宫人，胆张心动则杀之。"李白另有《白头吟》其二："妾有秦楼镜，照心胜照井。愿持照新人，双对可怜影。"用此典之本意，言镜之澄明，可鉴人心。《宴陶家亭子》此句借镜言池水之清澈，后句谓园中林花盛开，使人喜不自禁，与佛典拈花微笑无涉。

（原刊《中国李白研究》2001—2002 年集）

说“城南韦杜，去天尺五”

杜甫《赠韦七赞善》：

乡里衣冠不乏贤，杜陵韦曲未央前。
尔家最近魁三象，时论同归尺五天。
北走关山开雨雪，南游花柳塞云烟。
洞庭春色悲公子，虾菜忘归范蠡船。

此篇诸家多系于大历五年(770年)潭州作，其中“尺五天”原注云：“俚语曰：‘城南韦杜，去天尺五。’”杜诗及所引这则俚语经常为治隋唐史和关中文化者所称引，借以说明京兆韦、杜两氏的鼎盛。但对杜诗及俚语，诸家解释实有分歧。

朱瀚据《新唐书·宰相世系表》指出，杜氏宰相十一人，分别是如晦、淹、元颖、审权、让能、黄裳、佑、悰、正伦、鸿渐、暹。韦氏宰相十四人，分别是保衡、弘敏、方质、贯之、处厚、待价、巨源、见素、温、执谊、思谦、嗣立、贻范、昭度，可见其盛(《杜诗详注》卷二三引)。浦起龙解释此诗前四句说：“推韦家世，以杜陪说，非以竞门地，正以叙世讲也。”(《读杜心解》卷四二)金圣叹则反过来说：“赞韦曲全为标杜陵。”(《杜诗解》卷四)王嗣奭认

为:“前四句言韦、杜素为通家。”(《杜臆》)

诸家从不同侧面抉发隐义,有助于全面深入理解杜诗。但不难发现,围绕着杜诗及俚语,诸说并不一致,这种分歧还不止存在于杜诗的各种笺注中,在有关的隋唐史著述和关中地方文献中亦存在。例如程大昌《雍录》便说:“语谓‘城南韦杜,去天尺五’,以其迫近帝都也。”这是从与京都的距离角度来理解,与前引诸说似又不同。

本文不打算拘泥于对杜诗本身及俚语字面含义的索解,而是试图侧重对“城南韦杜,去天尺五”两句所蕴藏的文化意涵进行考索,如此,则不仅能深化对杜诗的理解,庶几对认识关中士族,为韦、杜两氏在关中郡姓及整个唐代士族中定位,亦不无裨益。

首先,韦、杜两个家族雅道相传,历史悠久。杜诗原注谓“俚语曰”,那么此俚语出于何处,产生于何时?是唐代出现的,还是唐以前即已流传?学术界一般多以为是唐人所说,但也有不同看法,例如郑鹤声、岑仲勉即认为这两句话出自辛氏《三秦记》。《三秦记》著者名字及时间虽不可确考,但所述皆为秦汉时关中山川都邑宫室故事,一般认为是汉代人所作。“城南韦杜,去天尺五”两句俚语被收入该书,则说明韦、杜两氏在两汉时期已为三辅著姓。《史记·货殖列传》:“关中富商大贾,大抵尽诸田,田啬、田兰。韦家栗氏,安陵、杜杜氏,亦巨万。”表明早在西汉时,韦、杜两氏在关中经济文化中已居重要地位。

西汉初的韦孟曾作四言讽谏诗，讽刺楚元王的荒淫无道，被收入《文选》中。其后韦贤亦为邹鲁大儒，通《诗》《礼》《尚书》，被征为博士，汉宣帝时为丞相，徙居京兆平陵。贤子玄成复以明经历位至丞相，别徙杜陵，后世居于此地。当时有谚语说："遗子黄金满籝，不如一经"（《汉书·韦贤传》），则韦氏是由邹鲁迁徙关中的一个经学世家。韦氏有九个定著房，分别是西眷、东眷、逍遥公房、郧公房、南皮公房、驸马房、龙门公房、小逍遥公房、京兆韦氏。

杜氏出自祁姓，在周为唐杜氏，成王灭唐，以封弟叔虞，改封唐氏子孙于杜城，子孙遂以杜为氏。西汉有杜延年及其子杜缓、杜钦，俱有名于当时。东汉杜林治《古文尚书》，曾于西州得漆书《古文尚书》一卷，视为至宝，握持不离身，后授郑兴与卫宏，于是古文遂行。杜林还长于文字学，曾撰《仓颉训纂》《仓颉故》各一篇。西晋的杜预博学多才，善谋略，损益万机，不可胜数，号称"杜武库"。他还兴修水利，根治灾害，兴常平仓，被吏民称为"杜父"，又自称有"《左传》癖"，撰《春秋左氏经传集解》。杜氏有五个定著房：杜陵本支、京兆房、襄阳房、濮阳房、洹水房。

韦氏之玄成、杜氏之预，可谓两个家庭的"克里斯玛"(Charisma)式的人物，为后世子孙所景仰效法，是家族引以为荣的懿范楷模。

其次，韦、杜两族与关陇集团结合紧密，从宇文周、杨隋到李唐时期，多历显要。史家评论说："韦氏自居京兆，代有人物。世康昆季，余庆所钟，或入处礼闱，或出总方岳，朱轮接轸，旟旆成阴。在周暨隋，勋庸并茂，盛矣。"（《隋书·韦世康传》）杜如晦之祖杜杲在周曾为温州刺史，入隋为工部尚书，封义兴公，杲的上代，多仕刺史郡守，且有封爵者，可谓世有冠冕。

就仕宦而言，如以唐代所出宰相为例，河东裴氏与赵郡李氏各十七人，并列第一位；京兆韦氏与博陵崔氏各十六人，并列第二位；陇西李氏、宗室李氏、赵郡崔氏各十二人，并列第三位；弘农杨氏、荥阳郑氏各十一人，并列第四位；京兆杜氏、兰陵萧氏各十人，并列第五位（毛汉光《中国中古社会史论》）。

从婚姻关系来看，韦、杜在隋唐时期与皇室关系密切，尤其是韦氏更为突出。隋时韦氏一门有三个皇妃。入唐以来，韦氏有二人为皇后，其中一是中宗韦皇后，另一是懿宗宣懿皇后。有三人为皇妃，即太宗韦贵妃、肃宗韦妃和德宗韦贤妃。韦氏家族尚公主为驸马都尉者八人。可见韦氏与隋唐皇室有传统的婚姻关系，这种婚姻纽带加强了两者的政治联系，对于提高韦氏的社会地位和政治地位皆有重要意义。根据毛汉光《关中郡姓婚姻关系之研究》一文对关中郡姓与皇室婚姻关系（隋至唐前期）的考察，将其中对韦、杜两氏的统计摘录出来，更易于看出一些特点：

	西魏元氏	北周宇文氏	隋杨氏	唐高祖太宗李氏	唐高宗武后中宗睿宗李氏	唐玄宗李氏	合计
韦氏	1	0	3	2	6	6	18
杜氏	1	0	0	1	0	1	3
合计	2	0	3	3	6	7	21

据毛汉光的统计还看出，韦氏在关中郡姓中是与各时期皇室通婚最多者，而杜氏则是最少者。

第三，韦、杜两族人物从周隋到唐代都明显地发生由尚武向崇文的转变趋向，即由武力强宗向文学士族转变。韦氏在周隋时期以任武职者居多，如韦孝宽、韦世康等都以军功致显。入唐以来，太宗偃武兴文，崇重礼乐，特别是武则天秉政后，推行科举制度，关陇集团受到扼制，关中士族为了保族，也随俗雅化，与时俱进，投身到科举进士竞争的行列中了。“议者云自唐以来，氏族之盛，无逾于韦氏。其孝友词学，承庆、嗣立为最；明于音律，则万石为最；达于礼仪，则叔夏为最；史才博识，以述为最。”（《旧唐书·韦述传》）

杜氏襄阳房杜佑一支，其中杜希望、杜悰两人以武勇称，其余则皆以文职著称。

具体言之，杜牧、杜顗兄弟以文学著，杜悰以事功著，杜诠以廉节称，杜佑则兼事功文史之长，道德亦足以副之，人文之兴，当世莫比。

至于襄阳房的另一支杜审言、杜甫亦以文学冠世，这是众所周知的，毋庸赘述。

毛汉光《唐代大士族的进士第》一文还就唐代十八家大士族从纯门第到进士第转变的进程进行了量化统计，其中涉及韦、杜两氏的统计结果如下：

韦氏宰相十六人，唐前期（高祖至武则天时期，即公元618—709年）八人，其中以纯门第出身者四人，门第加进士第者三人，情况不明者一人；中期（睿宗至德宗时期，即公元710—805年）三人，其中门第加进士第一人，门第加其他科第（不含进士第）二人；后期（顺宗至昭宗时期，即公元806—906年）五人，皆为门第加进士第。

杜氏宰相十人，前期二人，其中一人为纯门第，一人为门第加其他科第；中期三人，其中纯门第、门第加进士第、门第加其他科第各一人；后期五人，除一人为纯门第外，其余皆带进士第。可见韦、杜两族在武则天抑制关陇集团后并没有迅速衰落，而是通过科举特别是进士第的方式，再次参加了仕进的竞争，愈向后推移，这种转化的迹象愈显著。

就京兆韦、杜两氏与关中郡姓其他士族、山东士族、江南士族相比较，韦、杜两家（尤其是韦氏）亦相当突出，前面曾罗列唐代各士族宰相的排行榜，韦氏并列第二位，杜氏并列第五位。所以前人曾评论道：

隋唐都京兆，杜氏、韦氏，皆以衣冠名位显。故当时语曰："城南韦杜，去天尺五。"二家各名其乡谓之杜曲、韦曲。自汉至唐，未尝不为大族。（邓名世《古今姓氏书辩证》卷二四）

唐朝崔、卢、李、郑及城南韦、杜二家蝉联珪组，世为显著，至本朝绝无闻人。（王明清《挥麈录》前录卷二）

唐之世家，自以郑氏、河东裴氏、京兆韦氏、赵郡李氏、兰陵萧氏、博陵崔氏六族为最。（李慈铭《越缦堂读书记》三《历史》）

就韦、杜两族相比较，通过所出宰相、与统治者的婚姻两项可以看出，韦氏要比杜氏显赫，所以韦、杜的排列顺序实含有差等。柳芳所举关中郡姓亦以韦氏为首位，亦说明其为关中士族之冠。当然，这是从当时的观点来看，如果以今天的眼光来审视，则杜氏又盛于韦氏，尤其是杜审言、杜甫、杜佑、杜牧，或以文学创作，或以事功著述，彪炳史册。现实选择与历史选择固有分歧，但是大浪淘沙，真金闪烁，自有它理性主义的规律。所谓"文章憎命达""文穷而后工"，杜氏家族较韦氏家族更快地衰落，同时激发出杜氏子弟更耀眼的灵感火花。

（原刊《杜甫研究学刊》1998 年第 4 期）

“稻米流脂粟米白”考索

杜甫七古《忆昔二首》作于广德二年(764 年)在成都严武幕府中时。第二首首六句为:

忆昔开元全盛日,小邑犹藏万家室。
稻米流脂粟米白,公私仓廪俱丰实。
九州道路无豺虎,远行不劳吉日出。

史家论述开元盛世天下大治,皆喜援引以为佐证,各类唐诗选集与杜诗注本亦收录此篇。但在注“稻米流脂粟米白”一句时,多有讹误,影响了对杜诗原意的准确理解,在这里笔者试作考索,探求本义,以求教于海内外方家。

粗检杜集各类注本,宋郭知达所辑《九家集注杜诗》对此句未设注,清仇兆鳌《杜诗详注》、钱谦益《杜工部集笺注》均无释义,杨伦《杜诗镜铨》卷十一串讲此篇前六句说:“《旧唐书》:开元末年,频岁丰稔,京师米价斛不盈三百,天下安,虽行万里,不持寸刃。”但“稻米流脂粟米白”一句的确切含义是什么,却语焉不详。山东大学中文系古典文学教研室编注《杜甫诗选》中注此句说:“流脂:形容稻米颗粒滋润。”邓魁英、聂石樵选注《杜甫选集》中释此句说："流脂：形容肥滑雪白。粟米白：粟米本黄色，求其精故亦舂白。"萧涤非《杜甫诗选注》亦注道："流脂：形容稻米颗粒饱满有光泽。粟：谷子。子实去皮后就是小米。"徐放《杜甫诗今译》译此句道："庄稼丰收/稻米肥得流油/粟米白得就像雪。"上述几种注释大同小异，甚为流行，几成定说，但我以为大可商榷。

首先，以此句所述两种谷物而论，稻脱粒为米后色白，似无疑义，但何以谓"流脂"，就须慎思。稻刚脱粒者，色洁白，或略泛青，晶莹透亮，但若存放过久，因磨损或虫蚀而生米糠，如脂如粉，动辄飞扬流动，询问家庭主妇或稍有生活阅历者均知此常识。故上述几种解释均误。粟即今北方所称谷子，唐人所说的粱或黄粱亦属粟之一种，颖果，外壳多呈红紫或橙黄色，脱粒后的子实为卵圆形，呈黄色，色彩词中的"米黄色"一语，即缘此而来。唐人称粱粟为黄粱亦当缘此。故以上诸说均欠妥。凡粟，刚上场收打舂者，色金黄，农家亦以颜色来定其精粗优劣，色黄颗粒饱满者为优，因过度舂碾形碎色白者为劣。又，粟之新舂者色金黄，味鲜美，舂好贮放过久，则色转白而味变陈。故又有家庭储存带壳之谷物，待食用时始舂碾脱粒，以求新鲜。此在农家，妇孺皆晓。所以，笔者以为，杜诗此句并非说喜获丰收，新谷上场，稻米粟米如脂如玉，而是说民性以俭朴为尚，农家为防饥馑，储新而食陈，故稻米积久生糠，而粟米累年变白。全句极言连年丰稔，家储户存，国库与私仓皆有储备。

其次，若考诸史实便不难发现，贞观以来，朝廷诏令诸州县设常平仓及义仓，以便在凶年能平抑物价，赈济灾民，同时保护粮农的积极性，以防谷贱伤农。“常使谷价如一，大丰不为之减，大俭不为之加，虽遇灾荒，人无菜色。”（《全唐文》卷五四）又《旧唐书·食货志》载开元十六年敕文：“自今岁普熟，谷价至贱，必恐伤农。加钱收籴，以实仓廪，纵逢水旱，不虑阻饥，公私之间，或亦为便。”而“谷子有防潮、防热、防虫、不易霉烂的优点。自古就有‘五谷尽藏，以粟为主’的贮粮备荒作法，在一般情况下，谷子可保存十几年，甚至几十年，是理想的备战备荒粮食”（曹靖华《小米的回忆》）。天宝六载三月太府少卿张瑄给皇帝的奏议中更明确地说：“臣使司商量，且粜旧籴新，不同别用。”（《旧唐书·食货志》）“粜旧籴新”即“稻米流脂粟米白”所本史实。粜者，卖出粮食；籴者，买入粮食。政府及各州县在收获季节将新粮收购入库，在青黄不接时则将所贮陈粮售出，如此循环，备战备荒。故杜诗此句既指私家所储之陈米，又指官仓所贮之旧粮。

从写法上来看，“稻米流脂粟米白，公私仓廪俱丰实”两句一实一虚，上具体而下概括。前句所写稻米、粟米之“流脂”与“白”，即后句中公私仓廪丰实的具体表现和形象描述。虚实结合，极写开元之际粮食连年丰收，官府与农家、国库与私仓俱装满谷物，且所积甚多，以至于稻生糠粉如流脂，粟久存放而色变白。

《史记》记载汉武帝时“民人给家足”的盛况时说：“都鄙廪庾皆满，而府库余货财。京师之钱累巨万，贯朽而不可校。太仓之粟陈陈相因，充溢露积于外，至腐败不可食。众庶街巷有马，阡陌之间成群。”可与杜诗所写开元盛世史实参读。“稻米流脂粟米白，公私仓廪俱丰实”，实即唐代版的“太仓之粟陈陈相因”“都鄙廪庾皆满”。

老杜一生关心民瘼，忧患时政，字字句句不离兴废存亡，于此细微处亦可见其精神。

（原刊《杜甫研究学刊》1992年第3期）

劝酒新招

王维《送元二使安西》：

渭城朝雨浥轻尘，客舍青青柳色新。

劝君更尽一杯酒，西出阳关无故人。

本篇又名《渭城曲》，是一首流传甚广的送别诗。诗的开头两句，先从眼前景物写起。秦都故地渭城，清早起来刚刚下过一场小雨，沾湿了路面的浮土，洗掉了柳树上的尘埃，使柳枝更加活鲜青翠，就连驿站客舍也似乎染上了一层绿意。题为“送”别，但作者并不忙于言别事，而先状写景物，表面上似乎有些文不对题。但客舍青青，柳色摇曳，景物如此美丽，更令人留恋，不忍离别。作者用外景的明丽来映衬别情的深挚，景与情的外在反差在这里转化为内在沟通。

“劝君”两句直抒胸臆，是作者对友人的劝勉安慰之语。阳关，在今甘肃敦煌西南，玉门关在其东北，是出入西域的交通要道，友人元二出使安西都护府，必须要经过此地。王之涣的《凉州词》中说“春风不度玉门关”，极写西北边地的荒凉。阳关还在玉门的西南，那么其荒僻冷落就不言而喻了。作者要友人珍惜临别的瞬间，体味美酒加友情的复合味道，表面上是在“劝”酒，实际上是想“留”人——试图通过不停地“更尽一杯”，来延长与友人的逗留时间，从情感上遮掩回避友人即将离别这一事实。末句中说西出阳关“无”故人，正表明唯有此时此刻“有”故人，我们当珍惜这一刻，尽情享受这一刻。这两句虽然语言浅显明白，但句子实由沈约的《别范安成》诗中“莫言一杯酒，明日难重持”两句化来，只是因为作者讲得真挚自然，所以从没有人感到是在用事。

唐代写送别的名诗很多，经常为人们所称道的如郑谷的“数声风笛离亭晚，君向潇湘我向秦”（《淮上与友人别》），许浑的“日暮酒醒人已远，满天风雨下西楼”（《谢亭送别》）等，都写得一唱三叹，情真意挚，但似乎过于衰飒凄凉，使人黯然销魂，不忍卒读。祖饯送别本来就是一件极易使人伤感的事，特别是在古代，山重水隔，交通不便，战乱频仍，小别也许就是永诀。如果诗歌再写得凄楚衰飒、阴云密布，就使人仿佛心头压上了一块石头，沉甸甸的，不管是送行人，还是离别者，都很不是滋味。王维作为一位大诗人，深知此理，他把离情别绪强压在心头，装做若无其事的样子，不停地向友人劝酒，借以冲淡和缓和一下离别时阴沉伤感的气氛。所以通篇于劝慰中透出哀愁，又于清丽中见出爽朗。情味俱深，意境两尽。作者的豪爽真挚，拂去了友人心头的阴云，暂时忘却了别愁，于是推杯换盏，觥筹交错，享受这人生最富有诗意的片刻。也给我们在世态炎凉的俗世中留下了一个弥散着高情厚谊的人性镜头。

国难时的体面与排场

中书舍人贾至写了一首《早朝大明宫呈两省僚友》的七律，典雅凝重，深合台阁应制之体。他的朋友杜甫、岑参、王维都曾和过此诗。王维的和诗，颇有些与众不同，它另外选择了一个角度，大处着笔，小处落墨，正面描绘了皇帝临朝过程中庄严肃穆、雍荣华贵的宏大场面，气格雄深，句调工丽，经常为人们所称道。

且看王维的原诗：

绛帻鸡人报晓筹，尚衣方进翠云裘。
九天阊阖开宫殿，万国衣冠拜冕旒。
日色才临仙掌动，香烟欲傍衮龙浮。
朝罢须裁五色诏，珮声归到凤池头。

首联两句从表现宫廷生活入手，写早朝前皇帝起居仪式的繁缛隆重以及宫内紧张而严肃的气氛。卫士每隔一会就报一次时间，那嘹亮悠长的声音在曙色的空中传得很远，宫内尚衣官们正忙着准备皇帝早朝用的服饰。绛帻是大红色的包头，为古代宫廷宿卫者的头饰。鸡人，据《周礼・春官》记载，本指祭祀时，夜呼旦以警百官的官吏，后多代指宫内报晓的卫士。尚衣，指宫内掌管皇帝衣服的官吏。翠云裘，是绣着绿色彩云花纹的皮衣。

颔联两句表现早朝场面的盛大宏伟气象。在一片鼓乐声中，宫门大开，各国的朝贡使臣和本朝的文武官员依次列队，鱼贯而入，参见圣明天子，叩谢隆恩，山呼万岁。阊阖，本指南天门，这里用来比喻宫门，“阊阖”前饰以“九天”，一则是为了与下句中的“万国”对仗，再则极言宫门之宽敞高大。宫殿，即大明宫，唐太宗贞观八年(634 年)置，唐高宗时改称蓬莱宫。内有紫宸、蓬莱、含元三大殿，为皇帝接受群臣朝贺和宴请群臣的地方。冕旒，本是皇帝戴的帽子，这里代指皇帝。万国衣冠，指各国朝贡使者和本朝官员。“衣冠”前饰以“万国”，极言人数之众多，在万国衣冠后再用一“拜”字，形成了国别上的一多、人数上的众寡和位置上的尊卑的强烈对比。这两句诗气势宏大、句调工丽，每每被治唐史者所称引，用以渲染盛唐气象的宏伟强大。诗的极度夸张写意，反而紧紧地握住了历史心灵的脉搏跳动，这是很值得深思的。

颈联两句进一步渲染早朝仪式的庄严华贵气氛。阳光初临，为皇帝遮光挡风的障扇不停地摆动，香烟紫气在皇帝御前缭绕飘动，进一步突出了最高统治者的尊贵。

“朝罢须裁五色诏，珮声归到凤池头。”尾联点出酬和对象，即题中的贾舍人。凤池，又叫凤凰池，即中书省。是唐代掌管机要、发布政令的中央机构。贾至文彩风流，少年得志，刚参加完朝见大典，马上又回到中书省官署为皇帝草拟诏命。通过“珮声归到”的忙碌紧张，把贾至作为皇帝近臣的尊贵身份也生动地表现了出来。

全诗从正面描写了宫内早朝前的准备、早朝中的威仪和早朝后奉旨行事三个阶段，气格雄深、华丽壮大，是唐代宫廷礼仪制度的一个高度凝炼而又形象的展示。

作为一首和诗，虽然没有步原韵，但在文意上却与原诗不即不离，既在称颂圣明的大主题下极尽变化，较贾诗创意颇多，又在细节微处尽量关合照应原诗。如贾诗首句中用“银烛”“晓苍苍”点明时辰，王诗中则以“晓筹”“日色才临”表现早晨。贾诗中用“剑珮声随”泛指自己与朝臣同行大礼，王诗则用“珮声归”专写贾至朝后归中书省公干。贾诗中的“身惹御炉香”比喻朝臣沐恩蒙泽，而王诗中的“香烟欲傍”则表现帝王的至尊。贾诗是个中人写亲身体验，所以沐恩欣喜得意之情从字里行间的叙述中流露出来，溢于言表；而王诗则以旁观者的身份记录经过，全景拍摄，所以将歌功颂德之意糅合渗透到描写之中，尽量表现出宫廷朝仪的庄严隆重。明人陆时雍赞此诗“神色冥会，意妙言前”，似有些过誉；顾璘评此诗“气象阔大，音律雄浑，句法典重，用事清新”（均引自《杜诗详注》卷五）是比较恰当的。

联系此诗的写作时间肃宗乾元元年（758 年），安史之乱已爆发三年多,异族交侵,万方多难,长安虽刚收复,但百废待兴。则这种极度渲染的体面与排场,与其说是记录现实,不如说是在追忆已逝去的辉煌。

“点化”与“精彩数倍”

王维《积雨辋川庄作》：

积雨空林烟火迟，蒸藜炊黍饷东菑。
漠漠水田飞白鹭，阴阴夏木啭黄鹂。
山中习静观朝槿，松下清斋折露葵。
野老与人争席罢，海鸥何事更相疑。

这是一首园林诗，全篇以鲜丽生新的色彩，描绘出夏日久雨后关中平原上美丽繁忙的景象，充满了对大自然的爱恋之情，并流露出作者皈依自然、返朴归真的思想。

首联两句是说因久雨潮湿，气压低而无风，故烟火缓缓上升，农妇们正忙碌着给那些还在田里劳作的人送饭。稍有些农村生活经历的人都知道，庄稼人以柴禾为燃料，久雨不晴，柴禾也肯定要被淋湿受潮，不易点燃，即使燃着也是烟大火小，弥漫得满屋子全是，飘出去的也是许久不散。饭菜一下子烧不好，农妇们怕田里的汉子们等得心焦，忙得团团直转，一煮好饭菜就赶快送去。所以，这两句诗表面是勾画风景，实则侧重写农家生活的繁忙紧张。

颔联两句写夏日原野上美丽的风光。水田广布,一眼望不到边际;绿树扶疏成荫,不时飞过几个白鹭,鸣响几声黄鹂。这两句状物生动,写景明丽,经常为人们所称道。从色彩上看,以大片墨绿色的水田和夏木为衬景,上面再点缀着几个“白鹭”和“黄鹂”,色彩对比鲜明,层次清晰,形成一幅极美丽的画面。从音响上听,静谧空旷的田野上,不时传来几声白鹭的嘹唳和黄鹂的鸣啭,象银铃一样在湿润的空气中振动,清脆悦耳,越发显出田野的空旷静寂,在写法上是动中求静。

关于这两句诗,还有一段聚讼纷纭的公案。唐人李肇因见李嘉祐诗集中有“水田飞白鹭,夏木啭黄鹂”的句子,便嘲笑王维“好取人文章嘉句”(《国史补》卷上)。明人胡应麟为王维鸣不平,力辟其说:“摩诘盛唐,嘉祐中唐,安得前人预偷来者?此正嘉祐用摩诘诗。”(《诗薮》内编卷五)反过来说王维是原告,李嘉祐是被告,这两句诗的著作权应判归王维。笔者认为,嘉祐与王维同时而稍后,究竟谁偷袭谁的诗句,现在已很难考证了,也没有必要考证。但从艺术上看,两人诗句还是有高下之分的。宋人叶梦得说:“此两句好处正在添‘漠漠’‘阴阴’四字,此乃摩诘为嘉祐点化,以自见其妙。如李光弼将郭子仪军,一号令下,精采数倍。”(《石林诗话》卷上)按照艺术发展的规律,因袭之中有创造,以后出者为精,所以还是王维袭用李嘉祐的可能性大,但这却是点铁成金,委实是“精采数倍”了。

"山中习静观朝槿，松下清斋折露葵。"颈联这两句是说诗人自己独居养性，常对朝槿冥想静思，或者采摘露葵以供斋食。朝槿是一种落叶灌木，其花朝开暮落，故称。古人用它作为人生无常的象征。露葵是一种野生菜蔬，这里代指素朴简单的生活。王维本信佛教，中年以来妻亡无子，政治上又失意，所以在生活上更是居常蔬食，不茹荤血，晚年长斋，不衣文彩，过着一种隐逸野居的生活。

尾联两句连用两个典故，抒发自己的议论和感慨。野老，是作者自谓。争席，争夺地位的意思。据《庄子·寓言》记载，阳子居去见老子的时候，旅店中的人都欢迎他，纷纷拿出凳子给他让座位。可是当他从老子那里学道归来时，旅店中的人不再给他让座了，而是与他争席。这说明他与别人都已得了自然之道，互相间没有什么隔膜了。海鸥相疑，用《列子·黄帝》的典故。传说海边有一少年，经常与海鸥在一起玩耍。后来，他父亲知道了这件事，要他把鸥鸟捉回来。第二天，当他再到海边去的时候，海鸥就不再理他了，飞得远远的。这两则寓言，一正一反，表明作者已从世事尘氛中超脱出来，过上了啸傲林泉、与人无争的隐居生活。

王维本少有壮志，才调绝伦，但因天宝年间奸相当道，政治失意，个人生活又连遭不幸，所以不得不在辋川风月中消磨壮怀。但这种隐逸也绝非全然没有意义，它表面上是现实生活的逃遁，实质上是精神领域的负隅顽抗——在现实的政治目标失败之后，又从精神上高扬了主体人格的独立自足。人世的险恶机巧，使得作者转而亲近自然，知己泉石，友于花鸟，叩知音于索寞。这对一个旧时代的文人来说，是他抗争社会情绪的唯一流向，也是他反观现实的思想所能达到的最高境界。

全诗从观察农事起，记录了自然景色的明丽，叙述了隐逸生活的幽静，最后归结于超然得道、与物无争的境界。与传统的农事诗、田园诗和山水诗不同，是典型的辋川园林诗。

唤醒感觉

孟浩然《春晓》：

春眠不觉晓，处处闻啼鸟。
夜来风雨声，花落知多少。

这首小诗写春日景物以及作者酣睡初醒时的瞬间感受。全诗语言虽明白如话，但却情韵悠长，含蕴无尽。

“春眠不觉晓”，首句破题，写出诗人从长夜酣睡状态中初醒时蒙眬惺忪的感觉。古代贵族之家讲究“黎明即起，洒扫庭除；既昏便息，关锁门户”，但我们的诗人却睡到大天亮仍未起床。也许他昨天晚上与友人痛饮狂欢，秉烛夜游；也许他挑灯展卷，读书至快意会心处，于是欣然晚睡。所以直到天大亮了，窗外的鸟声聒耳，才慵懒地醒过来了。可以看出这是一个落拓洒脱、不拘小节的逸士。

第二、三句写清晨的啁啾鸟鸣和夜来恍惚之中的潇潇风雨，“处处闻”是此时此刻听觉感官所感知到的，是实境；“夜来”是想象之辞，是对昨夜的追想和回顾，是虚景。虚实相生，远近相和,构成了一个美妙而又缥缈的音乐世界。“花落知多少”一句,则是诗人对花开花落变动不居的动悟。世人多按“惜春”索解此句及全篇,殊不知这只是字面意,并非作品主旨。反复诵读,仔细揣摸全诗的语气,可以发现,作者说“知多少”,并非困惑的疑问,也不是故作伤感的矫揉造作,而是对宇宙自然的一种审美解悟,是一种无所关心的关心,无所满足的满足。若作“惜春”解,则不过是十八岁少男少女赋诗强说愁的一种“移情作用”,近乎卖萌,未免浅薄。且前面既赞美万紫千红、莺歌燕语的烂漫春色,而此句又写风吹雨打、百花零落,似乎也不合情理。知春之不能久驻,花开花落正是自然运行更替的生命情感节奏,恐怕才是诗人的主旨。

这首诗题为“春晓”,但全篇并没有正面去描绘渲染春天的青山绿水红花,而是抓住了酣睡初醒时蒙眬惺忪的感觉,由听觉引发想象,通篇猜境。诗人把自己的心灵沉浸到大自然的律动里,领略户外活泼跳跃的机趣,在人世烦忧之余,获得片刻的满足和解脱。寥寥二十字,不仅带出了春雨、春风、春花、春鸟,而且直摄春之魂魄。明人唐汝询说:“如此等语,非妙悟不能道。”(《唐诗解》)正点破此诗的主旨。

物候的炎凉

孟浩然《访袁拾遗不遇》：

洛阳访才子，江岭作流人。
闻说梅花早，何如此地春。

这是一首友请诗，写作者访友未遇的怅惘幽怨之情。

“洛阳访才子，江岭作流人”，是说作者自己去洛阳拜访老朋友袁拾遗，不料他已被远贬流放到了岭南。访人未遇，本来就有几分遗憾，现在又得知友人获罪遭贬，心情就更加难受了。才子，有才华的人，这里指袁拾遗。这句表面上似乎是直述其事，但也隐含着一个故实。西汉著名文学家、政治家贾谊，即是洛阳人，他青年时期就以才气不凡而崭露头角，十八岁时以能诵述《诗》《书》和撰写文章扬名于郡中，被称为“洛阳才子”，后因遭谗受陷而被贬。所以晚唐诗人李商隐在《贾生》一诗中曾感叹道：“宣室求贤访逐臣，贾生才调更无伦。”孟浩然这里正是将友人袁拾遗比作洛阳才子贾谊，叹息其怀才不遇，竟至流放受贬。

"闻说"两句是将袁拾遗被流放的岭南与中原洛阳物候的不同作对比，谓岭南虽然梅花开得早，但毕竟是穷僻荒凉的瘴疠之地，哪能比得上洛阳的花团锦绣。洛阳在唐代属东都，其建制格局、百官设置皆仿长安，亦是最繁盛的大都会之一。唐代官员任职一般都重京官，轻外任，洛阳虽比不上在长安任职那样威风气派，易于升迁，但比外放要高得多了。袁拾遗此次还不是一般的外任，而是被流放到岭南瘴疠之地，所以其前途和命运如何也就大略可知了。这一切表现出作者对友人的深切关心和同情，但这种心情又没有正面抒写，而是通过两地不同物候的对比表达出来，使人觉得隽永深刻，兴味无穷。

全篇不着一愁苦字，但愁意自天际而来；不写友情深，而作者对友人被流放的惋惜愤懑之情尽在不言之中。

月随人行的审美

王昌龄《送郭司仓》：

映门淮水绿，留骑主人心。

明月随良掾，春潮夜夜深。

这是一首送别诗，全篇写来浑不用力，但却情意真挚，感人至深。

“映门淮水绿”，诗一开头就给我们展现出一幅优美的画面：春天的淮水，碧波荡漾，水光潋滟，映照着屋门。这样的艳阳春景本是郊游欢饮的大好时光，如今却要与友人郭司仓离别，作者的心中当然有些难舍难分。所以下面说“留骑主人心”就显得顺理成章，一点也不突兀。但第二句作者并没有直接说挽留客人，而说要“留骑”，就又有些含蓄。坐骑是客人的代步工具，此次郭司仓远别，就要靠这匹宝马负载，留住坐骑，友人自然走不了。

三、四两句分说。“明月随良掾”一句是说友人远行，一路上有明月相伴。良掾，即很好的官吏，这里是对郭司仓的美称。

诗人不说友人只身远行，一路孤独寂寞，而说有“明月相伴”，略带调侃风趣，借以缓解别离所造成的伤感气氛。李白送王昌龄的诗中也有“我寄愁心与明月，随君直到夜郎西”（《闻王昌龄左迁龙标遥有此寄》）的句子，与昌龄此句用语略似，看来很可能是互相启发的，但意境体格迥然有别。李白诗一气旋折，全以神行，有挥斥八极、凌厉九霄之意，而昌龄此句自然轻松，浑不用力。末句“春潮夜夜深”是说自己对郭司仓的怀念犹如滚滚的淮河春潮一样，拍堤打岸，长流万里，深不可测。

在写法上，首句说“淮水绿”，末句说“春潮深”，首尾相应，在不经意中见出用笔之妙，于尺幅之内仍有起合规矩。同时，一、二两句总括别绪，三、四两句分述别情。第三句单表对方，第四句独抒己情，字虽五言，但各司其职，各有侧重。三、四句虽是宾主分述，但又并非隔绝，而是互相关联，秘响旁通。即在“夜夜”这个大的时空系统中，“春江潮水连海平，海上明月共潮生”（张若虚《春江花月夜》）。“明月共潮生”不过是一种自然现象，而与友人虽将天各一方但仍互相思念则是一种人伦之情。春潮尚可随明月而起伏变化，那么作者与友人也会互相感应，异地而同心。时空阻隔所造成的生离死别的缺憾，在一首小诗中却得到了艺术的补偿，得到了充分的交流沟通，并将会像“明月共潮生”一样永恒。

贵少们的生活

储光羲《洛阳道》:

大道直如发,春日佳气多。
五陵贵公子,双双鸣玉珂。

这首小诗写春游场面。前两句是说大道如砥,春日和暖,花红柳绿,莺歌燕语,一派艳阳景象。后两句则是说,贵族公子哥们成群结队,扬鞭策马,并辔联翩,奔驰在大道上,马身上的玉饰发出一串串清脆悦耳的撞击声。

全诗表面上是纯客观的描写,未置一字议论,给我们展现出古代贵族游春踏青的一幅生动画卷。马背上的那些贵少们大摇大摆,欢谑喧笑,旁若无人,非常传神,仿佛呼之欲出。但仔细体味,发现诗中实含讽意。此诗《全唐诗》题作《洛阳道五首献吕四郎中》,这是第三首。"洛阳道",属乐府《横吹曲辞》。唐人用乐府旧题写作,大都是借旧题写时事,并非直赋题意。联系作者的生活经历可知,储光羲曾躬耕隐居,接触了底层社会,深知百姓生活的艰辛不易,对贵族豪门的飞扬跋扈、不可一世多有讽刺批判。如《田园杂兴八首》(其七)中,作者先写了农夫操持劳作的艰辛,最后笔锋一转,写到贵族公子们的放纵游乐:“白马谁家儿,联翩相驰逐?”就望中所见,将都市狂少的骑猎郊游,同农夫的劳作相对照,与此篇写五陵贵少的并辔联翩略似,均未发一句议论,而作者的爱憎和愤慨见于言外。明代唐汝询评点此诗说:“此赋道中所见,盖有‘世胄蹑高位,英俊沉下僚’之意。”(《唐诗解》)“世胄”两句是西晋诗人左思《咏史》中的名句。左思虽然博学能文,但由于出身寒素,所以仕进很不得意。他的作品揭露了门阀制度的不合理,对士族权贵表示出愤慨和蔑视。所作《咏史》诗八首,胸次高旷,睥睨权贵,得讽喻之致。我们虽不必一定要将储光羲的这首小诗拉扯落实到感慨身世遭际上去,但说它语含讽意、情绪愤慨,并不是穿凿附会,强作解人。只不过作者手法高妙,纯以画面绘出,不置一字议论,显得含蓄深婉,意在言外罢了。

入蕃和亲的公主

孙逖《观永乐公主入蕃》：

边地莺花少，年来未觉新。
美人天上落，龙塞始应春。

据《资治通鉴》卷二一一记载：唐玄宗开元五年(717 年)11 月，契丹王李失活入朝。同年 12 月，唐玄宗封东平王外孙杨氏为永乐公主，嫁给李失活。这首小诗即写永乐公主和亲的场面，据前引资料推测，此行当在开元六年早春。蕃，旧时对西方边境各族的通称，这里特指契丹族。

“边地莺花少，年来未觉新。”诗一开头就给我们展示出一幅荒寒凄凉的边塞行旅图：春光姗姗来迟，虽然新年已过，但仍然领略不到明媚艳丽的景色，听不到莺歌燕语，看不到山花如烟似燃的场面。虽仅寥寥十字，但简洁而富有表现力，将边地的凄凉冷落绘出，为下面写公主远嫁铺垫了场面和气氛。

“美人天上落，龙塞始应春。”美人，这里指永乐公主。天上落，古时认为汉族公主嫁给少数民族首领，是以上嫁下，称其为

"出降",故说"天上落",即从天都帝京到来之意。龙塞,即卢龙塞,故址在今河北卢龙县北,这里代指契丹族居地。这两句是说,公主的到来,给边塞带来了和煦温暖的春天。

和亲之制,由来已久,作为前现代社会统治集团的一项外交政策,其得失利弊需要进行具体而详细的历史分析,不可一概而论。它对下嫁的女子个人所带来的痛苦,在古代诗文中多有表现。但从今天的观点来看,和亲无疑促进了民族间的大融合,在一定程度上维系并改善了中原王朝与少数民族部落的睦邻友好关系。和亲公主由封建文明程度较高的中原,下嫁并定居在比较偏僻落后的边疆地区,也促进了少数民族地区的封建化进程。她们往往是传播异域文化的使者,将中原地区较先进的文化艺术、工艺技术和生活方式带到边疆,也把少数民族的奇珍异品、土贡特产带回中原。汉代的昭君出塞及唐代的文成公主入藏,都对巩固中原与少数民族的关系做出了极其重要的贡献,不过,她们的历史贡献往往是以牺牲个人的青春和幸福为沉重代价的。所以,旧评谓此诗表面上是颂扬,实是悲永乐公主远嫁异域,正好看破诗人在潜意识中情感与理智冲突的矛盾心态。

啸傲

王维《竹里馆》：

独坐幽篁里，弹琴复长啸。

深林人不知，明月来相照。

王维于天宝初年在蓝田得宋之问辋川别墅，并将其修葺扩充，构筑成为一座美丽的园林山庄，他经常和朋友们游览赋诗，琴樽自乐，兴尽而还，并曾与裴迪选了其中的二十个风景点作为题咏的对象，各赋绝句，汇为一集，成园林组诗《辋川集》。本篇是其中的第十七首。

这首诗写作者在月明星稀、万籁俱寂之时，独自坐在竹林深处弹琴长啸，悠闲自得，极清雅之致。乍一看，诗非常简单，既无警策之句，又无动人的景语，但是它表现了一种高雅脱俗、潇洒风流的士大夫情趣，这情趣妙处难与人说，也是一般为物欲所煎熬的名利之徒们不易领会的。倒是明月善解人意，所以殷勤来相照，把一缕慰藉的光，洒在作者索寞悲凉的心田上。长啸，撮口发出一种清越悠长的声音，它与歌唱不尽相同，友人范子烨认为类似于现代蒙古族的呼麦。古代高雅之士，好长啸以抒情。据《世说新语·栖逸》记载，阮籍善啸，韵响寥亮，能在百步以外听到。苏门山上有一真人，亦能长啸，阮籍前去求教，其人默不作声。籍因对之长啸。过了许久，这个人笑着说："请再作声。"籍复啸，意尽而还，行至半山腰，"闻上啾然有声，如数部鼓吹，林谷传响"。阮籍回头朝山上看，才知就是刚才那人的啸声。阮籍本也是一个有济世之志的人，但遭逢魏晋之际的动乱，深感天下多变，名士少有能全身保安者，所以他酣饮为常，佯狂避患，借以表达对现实的不满。他与苏门山真人的长啸也都带有睥睨权贵、放诞傲世的色彩。

过去的评论家多说王维此诗写作者与自然物我泯灭，悠然相合，澄心空映万物的禅寂之境。殊不知与自然界亲近了，必然是与社会现实疏远了。所以倒是宋顾乐看得深刻，认为此诗"毋乃有傲意"（《唐人万首绝句选》）。所谓"傲意"，就是对社会现实的一种低声抗议，就是在现实追求失败后，从精神领域对不媚世的独立人格的一种张扬。联系王维写作此诗的时代背景：贤相张九龄被贬，正直有为之士横遭打击，李林甫专权，杨玉环兄妹受宠。不难看出，这种"傲意"是含有一种对现实抗争的因素在其中的。只不过比起阮籍来，王维的"傲意"没有通过药、酒和青白眼表现出来，而是消融在自然山水和禅宗的福慧境地之中，不易被人发现罢了。

从结构上看，这首诗也很有特点。首句写静景，次句写动态，三四句承接，见动中之静，正关照首句“独坐”二字。全诗将画面、音响、动态三者有机地结合起来，构成了诗中有画、景中有声、以动显静的美妙缥缈的境界。

赠剑与赠心

孟浩然《送朱大入秦》：

> 游人五陵去，宝剑值千金。
> 分手脱相赠，平生一片心。

这是一首送别诗。朱大，据作者的另一首诗《岘山送朱大去非游巴东》知，名去非，行大。友人将要西入关中，漫游长安，临别之际，作者把自己所佩带的价值千金的宝剑解下来赠给友人，以壮行色。表现了作者对朋友深挚情谊，同时还隐含着对入京友人的殷切期望。五陵，是指汉代五个皇帝陵墓的所在地，在今咸阳附近，汉代时这里住了许多贵族世家，属于汉代长安的高尚社区，所以唐人诗中多将其作为长安的代称。

孟浩然一生怀才欲试，他曾想献赋上书给皇帝，兴利除弊，解民于倒悬，如宝剑想飞出剑鞘去为世所用。这是他的平生之志。他在三、四十岁之间曾屡次往来于长安、洛阳干谒求仕，希望能象汉代的扬雄一样，"一荐《甘泉赋》"——用自己的词赋才智见赏于皇帝，然后一展宏图，建不世之功。他"冲天羡鸿鹄"

(《田家作》),幻想自己能如“鹏激水”“鹤冲天”,搏扶桑,振健羽,奋起六翮而凌清风,飘摇乎高翔。但每次都失意无成,沦落飘零,终身是个布衣。所谓“遑遑三十载,书剑两无成”(《自洛之越》),“弃置乡园老,翻飞羽翼摧”(《送丁大凤进士呈张九龄》)等,就是在这种特定情境下的苦闷心情的宣泄。后来他虽然纵游吴越,栖隐鹿门,放浪于山水之间,脱略世俗功名,但当友人要去长安向他辞行时,又勾引起他的历历往事,壮怀激烈,所以用赠剑为喻,勉励友人朱大能像这柄龙泉宝剑一样,红光紫气,上彻于天,外斩楼兰,内平叛逆,大用于下,实现自己的未遂之志。

孟浩然的作品大多清旷闲远,平淡率直,有时甚至清澄照底,淡不见诗。但此篇却写得情挚意浓,一片侠骨,神采飞扬。在冲淡闲远之外,别有一种壮逸健举之气弥散其间。

“借问”中情网遂凭虚而下

崔颢《长干曲》：

君家何处住，妾住在横塘。

停船暂借问，或恐是同乡。

这首小诗描写一水乡女子在江上向过往的小伙子攀谈问话的一个细节。它像一场独幕剧，又像一篇微型小说。寥寥四句独白，简单明了，但仔细含茹把玩，却又觉得隽永深长，风神无限。

诗一上来就直接用女主人公的问话开场：“君家何处住？妾住在横塘。”寥寥十字，从句式上看，不过是一个疑问句和一个陈述句的组合，既没有什么奇思异想，也没有什么僻典故实；从事件上看，不过是人生逆旅中出现频率最多的一个细节：攀谈问话。简单极了，平淡极了。诗人就是在这样一个简单平淡的人生琐事中，发现了诗意的光彩和戏剧化的情节。分析起来，还是饶有趣味的。首先，问话中称对方为“君”，答语中称自己为“妾”，点出问者和所问对象的性别：一个水乡姑娘与一个船家小伙子。诗文中大凡涉及到男女，倾慕迷恋，恩怨憎爱之类的浪漫传奇故事就会随之展开。但此诗并没有沿袭这些俗套，只是写一女子款款问话。她问对方家住何处，也是一般人路遇谋面开始攀谈时的常例。作为一个姑娘，她也只能问别人“家住何处”，若改问姓甚名谁，则既不礼貌，也不合乎身份。所以第一句纯是问语，绝无深意，别乱猜想。但话由一女子先问，又是在礼俗甚多的古代，已经够大胆率直了。第二句诗人写女子不待对方回答就自报家门。从社交的一般习惯来讲，女子特别是青年女子的年龄居处是不该轻易告诉陌生人的。诗人这样写，一方面是想说明水乡姑娘的天真无邪，另一方面，也未尝不含有向对方介绍自家情况的用意。俞陛云说这两句“既问君家，更言妾家，情网遂凭虚而下矣。”(《诗境浅说续编》)正点破女子自我介绍中的暗示。

“停船暂借问，或恐是同乡。”姑娘在大胆攀问又主动介绍之后，才觉得自己有些太唐突，怕引起对方的误解，所以赶忙又加以补充和解释，说自己不过是随便问问，打听对方是不是同乡。这样解释看来十分得体，既掩饰了姑娘的羞涩，又表现了她的敏捷和聪慧。但是稍有阅历的人不难看出，姑娘的这两句解释和补充，欲盖弥彰，把起初恐怕连她自己也没有意识到的内心秘密给点破了。

末句中的“同乡”一语，表明姑娘是在他乡异地，孤独寂寞，烦闷无聊，所以对家乡的一切都很敏感，于是闻乡音而相问。

这样，“同乡”由问语攀谈的借口，转变为寻找慰藉理解的纽带，最后成为系连两个天涯沦落人的感情红线。

《长干曲》属于南朝乐府《杂曲歌辞》，内容多表现江南水乡船家妇女的生活和思想感情。崔颢所作《长干曲》共四首，这是第一首。诗用民歌体，表现水乡姑娘的纯真娇憨，虽不过四句问语，但却声态并作，情貌俱现，且含蓄蕴藉，“墨气所射，四表无穷，无字处皆其意也”（王夫之《姜斋诗话》）。

颂圣的模式

杜审言《蓬莱三殿侍宴奉敕咏终南山》：

北斗挂城边，南山倚殿前。
云标金阙迥，树杪玉堂悬。
半岭通佳气，中峰绕瑞烟。
小臣持献寿，长此戴尧天。

这是一首应制诗。题目中的“蓬莱”是指唐代的大明宫，唐太宗贞观八年置，唐高宗时改称蓬莱宫。内有紫宸、蓬莱、含元三殿，为皇帝接受群臣朝贺和宴请群臣的地方，故址在今陕西西安市北郊。

“北斗挂城边，南山倚殿前。”诗一开始就气度不凡，写出了皇都长安的巍峨高大，那北斗七星仿佛就挂在城边，高峻的终南山似乎也紧靠着雄伟的宫殿前，诗人没有直接写长安城的高大雄伟，而是通过北斗挂城和终南倚殿这两个夸张性意象来衬托皇城的宏伟壮观。“北斗挂城”还有另外一层隐意。据《三辅黄图》卷一记载，汉高祖修长安城，“城南为南斗形，城北为北斗形”。隋唐长安城虽然对秦汉都城的设计作了较大的突破和创新，但是使宫城、皇城和外郭城三重相依，由北向南，同用一道北城垣这一点并没有变。这样就突出了皇帝所居之处，宫城象征北极星周围的紫微垣，皇城则象征着地平线上以北极星为圆心的天象，而外郭城则象征着周天之内。这种以群星环拱北极星的设计思想，是皇权和专制思想在都城建筑学上的形象反映。所以，作者说“北斗挂城边”不仅是一个夸张性的描写，而且也是对长安城形制的一个象征性说明。中间两联接着说，皇宫高耸，穿破云层，整个终南山中都缭绕着祥云瑞烟。

诗人这样铺张扬厉，极力渲染帝城皇宫的宏伟壮丽，气势不凡，并不仅仅是客观的描绘，而是为下面抒发感情作铺垫。“不睹皇居壮，安知天子尊！”有前面的描写，下面的称颂赞美就会水到渠成。“小臣持献寿，长此戴尧天。”持献寿，指以终南山向皇帝祝寿。用《诗・小雅・天保》中“如南山之寿”句意。尧天，《论语・泰伯》中说：“唯天为大，唯尧则之。”意谓只有天最高大，又只有尧能以天为准则推行教化。后人因以“尧天”称颂帝王功德和太平盛世。这一联连用两个典故，但从文意上看都很贴切，没有生硬拉扯的感觉。正如清人沈德潜所说：“不用雕镂，而后人雕镂者不能到。”(《唐诗别裁集》卷九)

毫无疑问，诗人的这种赞颂，在战乱频仍、祸患不绝、人命危浅的古代社会实际上是一种很善良的愿望。而他所生活的唐代前期，国力强大，声威远被，经济发展，在一定程度上也体现了封建社会的盛世理想。但是，这种颂歌自古迄今几被所有的文人唱过，已成为陈套陋习，近于套话、门面话，凝定为一个迄今仍被沿用的歌颂模式，并没有什么新奇之处。恃才謇傲，自谓“文章合得屈宋作衙官”的杜审言，极尽能事，写出这样虽富丽堂皇而无真挚个性的作品，从今天的观点来看，实是功力和才情的一种极大浪费。

当然，这不能怪罪作者，真正能超越时代的诗人毕竟是少数的。正如我们说此诗以北斗终南衬托皇居之壮观，又以宫殿之巍峨衬托帝王之尊严。审言之后，其孙杜甫关心民瘼，忧患苍生，成为百代诗圣。从某种意义上说，审言之于少陵也是一种衬托。

幽处与隐心

祖咏《苏氏别业》：

别业居幽处，到来生隐心。
南山当户牖，沣水映园林。
竹覆经冬雪，庭昏未夕阴。
寥寥人境外，闲坐听春禽。

这首诗题写友人苏氏别业园林的寂静、景物的清幽，并说在这样的环境中，人们会身世两忘，万念俱寂，油然而生归隐之心。

“别业居幽处，到处生隐心。”首联两句概说苏氏别业的清幽宁静，如果人们来到此地，不禁会产生了想要栖隐终老的念头。魏晋以来，庄园地主和贵族文士都喜欢选择山水佳境营建别墅池馆，或在田庄内造园构景。西晋的石崇、潘岳，东晋的王羲之、许询，刘宋时的谢灵运，唐代的王维、白居易、裴度、李德裕都有著名的别墅园林。这对于贵族文士熟悉、热爱园中的峰林泉石，进一步观察发现山水自然美，有着重要的作用。因为别业一方面可以实用居处,另一方面又可观照自然。不仅可以观赏园内的微型山川、袖珍林泉,而且,还可以通过“借景”的造园方式,观赏别墅之外的大自然。特别是在政治失意、功名无成、壮志未酬的情况下,回返自然,偃卧园林,就成了文士们医治精神创痛的最好疗养院。

友人苏氏的别业究竟如何“幽”,首联并没有详写,这样就形成了一个悬念,使人产生欲知下文,明了结局的心理。中间两联就承此文意,具体写了别业的方位、环境以及特殊的景观:透过窗户能看到巍峨起伏的终南山影,沣水环绕着园林,水光和树影掩映成趣。翠竹上覆盖着经冬不化的积雪,园内花木茂盛,遮蔽日光,以致还没有到傍晚,庭院里就已显得重阴浓密了。如果说前两句总说“幽处”还使人感到有些空泛,并不一定能真正引起人们的“归焉”之志的话,那么,这四句通过别业内的一系列景观,分述了园林居处的幽静安恬,真会启人终老之志。经过这样的描写和渲染,首联所说的“生隐心”就有了着落,使人信服,尾联“闲坐听禽”也才收束得自然。

尾联两句总括全诗,但又各有侧重。其中“寥寥人境外”是关合首句所说的“幽处”,闲坐听禽既是“隐心”的具体化,又是对中幅四句的进一步引申,六朝的景物诗,多由模山范水、观貌相音归结到感悟玄理、抒发议论,而此首结句荡开一笔,纯以景结,不仅使诗的结构突破旧模式,而且也为诗意另开一生面,雅致无限。有这样幽静美丽的别业,不要说会使身临其境的作者产生“隐心”，闲坐听禽，就是我们这些身居闹市的现代人，历千年之后展读诗篇，也会涤烦除嚣，霍然舒朗，极优雅闲静之致。

唐代诗评家殷璠说：“（祖）咏诗剪刻省静，用思尤苦；气虽不高，调颇凌俗。”（《河岳英灵集》）所谓“气”是指气概，“调”指格调。就是说祖咏的诗虽然气概不够宏大，内容有些狭小，但格调轶群，情韵悠扬，有脱俗之处。你看他避开喧闹的人境，闲坐专听鸟语，确实有些“凌俗”。用这样的话评价祖咏诗，是比较贴切的。

终南山的散点透视

王维《终南山》：

太乙近天都，连山到海隅。
白云回望合，青霭入看无。
分野中峰变，阴晴众壑殊。
欲投人处宿，隔水问樵夫。

谈到王维的作品，大家都会想起宋代苏轼在《东坡题跋》中说的一段话："味摩诘之诗，诗中有画；观摩诘之画，画中有诗。"这首《终南山》就体现了他"诗中有画"的特色。在作品中，王维不仅用绘画的方法技巧取景入诗，经营位置，用笔设色，而且作品还体现了水墨画的风格意境，言有尽而意无穷。

"太乙近天都，连山到海隅。"首联两句是仰视所见终南远景。作者由山外向山中行来，在极远处看到绵延不断伸向远方的山脉，所以采取提神太虚、整体呈示的方法，把巍峨壮观的终南全景摄入画面。颔联两句是平视所见终南近景。其中"白云回望合"一句是向后看，"青霭入看无"一句则是向前看。景虽不同，意却一脉，都是说终南山景致缥缈迷茫，恍如仙境一般。颈联"分野"两句是在山上俯视到的远景，千岩万壑的千形万态尽收眼底，大有"一览众山小"之感。尾联两句为下山后附近环境的呈示，即自近山而望远山。

全诗四联八句，每联一个视点，一个角度，"因物赋形，随影换步"，勾画出了终南山的高峻、东西长、南北宽，在我们的脑海中形成了一个全整律动的立体的山。这是用中国画中"散点透视"的方法取景，是一种视点活动的全方位观照(叶维廉《中国诗学》)。作者在创作前提神太虚，观照全整律动的大自然，并在时间中徘徊移动，游目周览，用散点多方位谱成一幅超象虚灵的诗情画境。

诗人游览终南山水，感触自然界，必然要看到绚丽缤纷的山光水色。所以在创作时，就不光注意到透视取景，经营布局，而且要讲究用色着墨。如前所述，首联是远景，距离遥远，诗人又可能是侵晨出发，一切都朦胧恍惚，看不清色彩，故作者只勾勒大体的轮廓，没有一开始就对终南山浓抹重涂。颔联是近景，按理说本该精雕细刻，饱蘸酣墨，着力描绘山中缤纷的色彩了，可作者只涂了两笔：白，写茫茫云海，浮游不定，开合聚散，瞬息即变。青，即山岚，亦即"山中原无雨，空翠湿人衣"的"空翠"，湿漉漉，潮乎乎，如纱似雾，亦有亦无。白云与青霭本是两种对比色，但作者不追求对比反差的烘托效果，而是采用国画中的晕染方法，让这两种颜色自然地溶到一块，达到空灵缥缈，引人遐想无穷的效果。颈联两句表面上没着色彩,但“阴晴众壑殊”中暗含着色彩的变化。阴晴,分别指山的背光面和向阳面,向阳面明媚鲜艳,背光面幽深暗淡,形成了一个对比。而“众壑”,即千山万壑的向阳面与背光面聚合在一块,浓淡浅深有节奏地变化,整幅画面、整个终南山脉便奏响了一曲气势磅礴的色彩交响乐,令人荡气回肠,拍案叫绝。

此诗前三联写景,分别从远近前后、俯仰回环各个角度描绘,尾联笔锋一转,写自己打算借宿一晚,隔着水向砍柴人询问。问什么呢?作者却戛然而止,不作下文了,这样写看似很突兀,所以有人曾认为这“末二句似与通体不配”(《唐诗别裁集》卷九引)。但唯其如此,才像一幅画,才留出一块艺术的空白,让读者的想象力去填充,去回答。其妙处全在设一“问”字而不作答,不像贾岛的《访隐者不遇》:“松下问童子,言师采药去。只在此山中,云深不知处。”贾诗亦有情趣,但设问作答,宛若对白。也不像杜牧的《清明》:“借问酒家何处有,牧童遥指杏花村。”一问一答,有些直截。而王维“问”了之后,诗中没有写樵夫是否回答,如何回答。这样就形成了一个艺术的悬念和“空筐”,给我们留下了许多问题:一、樵夫是忙于砍他的柴禾呢,还是回答了作者提的问题?二、樵夫如何回答?是有口没心地随便答,还是殷勤热心地作答?甚至干脆给作者当向导,引他到住宿处?三、“隔水”是指一条波浪翻腾的深沟大涧,还是狭窄的潺潺小溪?如果是指深沟大涧,那么诗人的“问”该是扯开嗓子大声呼喊;如果仅是一条小溪,诗人的“问”亦当是轻声细语,抱拳施礼,文绉绉地问……末尾虽仅五字,却蕴含着这么多的问题,让读者持续地遐想琢磨,不但与通体相配,而且是一种“计白当黑”“以无为有”的高妙写法。这是典型的绘画风格,也是王维自然诗的魅力所在。

从空寂设色

孟浩然《题义公禅房》:

义公习禅寂,结宇依空林。
户外一峰秀,阶前众壑深。
夕阳连雨足,空翠落庭阴。
看取莲花净,方知不染心。

佛教在有唐一代极为盛行,唐代文人墨客与僧人的关系,也是十分密切的。孟浩然有许多僧道方外之友,这首诗中的"义公"便是其中之一。据明铜活字本《唐五十家集》知,此篇原题《大禹寺义公禅房》。大禹寺在今浙江绍兴会稽山上,故此诗当是作者在"山水观形胜,扁舟泛湖海",自洛之越,漫游东南一带时所作。

诗的前两句写义公禅房的位置,中间四句描绘义公禅房周围的环境。安禅守寂,最看重场所的清幽,今结庐于空谷野林,户外一峰挺秀,阶前众壑幽深;既无丝竹乱耳,也无案牍劳形;既无车马喧嚣,也无尘氛污染,恰好得空寂悠远之趣。况值此时连雨初晴，空翠满庭，地面被冲洗得一片干净，纤尘不染。诗人触物起兴，灵机顿醒，顺口即成禅理，所以自然不经意地引出了尾联的议论。“莲花”在佛教中象征清净高洁的自性，这里比喻义公禅心如出水莲花，虽出污泥，而清净不染。

此诗在写法上也很有特点，通篇总从空寂设色。前六句通过写景来赞义公禅房，后两句通过议论来赞义公禅心。中间两联写景生动，把山中夏日的景象鲜明而准确地描画出来，同时也象征着禅寂境界的清凉怡悦。“夕阳”两句写雨后景象极传神，唯其“连雨”，所以才能空翠欲落。在写法上是“形对待而意侧注”（张谦宜《绳斋诗谈》卷五）。末尾“莲花净”比其“结宇”，“不染心”又照应首句“习禅”意。虽章法谨严，而又如羚羊挂角，不露痕迹，显得自然真率，浑融一体。

同题竞技

孟浩然《临洞庭》：

八月湖水平，涵虚混太清。
气蒸云梦泽，波撼岳阳城。
欲济无舟楫，端居耻圣明。
坐观垂钓者，徒有羡鱼情。

此诗写洞庭湖的壮丽景象，并表达出作者渴望出仕的心情。题一作《望洞庭湖赠张丞相》。张丞相，即张九龄。“丞相”是指其所任的尚书右丞相之职，而并非原来的宰相之职。张九龄于开元二十一年(733 年)拜中书侍郎、同中书门下平章事，明年迁中书令。这时他所任的是宰辅之职。开元二十四年(736 年)11 月迁尚书省右丞相，并罢知政事，这才是孟诗中所提的“丞相”之职。“宰相”与“丞相”两职在隋唐区别甚大，细检唐人诗文和史料可以找到许多例证。后人不察，误以为两者实即一职，所以多将此诗系于开元二十一年到二十四年张九龄任宰辅时期。表面上似乎合于诗意，但却有悖事理。我认为此诗当作于开元二十四年 11 月以后，或者开元二十五年张九龄贬荆州长史时期，其时孟浩然正在九龄幕中，唐人有例称前资的习惯，所以仍称九龄为丞相。另外，孟浩然在张九龄执政期间所写的几首诗中明确地说："故人今在位，歧路莫迟回"（《送丁大凤进士举呈张九龄》），"当途诉知己，投刺匪求蒙"（《书怀贻京邑故人》）。而此首诗中说"无舟楫"，则显系故人已不在其位，没有人再能援引简拔自己了。两种情绪，判然分明。

"八月湖水平，涵虚混太清。"首联两句写秋天的洞庭湖水一片浩瀚，浑茫空阔，水光接天。这两句不过说湖水广远，然起得雄浑称题，虽律诗而含古意，被后人称为"起句之妙"。颔联两句说湖面上水汽蒸腾，笼罩着它四周的辽阔地域。湖上起风之后，浪涛奔涌，响声如雷似鼓，把整个岳阳城都震动了。据《岳阳风土记》记载，岳阳城在洞庭湖东北岸，湖面百里，常多西南风，夏秋水涨，涛声喧如万鼓，昼夜不息，震撼着岳阳城。洞庭湖的山水形胜是天下壮观的，古来骚人墨客题咏甚多，但像孟浩然的"气蒸云梦泽，波撼岳阳城"两句，能写得如此气象雄张，旷然如在目前者，还确实不多见。

三、四两联表示自己仍想要出仕干一番大事业，但因无人引荐，只好坐以待老。"端居耻圣明"表面上是说自己就此闲居实有愧于圣明之世，有自责自惭之意。但草泽遗贤，盛世明时仍未见用，这个责任不应归咎于作者个人。朝廷对于"欲济"者不能广开才路，使之成为"端居"的隐逸之士，这应该是"圣明"

之“耻”。表面上的自惭自责和对开元盛世的歌功颂德，被诗中潜在的情感逻辑所推翻，于是歌颂和溢美之辞就变成辛辣的讽刺和嘲弄。末两句引申《淮南子·说林训》中“临河而羡鱼，不如归家织网”意，说自己空有济世的愿望而无法实现。言外之意是希望得到张丞相的汲引简拔。旧评多以此诗长处在写景壮阔和干谒不露痕迹。我认为，说写景壮阔是事实，但要说干谒不露痕迹则不然。从三、四两联中可以看出孟浩然不仅有用世之情，而且这种心情还是相当迫切的，以致字里行间充满烦恼和牢骚。如果把“端居耻圣明”与“不才明主弃”（《岁暮归南山》）两句对照起来看，就会发现这种牢骚实际包含着对自己的哀伤之感和对“圣明”的怨恨之情，对遭贬的张丞相倾诉这种情绪也含有引为同调的意思。所以，倒是沈德潜看得透彻：“读此诗知襄阳非甘隐遁者。”（《唐诗别裁集》卷九）

元代方回说：“予登岳阳楼，此诗大书左序毬门壁间，右书杜诗，后人自不敢复题也。刘长卿有诗云：‘叠浪浮元气，中流没太阳’。世不甚传，他可知也。”（《瀛奎律髓》卷一）“七岁侍行湖外去，岳阳楼上敢题诗”，这是晚唐郑谷在《卷末偶题》中自视甚高的话。可见，自从有了孟浩然和杜甫的诗后，题诗岳阳楼，当时已被看作一件大事情了。

在钟声中找寻禅

王维《过香积寺》：

不知香积寺，数里入云峰。
古木无人径，深山何处钟。
泉声咽危石，日色冷青松。
薄暮空潭曲，安禅制毒龙。

这是一首描写景物的游览诗。香积寺在今陕西长安区南子午谷中，又名开利寺，今犹存。诗人大概是第一次到这里游览，路径不熟，所以诗中多用疑问和猜测的口气，同时也因为是第一次，所以对沿途的景物特别感到新奇，印象也特别深刻。

首联两句说我只听说过香积寺，但不知究竟在哪里，入山数里，走进了云雾缭绕的山峰中。颔联两句说山间古木森森，人迹罕见，我正在迷惑迟疑间，蓦然间不知从哪里传来了悠扬的钟声。“何处钟”承首句“不知香积寺”而来，正因为诗人不知寺院在何处，所以也就不知道钟声来自何方。但这只是当时瞬间感受的实录，事实上，诗人由数里云峰、古木无径的深山之中，最后找到香积寺，还是依靠这古刹钟声的导引召唤。只不过诗人将缘钟觅寺的情节省略掉了，集中而突出地表现山行中刹那间的感受。

诗人此行是去佛寺游览礼拜，旅途中的渺渺云峰、森森古木，同时也象征着心灵上的迷茫恍惚，无所适从，依稀隐约的钟声把诗人从困顿妄想的状态中唤醒，启悟了他的禅心灵性，从灵魂深处去捕捉那神秘的节奏，感受禅定所带来的愉悦。但是由于诗人写得空灵超脱，如野云孤飞，不着迹象，所以这一层隐义反不易被读者看破。

“泉声咽危石，日色冷青松。”这两句都是倒装句子，意思是说山泉因受到高险石头的阻挡，发出低沉的响声；深山松林，一片葱郁，气候阴凉，就连那照在青松上的阳光也给人寒冷的感觉。“咽”与“冷”极传神，见用字之妙。写泉声着一“咽”字，则幽静之状恍然；绘日色用一“冷”字，则深僻之景若见。这就是前人常说的“诗眼”。这两句还利用古代汉语的特点，省略了介词，词性活用，没有时态变化，使空间意象并发映出，在一定程度上呈现了语言指义前的多层空间关系和兴象的复义效果，暗示出一种超越时间、因果关系静观体知的禅趣。

“薄暮空潭曲，安禅制毒龙。”这两句是说深潭本是毒龙潜居的地方，傍晚我见到潭中已空，想必毒龙已被高僧制服了。安禅，指佛教徒坐禅时心神安定，别无他念，一心向佛。毒龙，指人的邪思妄想。末两句借用佛典，表明闻法悟道后身心晏然，入于禅定，降伏妄想之意。

诗题为“香积寺”，但并没有正面渲染寺院庙宇的宏伟庄严，而是采取侧面烘托、暗示的方法，不言山寺，而山寺自在其中，达到了深山藏古寺，欲隐弥彰的艺术效果。虽着意描写了山中的幽静，但并没有一味地从寂静无声上用力，反而特别地指出隐隐的钟声和呜咽的泉声，这样非但没有扰乱整个环境的幽静，反而更加增添了丛林古寺的僻静之感。从动静的矛盾关系讲，这就是通常所讲的“鸟鸣山更幽”；从哲理上讲，就是愈闹则愈静的道理。

诗在结构上也很有特点。首句用一否定词“不”领起，极超乎高妙，第四句从文意上本应与首句相接，谓未见寺而闻钟，感到诧异，但在二、三句分别插入“数里云峰”“古木无径”两个景语，这样，不单使人觉得路途幽长曲折，语义也显得婉转迂回了，使一、四两句在起承连接中极尽变化之能事。诗的最后两句，由景入理，归旨佛法，但因“薄暮空潭”仍为眼前环境，神秘的宗教体验过程用触景感物的形式表现出来，过渡浑然无迹，没有截分两橛之感。所以全首仍为整体，浑成一片，虽有奇句，不碍自然。

书城眉批

散文的虚热与希望

高保真音响的普及如雨后春笋般地催生出遍地的歌手;印刷技术的发达,报刊与出版物的林立,亦使可爱的散文爱好者很轻松地成了写作者;数字王国的不断拓殖,更使发表的门禁被彻底打破,我们呷着乌龙或饮着蓝带敲进去的印刷体汉字可以无极限地传播开来。我们很轻易地颠覆了所有的经典、所有的名家,一不留神我们也成了散文作者。凡有互联网处,都能看到我们贴上去的文字。当从搜索引擎上发现我们的名字与苏东坡、梁实秋、林语堂、贾平凹并列时,所获得的刺激和亢奋可能与超女选拔赛中那些激动莫名的女中学生无大差别。

如果说造纸术的发明使书写材料第一次平民化,那么白话语体文的流行则使表达工具再度打破阶级的壁垒,贩夫走卒引车卖浆者的口语变成了全社会的标准语,这确实是大长了普罗阶层的志气,大灭了贵族士绅的威风。上升时期的生机盎然,希望与愿景的不断实现,更强化了文学好莱坞的追梦与追星热。

在前现代社会,散文写作不仅有工具与材料的限制,而且还有主题的禁区。文以载道,诗以言志。不能载道之文与不能言志之诗是不为人们所重视的,在历史长河中被选家与读者不断淘汰。今天，散体的文不仅没有体裁的桎梏，也没有了主题的限制。天地之间，追光蹑影，嘲风月，弄花草，谈食色，议政治，吊古迹，忆往事，无不可妙手成文。诗及小说可以在韵律和情节中藏拙，散文不能。散文要在没有行头不涂油彩之下将你的举手投足、一招一式使出来。观者如堵，众目睽睽，你甭想靠变戏法蒙人。这样的大朴不雕、天然本色原是靠精深内力与天资禀赋，但在浅学末流看来，却指示了人皆可以成散文家的方便法门。于是散文成了比诗歌、小说在文坛上更易成名的终南捷径。文学的淘金者也主要麇集在散文领地，想象一夜之间暴富起来的好事。这委实是极大的误会。但在轰动与追捧之下，散文也飘飘然以为自己无所不能，散文家醺醺然以为自己无不可入文。全民的热情促成了散文的繁荣，也暴露出散文的虚热。

造纸与印刷技术的发达比起简帛虽然降低了写作的成本，但也导致大片原始森林被附庸风雅者所毁。当白话的散文因粗豪、粗俗、粗鄙、粗糙，越来越疲软松弛，越来越失血，越来越没有弹性，越来越以牺牲典雅汉语的精致、精巧、精微、精美为代价时，古代汉语与文言中的弹性、张力、空白、诗意、禅机也越来越稀薄。故当下散文之普及，散文之繁荣，散文之极盛，未尝不是散文之大厄。

所以，我认为散文不是什么都可以写的，也不是什么人都可以成为散文家的。散文不是过于冷落而是过于虚热，散文家不是太少而是太多了，应到了给散文败火清热的时候了。

散文应清醒地意识到自己的所长与所短，不是什么场合都出席，不是什么问题都发表观感，不是什么内容都适合入文。散文应保持自己的矜持。在与其他各种文体并列时，散文不要手伸得太长，闯入诗词、戏剧、小说、影视的领地越俎代庖；与其他姊妹艺术相处，散文要学会矜持。散文家要有自己的操守，有自己的真性情大智慧平常心，能狂狷，能守静。

如果按董桥的说法，文字是肉做成的，那么健康典雅的散文应该有血色，有肌理，有弹性，有气脉贯注其间，有神韵隐伏其表。更重要的是，要有疼痛感和创伤感。

《美文》杂志愿意做改良汉语散文的一块实验田，创刊以来策划了多次有影响的重大活动，推引出一大批散文新人，刊发了不少脍炙人口的散文名篇，从征订印数、被转载及被收入语文教材三个观测点可以证明此言不虚。尤为重要的是，《美文》在提升现代汉语诗性品质与审美潜能方面也做了许多尝试与探讨。

谦逊的商州人在偏僻的西部古城办刊，却有华文的全球意识，无论是一年一度少年版的华人美文大赛，还是成年版的各期文章，都能打破狭窄的地域观念，从全球华文写作的视阈来考量，为汉语散文写作的世界化张目。又有张平、五月、黄惟群、阿海、奕秦、雪绒等海外作家军团闪亮出场，说明了《美文》杂志有一广大的“世界”胸怀而非“方舆”情结。关中古称天府，民性五方杂错，胡汉混血，多具开放胸怀，较少排斥异质文化。山不厌高，海不厌深，陕西人办的《美文》也有这样的雅量。

《美文》所刊发的诸家之作，皆有自己的面目，有自己的性情，发出的是自己个性的声音。有些文字鲜活，有些感受微妙，有些见解深刻，有些阅历广博。金宇澄的《洗牌年代》如偈语，有禅意。张平的《老欧外传》让我们看到弘阐与践行孔子思想的犹太学人。姜宇清的《熟梦地》如绝句小令，有诗性智慧。吴克敬与杜爱民虽都是西北土著，但说食经谈花事，娓娓道来，不温不火，得晚明小品神韵。

这些卓然独立的名家与他们的清新文字，可为散文的虚热下针砭，败毒火，在忧患散文之厄的同时，又使我们看到了现代白话散文的新希望。

（原刊《美文》2006 年第 5 期）

探索者的道路

古罗马神话说，一月这个名称来源于两面神Janus，他一面回顾着过去，又一面朝着未来。这个古老的传说寄寓着什么哲理，千百年来，许多从冬天穿越过去，跨进新春门槛的人，都苦苦思索过。

新春伊始，我读了徐敬亚《崛起的诗群》所引起的思绪和感受，正像两面神Janus在人们心中引起的思索一样。诚如徐文所说，自1980年以来"诗坛打破了建国以来单调平稳的一统局面，出现了多种风格、多种流派同时并存的趋势……标志着我国诗歌全面生长的新开始"。一大批青年人——我们新诗发展的第三梯队创作出许多主题新颖、表达新奇、诗味新鲜的新派诗，用徐文的话说，就是出现了"新诗的现代倾向"。

对于新人们的追求和探索、胆识和才气、敏感性和洞察力，我是佩服的。我是新派诗的热心读者，但不是迷狂的崇拜者。我想联系读徐文的感受，谈一点我对新诗的看法，与徐敬亚先生商榷，以期共同探讨新诗的道路。

首先，"诗界革命"的倡导迄今近一百年，当时的所谓革命，充其量不过是一场改良，像作者们所属的阶级特性在臀部打下了印记一样，改良派的诗从内容到形式，从情感到思想都患着一种软骨病症，没有能够成长为壮伟的体魄，也没有多少潇洒的风采、诱人的魅力。五四新诗运动几经波折，被切割成几个起伏的阶段，但时代精神由一条红线所贯穿，五四时期所提出的主张、思潮和流派与当今诗坛有某些类似甚至暗合。究竟新诗如何发展？怎样才符合新诗的标准？这是一个扯皮甚多，但收效甚少，最使人头痛的问题。李金发学洋不化的象征派固然湮没无闻、销声匿迹了，但不知通变的林纾等人也知之者甚少了；徐志摩、朱缃固然纤弱、偏狭，但蒋光赤又失之嚣张；古典加民歌等于新诗的公式固然浅陋可笑，但乞灵于西方的纯感觉、纯意象的说法也失之偏颇；标语口号不是诗，但箴言猜谜的叠加是诗吗？单一性手法不能完全表现现代生活的节奏和情绪，但扑朔迷离的所谓内心律动、瞬间的感觉又能组合出现代人的思想、情思和感受吗？

简单回顾一下六十年来新诗的历史，我们会发现这样两个问题：其一，确如徐文所说，新诗继五四以后，当前正面临着第二次革命；其二，这种革命的内动力，是因为人们对新诗的苛求和不满。随着人们审美鉴赏能力的提高，那种感情虚假、廉价，表现陈陈相因，或故弄玄虚的卑劣诗作，败了人们的胃口，坏了新诗的名誉。另一方面，新诗所要攻击和打垮的目标——古代的诗歌，曾产生过屈原，双子星座李杜、元白、韩孟、苏辛等，有许多惊天地、泣鬼神、移人情的旷世杰作，产生过邈远深刻的影响，迄今在海内外有着比新诗的作者和读者加起来还要多的崇拜者和爱好者，俨然与新诗是两峰并峙，抗衡匹敌。新诗只有取得超越前人的成就，用作品打动人心，才能够完成这场革命。

像许多中青年诗人一样，面对着这场革命，徐敬亚一方面从创作中实践，另一方面从理论上探索，为中国新诗的发展和繁荣奔走呼号。就《崛起》这篇文章而言，以其诗人之笔势，自如挥洒，立论新颖，指斥诗弊，精辟深刻，确有许多创见，在知识界特别是青年诗歌爱好者中间引起很大反响。但是，也有许多偏颇之辞，甚至一些错误的认识，值得商榷和辨正。

对于传统，徐文认为古典诗词艺术是"以封建政治、道德和小生产经济为基础的"，民歌艺术是"以封建田园牧歌为特征的"，二者都不能成为新诗未来的发展基础，新诗要继承的主要应该是其中的民族气质、民族性格和民族精神，换言之，就是说新诗只继承古典的思想和精神的某些方面，而艺术形式及表现手法则完全是陈旧的，是非现代化的，故应抛弃。新诗应向西方现代派文艺寻找技巧和表现方法。

在这段议论中，徐文把艺术形式和内容割裂开来，而对于一部优秀的作品来说，思想和形式是血肉的融合，是完整的有机体，进一步说，每一个内容得以存在就是寓于一定的形式。长期以来，人们谈到古典诗歌的形式，以为就是五七言、平仄格式、词牌曲调、商籁体、抑扬格，这实际上是皮相之见。每一首诗由诗人胸中孕育躁动，成形于诗人奔走的笔端，以它的独特性作用于欣赏者的视听感官，这才是艺术作品形式的真正内涵。

其次，徐文对艺术形式和技巧手法的认识，不适合艺术发展的一般原理。艺术发展具有承继关系，不仅是内容上的民主性精华，而且还有技巧和表现手法。后代的只有批判继承前代，以此为出发点，创造新艺术，这是文艺学理论的常识。历史的昨天和今天是同一传动带上的链条关系。任何抛开传统、民族文化积淀而另辟天地的做法，不仅理论上讲不通，实际上也行不通。苏联 20 世纪二三十年代的所谓“无产阶级文化派”“拉普派”，国内十年浩劫的教训还不深刻吗?

我觉得，中国文学只有诗还真正可以同西方抗衡。它的篇幅固然短小，它的格律固然严格，但它的精练隽永却非西方诗所能及。新诗作为古代诗歌的必然发展，继承不仅是必要的，而且是可能的。举例说，关于意象的提出，最早见于《易传·系辞》，《文心雕龙》中也有“窥意象而运斤”的阐述。在唐诗中，意象的运用已是很普遍和自觉的了，对意象与形象(具象)、意象与意境(境界)有了新的认识。庞德、艾略特对意象的了解，也是受了汉诗和俳句的英译的启示，如果我们用比较文学源流影响的原理来解释，不难看出关于“意象”的这样一条传播接受线索:汉诗(主要是唐诗)——俳句(日本)——意象派(欧美)——新派诗人(20 世纪中国)的借鉴。

关于“感觉移借”，即所谓通感的运用，在唐诗中大量存在，如李贺《李凭箜篌引》诗句“昆山玉碎凤凰叫，芙蓉泣露香兰笑”，视觉形象与听觉形象相通，喻乐声；《恼公》诗句“歌声春草露”，听觉变为视觉，优美的乐歌，竟如莹圆的露珠，折射着阳光。这是公元 8 世纪的作品，这一创造比欧洲奇崛诗派(Barogue)的感觉移借早了七百多年，而通感的手段到 19 世纪末才构成了象征派、意象派诗人的风格标志。诗歌史上的这些事实对徐文所说传统诗歌表现方法落后，不值得学习和继承，不是一个具有讽刺意味的回答吗？

古典诗歌的表现，也并不像徐文所概括的是单一性、连贯性。恰恰相反，诗画理论中所推崇备至的是弦外之音，象外之象，味外之旨，语近情遥，含不尽之意见于言外，甚至强调到了玄虚和神秘的地步，什么“不着一字，尽得风流”(司空图《二十四诗品》)，什么“羚羊挂角，无迹可求”(严羽《沧浪诗话》)。古人所标举的也不是一味的写实，而是以形写神，形神皆备，“论画以形似，见与儿童邻”(苏轼《书鄢陵王主簿所画折枝》)。画如此，诗亦然。从创作实践来说，李白、杜甫的创作，都具有跳跃性、横跨度，画面的并列、叠加，思绪和激情或破空而来，横无际涯，呈辐射状喷发；或神龙入云，断续有无，遥遥相接，只露出几个闪耀着的鳞片。这都显示出海涵地负的艺术功力和美学境界，是迄今诗人还未能逾越的高峰。

也许，有人会发问，难道今天的一切表现方法都是古来有之吗？古代的所有技法都值得耽玩迷恋、全盘继承吗？实则不然。我们知道，任何文学现象都可以从历时性和共时性两方面来理解。作为民族文化心理的积淀和演进程序，它具有内隐的、线条性的联系，给人一种纵向层递感。作为艺术发展特定阶段的截面，它对传统有一定程度的破坏和摧毁（以诗为例，内容上一反君权神授、灭人欲、存天理，对人性的扼杀，以及这种扼杀所扭曲的心理——异化；形式上打破拘限声病，死守格律，以词害意，直至僵化的封闭体系），无所顾忌、无所留恋地创造革新，以高一级水平上的运动方式显现出来。在这里，上升与曲进是统一的，历时性与共时性是合并的，艺术发展的轨迹正是建立在这个无限纵横并进的时空坐标轴上的。

是的，传统具有效应的二重性，对于创造者，一方面它是绊脚石，是因袭的重担；另一方面又是必须吸取的营养和滋补，是前进的阶梯。把头脑中储存和积淀的人类文明的信息冲洗掉，返回森林，从茹毛饮血、裸体文身、刀耕火种开始创造，谁都知道这是荒唐的。徐文蔑视具有惰性的传统，显示出青年学人难能可贵的勇气和探求精神。但是，传统是既成事实，它产生了光耀千古的名篇，它仍有相当广泛的读者。作为一种民族意识的遗传和积淀存在于创作者和欣赏者的心理上，迁就它不对，虚无漠视也不对，简单粗暴更不对。

就徐文所举和我读过的具有现代派倾向的诗，确实有许多新意，表现上不落凡近，富有暗示性，形象富有质感和力度，镜头跳跃叠加，但也有相当部分的作品，或整体或章节很难形成

想象和联想,大脑中没有出现自觉表象运动,更无法升华为理性认识。如徐敬亚在另一篇文章中曾举的例子:

我的颜色就是民族的颜色
沙漠。手。落日。脸

如果没有徐敬亚在下面解释,即“取其黄颜色含义,由四个大特写镜头完成形象的叠加”,就很难联想。

土地裂形……
嘶叫的岩石和孤独的乡村
流过火、钟摆、心

这样的形象并列、叠加固然很生动,但也不容易联想理解。从心理学角度来看,人的感觉都有最大阈限和最小阈限,同样,联想和想象也有限制和范围。跳跃,是诗的独特脚步。但是,跳跃如果不是有频率的,而是失频,不是以适中的幅度,而是超幅度,就不适合心理中的模型(Pattern),不能形成一种情绪上的预期(Expectation),美学上的愉悦感和快感不能获得,以联想和想象为基本特点的自觉表象活动不能运行,欣赏中的来复关系和意识反馈都不能实现。这样的探索,实际上是走入歧途。

"小荷才露尖尖角,早有蜻蜓立上头。"(杨万里《小池》)青年诗人们在理论和实践上为新诗的发展进行了有益的探索,有些偏颇,有些急躁,但只要作者们端正态度,批评界给予正确的引导(不是故意捧,也不是恶意压),那么,未来的诗坛一定是他们驰骋的疆场。

(原刊《当代文艺思潮》1983 年第 2 期)

盗贼、杀手与大师

《文艺报》1999 年 1 月 14 日所刊《余秋雨教授敬告全国读者》的公开信，是一篇绝妙好文，可圈可点处极多，令人叹为观止。说的是有一帮文化盗贼与文化杀手皆蒙面，联手打劫一文化大师，围观者却多袖手做看客，大师孤立无援，刀光剑影，险象环生。但明眼人看得出，毕竟是大师，过招不到几个回合，已将仇家制服，最后大师轻拂尘土，以啸傲文坛状亮相，情景真的好酷耶！本人虽不是好事之徒，但义字当头，该出手时还得出手，看到仇家已落荒而逃，迄今没有反扑，便想帮大师打几个落水狗，故撮文中精彩片断以为三绝，欲以此举声援大师，倘能博大师粲然一笑或回眸一瞥，那就幸运至极了。

将“文化盗贼”与“文化杀手”挽合，是此文第一绝。文中所谓“文化盗贼”，即盗版问题。书刊音像制品盗版，亦如柴米油盐酱醋茶等日用百货的假冒伪劣，如过街老鼠，处处喊打，人人可得而诛之。这一点常识本人与大师所见略同，并无异辞。据媒体介绍，今日大款、大腕与大师遇到此类烦恼事，多通过法律顾问，或聘请大牌律师，诉诸法律，堂堂正正解决。大可不必赤膊上阵，让几个小毛贼的污血脏了大师的手，反倒晦气。一分为二地看问题，大凡被假冒盗版者，多少有一定知名度，烟酒卫生纸如此，书刊音像亦如此，故盗版毕竟从反面证明了大师的作品是知名品牌。我倒觉得大师的作品虽被盗版，但还是有局限，如能像当年老人家的语录选集红宝书，人手一册，成为精神原子弹，那才能证明畅销书的威力。按照一位名人的理论，国际间的文化抄袭走私，其实还有利于文化的交流与传播。大师的杰作如被海外走私贩运，普及如《圣经》，则不仅大师声名远震，亦为中国文学走向世界提供了实证，若能问鼎诺贝尔奖，那就更让人心悦诚服了。如此，则坏事变成了好事。如目下美国辉瑞公司的蓝色丸粒，虽未经官方批准进口，但已悄悄抢滩登陆，媒体的不断炒作，反倒使“威而刚”（万艾可）家喻户晓，辉瑞老板省下数亿元广告费，只会没事偷着乐了。

至于让大师恼羞成怒的“文化杀手”，不过是一些靠撰写评论养家糊口的批评者。文学界也是一个生态圈，作家吃读者，批评家吃作家，互相依赖，共生共容。如牛虻叮在牛身，蚊子咬在人腿，其实是一种习性，无所谓善恶。当然，这些评论者本可以配合出版商的营销行动，全盘肯定，倾情赞扬，强力宣传大师的杰作，如此既能拿到出版商的宣传策划费，又能得到大师的提携。他们却不识时务，鸡蛋里挑骨头，硬要找出大师杰作中的知识差错，甚至冷僻到只有高中教师及大学讲师以上水平的人才晓得的文献典故，以为硬伤，一而再、再而三地让大师难堪，扫当代学者及散文霸主的兴。是可忍，孰不可忍？所以大师才将这些以评论为职业的人与盗版走私者视为一丘之貉，得而共诛之。

大师是以教授跳槽而为职业作家，所著乃学者散文，在今日中国文坛非学者化的背景下，首先要肯定大师开风气之先的意义，自打大师在文坛走红，在媒体频频露脸后，不甘心清贫寂寞、皓首穷经的教授学者，纷纷效尤，使文坛的学者气氛陡然浓烈起来。大师杰作中出点小错算什么，演艺圈中的大腕满嘴错别字，更不懂声乐，照样群星灿烂。不是说如今无错不成书吗，为什么你们偏偏要对大师如此苛刻？话分两头，其实大师亦不必介意，与他们一般见识。有些评论者不过是借骂名人而扬名，与他们对骂交手，一则失体面，再则反会让他们成了名，白捡了便宜。如大师觉得批评文章是诬告与人身攻击，可以寻求法律援助，提出精神赔偿费，将这些爱挑毛病的批评者一网打尽，绳之以法，以恢复文坛一团和气的大好局面。

实际上，评论家、读者众口难调，说长道短，显示了文坛民主自由的气氛。假如大师的作品每问世，评论界便交口称誉，顶礼膜拜，反倒露出商业炒作的马脚。至于要让众皆默然，道路以目，在今日世界恐怕更难办到。文坛上尊崇如郭沫若老，生前大家敢怒不敢言，身后照样被人訾议其人品文品。而大师与鼎堂先生相比，毕竟还是有小巫与大巫之别，焉能堵人口缄默三十年？“我可以不赞同你的观点，但我誓死捍卫你持不同观点的权利。”这一常识大师懂，这一雅量胸怀大师亦应该有。

赋予小品随笔“文化原创”的使命感，是此文的第二绝。大师是靠小品随笔起家的，现在的主要经营品种也只有小品随笔。小品文不拘格套，独抒性灵，可长可短，可直可曲，亦庄亦谐，亦褒亦贬，前些年走势良好，目前市场潜力仍然很大。大师将“文化原创”的重任赋予小品随笔，登高而呼，势扎得很大。但本人胆小，不免要为大师捏一把汗。当今文学虽与意识形态疏离，挣脱束缚，不再是政治的婢女，可又投入商业的怀抱，书刊广告暗藏商业陷阱，畅销书发行不乏猫腻，但只要符合市场规律，我们不便说什么。在此背景下，要让纤弱瘦小的小品随笔肩起“文化原创”的重担，真让人惨不忍睹，恐怕亦难免作秀之诮。

20 世纪末回首中国文坛，王国维沉湖，陈寅恪病死，“独立之精神，自由之思想”云云早不合时宜，连原创发荣滋长的土壤也被铲除掉。其次，原创的文化并非显学，亦不畅销，荒郊野外清冷书斋中几个素心人的讨论，无用为用，无为而为，或许能激发出一点原创的灵感。大师及许多文化精英不甘心传道授业、续命河汾，从文化原创的主阵地教学研究专门领域撤出来，追赶新浪潮，以短、频、快的方式流水作业，大批量生产文化快餐，读者的胃早已弱化、退化，不仅无法消化“原创”，恐怕连文化也咽不下去，只能靠大师灌注这些畅销的软性饮品。文化原创与学术规范有关。“一物不知，以为深耻；遭人而问，安有宁日？”这是起码的学术伦理。对“史料引证技术”不屑一顾，猴急到甚至不愿花费时间去查证文中是否真有“差错”，竟然还奢谈文化原创，正如乡谚所说：光屁股撵狼——胆大不知羞。随着市场经济的有序化、规范化，就连乡镇作坊对产品都精益求精，不放过一个瑕疵。大师胆敢这样讲，无非是已成了名人，可以肆无忌惮，萝卜快了不洗泥，谁让火爆到如此份上呢？有“差错”，根本不管史料引证的货色都能畅销，都有人盗版，倘若大师真能生产出无“差错”，没有史料引证问题的宁馨儿，那么盗贼杀手可能要掀起一个世纪的特洛伊战争，来抢夺这位具有文化原创的绝代佳人。

书生经历与痞子口气的交融，是此文的第三绝。大师在文中面对评论指瑕者，不仅用“文化杀手”回骂，而且捋起袖子，敞开衣襟，拍着白皙细嫩但已松弛的前胸说：“我们这代人什么没经历过？”可惜胸口没有插猪鬃，脸上也没有刀疤，要不声口还挺像泼皮牛二。

以“我们这代人什么没经历过”自豪，其实也不是什么原创。前些年“文革”知青回顾往昔峥嵘岁月，曰“青春无悔”，现在大师也站起来为自己那一代正名。虽有些不诚实，但毕竟是书生。若从学术思想上定位，海通以来，康乾诸老可以说淹通古今，“五四”以来有“清华四导师”的学贯中西，“老三届”及“文革”一代的上山下乡，恢复高考以来的“新三届”多为一张白纸，可以描画各种文字。大师这一代该如何定位呢？求其共同处，大概是以思想检查写得深刻，大批判文章炮制得猛烈而著称。这才是这一代人的拳头产品、思想财富，其中不乏原创。今天中国本土文化及文学的研究已精细到对女子缠足、青楼嫖妓、举子八股制艺等课题都有博大精深的著作了，为什么不把这一代人所著的思想检查及大批判文章展览曝光，奇文共欣赏，疑义相与析，考察世风丕变，窥觇心路历程，频繁的政治运动使这一代人对游戏规则极娴熟，永远不会犯规。“三反五反”“反右”“四清”，甚至“文革”，经历了多少惊涛骇浪，但都能不触礁、不翻船，甚至不湿鞋，永不落伍，永远正确，无怨无悔，这样的经历怎能不值得炫耀？这确实需要超常的智慧与机巧，足令我们佩服，亦令思想史家沉思。

覆巢之下，岂有完卵？以本人浅见，求近五十年人格独立而有思想原创力者，不过陈寅恪、顾准、林昭、张中晓、张志新数人而已，但他们都已死了。劫后余生，能以真诚之心拷问灵魂、反思自我与时代者，即所谓“两头真”者，则有周有光、聂绀弩、杨绛、季羡林、韦君宜、戴煌、李锐、李慎之、王元化、林贤治、陈徒手、蓝英年等。至于将小品随笔写得清隽独特可归入学者散文之列者，大陆则有王蒙、何满子、邵燕祥、贾平凹、金克木、张中行、陈四益、刘再复、钱理群、陈平原、葛剑雄……港台则有梁实秋、余光中、陈之藩、董桥、柳苏、柏杨、李敖、陈映真、龙应台、刘绍铭、林行止、白先勇、刘墉、林清玄、蒋勋、潘耀明、梁文道……这一名单可以罗列很长，并非如大师所说当代文化资源不丰富。当然，大师这样讲用心良苦，如不把当代文坛渲染得风雨如晦，怎能突显出大师砥柱中流的作用？

大师与其为中国文化命运担忧，还不如为自己的版税担忧。因为盗版直接影响的是作者版税的多少，而吹毛求疵，被人指指戳戳，则又使大师完美的形象受到质疑。名利双双受到影响，难怪大师要将他们合而诛之。至于中国文化的前途，自有其消长嬗蜕之运势，绝不会因一个小品文作家的缺席就天崩地裂、万古长如夜，也不会因一个精神领袖的拯救就导入大同世界。

嚼过的馍

凤凰台有一强档节目，叫《李敖有话说》，其中的固定广告语是："让李敖读万卷书，我们来读李敖。"如果我们仅仅将此话视为广告宣传类的垃圾语言，可以见怪不怪，但若稍微从学理上较一下真，这话实际上是不通的。

首先，李敖是否读了万卷书要打个大大的问号。若论博学读书多，华人圈里排龙虎榜，排前一百名，恐怕也未必能排得上李敖。以盛传读书多的钱锺书而言，亦有人说未见他对甲骨卜辞等出土文献有评论，当然更谈不到对声光电天地生等自然科学的研究了。李敖等而下之，甭说五百年以来，就以 20 世纪划界，他对外国语文的了解恐怕与钱锺书、陈寅恪、赵元任、季羡林、饶宗颐、杨宪益等相差很多；他对本土典籍的知识要比王国维、杨树达、余嘉锡、董作宾等差得多；他对少数民族语文的了解要比李方桂、邢公畹、王尧等差得多。所以，以读书多来推销李敖，凤凰台首先选非其人，他本来就不是最理想的读书种子。再说，19 世纪以来，专业分工愈来愈精细，所谓博学及深入，亦仅就专业贡献而言，跳出专业圈子，很多学者的见识还不及平常人。按照游戏规则，严谨的学者只对专业范围内或有所研究的问题发表看法，敢于夸口说上晓天文下知地理者，要么是民间所谓精屄子撵狼，胆大不识羞，要么是彻头彻尾的骗子。

其次，就算李敖读书多，他所谈也只是他个人的一孔之见。《庄子·天道篇》讲过一个隐含语言哲学的故事："桓公读书于堂上，轮扁斫轮于堂下，释椎凿而上，问桓公曰：'敢问，公之所读者何言邪？'公曰：'圣人之言也。'曰：'圣人在乎？'公曰：'已死矣。'曰：'然则君之所读者，古人之糟魄(粕)已夫！'桓公曰：'寡人读书，轮人安得议乎！有说则可，无说则死。'轮扁曰：'臣也以臣之事观之。斫轮，徐则甘而不固，疾则苦而不入。不徐不疾，得之于手而应于心，口不能言，有数存焉于其间。臣不能以喻臣之子，臣之子亦不能受之于臣，是以行年七十而老斫轮。古之人与其不可传也死矣，然则君之所读者，古人之糟魄已夫！'"此即所谓的"知者不言，言者不知"的高论。当然，这样讲似乎陈意过高。但退而言之，李敖所谈不过是李敖个人读书的感受体会，不能代表凤凰台的观点，也不能代表广大受众的观点。广大受众若将其视为狂人李敖的狂悖之论一笑了之则可，若将其视作万卷书中的精华一股脑儿吞下则不可。

我忝列高校教职，课弟子读文史古籍，每学期第一堂课开宗明义一再声明：老师不过如导游而已，领大家到名胜古迹观光瞻仰，滔滔不绝都只是景点的口头介绍罢了。游客若被导游牵着鼻子，误以为导游所讲就是风景名胜的全部精粹，那么躺在宾馆即可，何必要风尘仆仆，鞍马劳顿，行万里路呢？自己一字一句读书，特别是读原典读经典，自证自悟，与听老师讲读书

(包括听李敖海吹他读书),完全是两个境界,这里有个文野之分、高下之分、精粗之分。想在精神上先富起来的白领们、小资们,千万别饥不择食,在这样的野店里吃这样的速食大排档,既缺乏营养,又没有脱离低级趣味。

严格地说,李敖不能算是专业学者,他之所以在台岛轰动,是因为他的思想与政治。换言之,他实际上是另一类型的政客。他所讲的不过是常识科学或公共知识领域中的问题,这些问题大多是“行”的问题,而非“知”的问题。

书籍是我们的朋友,好书则是我们的精神恋人。听李敖谈读书,无异于让他谈他如何爱我们的恋人。列位看官,这样的傻事你也干吗?

(原刊《美文》2006 年第 1 期)

电影奇才与哲学侏儒

经过精心的策划与包装,《英雄》已开始在神州大地上热播,虽说故事没有超出金庸、古龙的套子,技巧与 2001 年扛回奥斯卡奖的《卧虎藏龙》似曾相识,单调的情节,冗繁的叙述,令人不忍卒视,但挟着蓄积已久的商业制作气势,恣意挥霍所有的电影资源:大腕导演、大牌明星、知名作曲家,就连服装设计也是国际水准,加上艳丽的色彩、精美的音乐,炮制成一道声色俱佳的娱乐大餐。更令人振奋的是,中国人也能按好莱坞模式生产出如此场面宏大、票房前景可观的大片。民族色彩、历史故事、积极向上的主题、喜闻乐见的形式,确实能满足百姓日益增长的文化需求。如果本片问鼎奥斯卡奖获得成功,一雪中国内地电影的百年之耻,那又将是一件增强民族自信心的盛事,其意义恐怕要超过五里河球场的那一场球,可与申奥成功相媲美。近年来,风调雨顺,国泰民安,好事尽让中国人碰上,我们得事先准备好鞭炮,庆祝这激动人心时刻的到来。

但走出电影院之后,我总感到心中有些说不出的滋味。如同残剑、飞雪、无名、长空个个都是武林中的顶尖高手,张艺谋等也是电影世界的盖世奇才,多年的拼打使他悟出了电影的秘诀,如法炮制,几乎每次都能取胜,这一次也许已胜算在胸了。

但我还要不客气地说，他赢了电影，却输了哲学；赚了票房，却赔了民族精神。张艺谋模仿武侠小说中所讲的剑之最高境界，即所谓手中无剑，心中亦无剑，然后对此进行现代阐释：以博大心胸包容一切，即所谓的和平之气。玄虚高妙，不仅能唬住洋人，也能唬住全国人民。

不过，影片在此也露出了大破绽：残剑所书“剑”字中蕴含的奥义，让秦王悟出，残剑将所系心的没有战争，只有一个男人与女人的“天下”托付给秦王。殊不知此天下非彼天下也，秦所争之天下及所驭之天下，与残剑所希望的和平无关，“兴，百姓苦；亡，百姓苦”。七国纷争固然给百姓带来灾难，但秦的统一何尝减轻了百姓的苦难。所谓才出了苦海，又入了火坑。大泽乡农民的揭竿而起，秦仅传二世就短命而亡，足以说明暴政酷烈的天下不得人心。所谓“仁义不施，而攻守之势异也”。秦以统一的名义射出的利箭，不仅射穿了无名，也使“天下”二字万镞攒集。

秦以霸道打天下，以法术势治天下，与道家之无为无不为、垂拱而天下治不同，与儒家倡导的“大道之行也，天下为公，选贤与能，讲信修睦。故人不独亲其亲，不独子其子，使老有所终，壮有所用，幼有所长，鳏寡孤独废疾者皆有所养……是谓大同”亦不同。秦之所统天下，根本谈不上“大同”，恐怕连“小康”也不配。若就境界而论，此为得天下之下下策，治天下之下下策。以武学之最高境界比拟政治学之下下策，确实不伦不类。

恐怕不仅金庸、古龙先生看后会齿冷，就是区区在下，亦不以为然。所以不管你用什么样的电影技巧来包装，都掩饰不住这一美学上的苍白，哲学上的败笔。

令人困惑的是，正是此类卑鄙下策却屡屡成功，且被历代帝王奉为圭臬。所谓“卑鄙是卑鄙者的通行证，高尚是高尚者的墓志铭”（北岛《回答》），这才是历史的悲剧。我并不想书生气地指责张艺谋缺乏历史常识，我想说的是张艺谋太精明了，他学会了与时俱变，俯仰随人，他奉行存在即合理的教义，用浪漫的色彩印证了一个势利的主题：以成败论英雄。残剑、飞雪、无名、长空等江湖大侠不过是些小走卒，都是替大英雄秦始皇烘云托月，是为秦的统一清道辟路，是为“圣天子驱除云尔”。鲁迅先生早已对旧武侠小说的帮闲与帮忙功能有过入木三分的批判，今天在张艺谋的精心创作中又看到了这一主题的延伸。极尽声色之娱的大制作，外面包装了一层厚厚的糖衣，里面却是陈旧的历史观，既无史家司马迁的卓识，又无小说家金庸的圆融、古龙的睿智。

但电影成功了，张艺谋赚了，据说没有公映已经收回了成本。电影本来就是一种娱乐方式，本来就没正经。是我们自作多情，故作深沉，想让一部商业片担当比兴寄托的大任，想从畅销品中读解出微言大义。据说如今是解构的年代，张艺谋以电影的剑解构了“天下”的奥义。

又不过是一场风花雪月，是非成败转头空，宫阙万间都做了土，何来的大英雄，何来的大悲壮？就像开始一场蹦迪，震撼的仅仅是耳目视听，而绝非心灵。世人都晓天下好，唯有金钱忘不了。哈哈，你点缀了人家的剧场，人家掏走了你的钱包。

从道理上我明镜似的看懂了这点，但从感情上我仍然固执地以为，虽然《英雄》可能会赢奥斯卡奖，但却输了五千年中华文化的精义。

数字时代的陷阱

电影《手机》中当费墨的婚外情被老婆李燕发现后，他黯然神伤，却又无限向往地对严守一说，还是农业时代好，举子赴京城赶考，三年两载才回家，交通不便，信息不畅，做了什么事也没得人知道。前现代社会的落后景象反而成为这位审美疲劳、有贼心无贼胆的酸文人的称颂对象，对现代化的如此批判仍然是对当下肉身社会的张目。

不过，农业时代也还真有它的审美亮点，交通阻隔，信息传输迟缓，才会有“烽火连三月，家书抵万金”，“记得绿萝裙，处处怜芳草”，“晓来谁染霜林醉，总是离人泪”，这些生香真色的境界，历久弥新。我教书近二十年，每诵到这类句子，都会有触电的感觉。我想每位有古典修养的华人，也都会产生类似的兴发感动。但唐风宋韵中的这些珠玑美玉，实际上是古人生命体验中最沉痛的呻吟，是精神企慕所投射出的倒影，所谓“蚌病成珠”正适合解释这类现象。

可视电话与全球定位系统不光剥夺了我们的隐私权，也使我们想象力的空间不断被缩小，高铁、动车、磁悬浮列车与空中客车的快捷已使离别来不及发酵出浓浓的诗香，欲望的随时满足，使饮食男女统统变成了自动售货机上的罐装饮料，一切都随手可得。所以,离愁别恨变成了很古雅的词语。现代社会追求享乐的最大化,孤独寂寞变得不可思议。于文娟拥抱严守一时还能嗅出他男人体味中混有别的女人的香水味,但到了手机短信、微信与电子邮件中,我们再也嗅不出墨香,看不出笔迹,个性就这样被蒸发掉了。

冯小刚的狡黠还在于,通过商业制作、广告赞助的方式,达到他反智的目的。虽然仍不过是恢复"对普通事物的常人见解",但搁在中国当代主流文化语境中,当我们这些芸芸众生才刚开始礼赞数字文化带来的好处,并遥想 IT 时代更恢弘壮丽的天幕景象时,冯小刚用他的画面语言讲述我们追求的自由如何变成了不自由,我们想保守的隐私如何变成了公开,我们如何有意或无意地说着假话。这位中国电影的大众情人,又扮了一次酷,摇身一变,竟成了批判现代化的英雄!

比较的诗学

房日晰教授所著《唐诗比较论》，由陕西人民教育出版社1992年出版，收文21篇。作者在繁忙紧张的教学工作之余，将近十年埋头采掘的珠贝，组合成体系俨然的构架。阅读之后，感到该书有如下特色。

（一）纵横比较，上下对照。在中国文学史的长河中，两峰并峙、二水分流者有之；松风和鸣、水月齐晖者亦有之。楚有屈宋，汉有马班，晋宋有陶谢，唐有陈张、沈宋、高岑、王孟、李杜、元白、韩孟、温李、皮陆……或以成就相侔，或因风格相近，或为情趣相投，皆如异翮同飞，双声合响，相映生辉，垂范后世。

《唐诗比较论》的作者极其敏锐地捕捉住了文学史上这一突出的景观。全书并非一般性地泛论作家作品，也不是偶然间采用一下比较，而是有意识地在全书的构架上采用比较的模型，就学人们经常提及的唐代并称作家进行全面深入的考察。

如《陈子昂张九龄诗歌比较论》《王维孟浩然田园山水诗比较》《高适岑参边塞诗艺术比较》《李白杜甫反映现实之比较》《李白王昌龄七言绝句之比较》《韩愈孟郊诗歌艺术比较论》等篇，在对比中使各自的特点更加鲜明突出、直观明了。除同时期并称作家的横向比较外，该书还对有渊源承继关系的作家进行了纵向的研究。如《李白李贺诗歌艺术之比较》《论韩愈对杜诗的继承与发展》《杜甫李商隐七律之比较》《李贺诗歌与屈原楚辞之比较》等篇。以上这些并称作家和有承继关系的作家，前人亦曾论及，但或吉光片羽，或断章孤篇，或抑扬偏颇，房日晰教授自觉地将这类诗歌现象纳入比较的模型中，积近十年的精力潜心研究，纵横比较，经纬交错，体现了作者的刻意追求和立体思维。

（二）同中求异，异中见同。对唐代并称的作家，人们习惯上只看到他们相同的一面，而忽略了他们不同的一面，或者反过来夸大了他们相异的一面，而没有发现他们的一致性，这反映出唐诗研究中操作方法的简单化和浅层作业的倾向。如对王维、孟浩然的研究，多谓其诗大体相近，而对他们的体格微别却不甚区分，《唐诗比较论》则从王、孟的思想境界、心理素质、创作情绪、艺术素养、思想内容和艺术风格等方面进行比较，找出其差异，在更深层次上对两人的创作做出接近实际的正确判断。对李、杜二人的比较，作者没有沿袭前人从浪漫主义和现实主义的既定前提出发，或者撇开李、杜，就两种创作方法进行空对空的对撞。作者巧妙地退回到历史的现场中，抓住李、杜对现实的态度和体验，反映生活的深度和广度，找出两位风格迥异的诗人的惊人相似之处，在此基础上，进一步辨析各自的特点，并深究形成这些特质的原因。这不仅体现出研究视角的新变，操作技巧的精妙，同时反映出作者不是从既定的假设和结论出发，而是从历史现象和作品文本出发，花大力气，探寻阐释的多种可能性，求得对诗歌史上双子星座同时闪耀的奇观的逻辑和美学的认同。在现代教育学中，常常以比较模型来检测受试者智商的高低，那么也可以说，唐诗中这些并称的作家作品就是测试我们现代人审美感受和判断力的一块魔方，而《唐诗比较论》的作者则率先呈上了一份不乏睿智和灵性的答卷。

（三）不囿陈说，多具创意。学术研究的一个基本特质是创新。但实际情况却是，每年发表和出版的著述连篇累牍、积案盈箱，然而有不少却给人似曾相识之感，在材料的选择、方法的运用，甚至结论的推导上，有些著述似乎在简单地翻烧饼。日本学者清水凯夫曾就大陆的《诗品》研究著文指出，从 60 年代到 90 年代，在研究水平上就整体而言几乎没有什么大的变化，很多论文结论相似。这篇文章所指出的现象令我们这些国学研究者汗颜。导致这种局面的原因，除了理论思维的贫乏、理论框架的单调外，另一个重要的因素就是对研究对象本身钻研不够，对学术界的现状和新成果知之甚少，没有站在学术研究的前沿阵地和制高点审时度势，知己知彼，确立自己的观点，而是站在大后方，对着假想的敌人，摇旗呐喊。《唐诗比较论》的作者严谨笃实，投入颇多，既不虚张声势、故作惊人之语，又不苟且盲从陈说旧论。如在《李白杜甫反映现实之比较》一篇中，作者通过对李、杜反映现实作品的对比分析，指出杜甫与李白相比，同国家上层人物接触不多，又受儒家忠君思想的影响较深，对皇权多所回护，又由于个人经历的局限，诗中反映的大都是国家一枝一节的局部问题，未能如李白之登高望远，俯瞰全局。这虽非定论，但却独具创意，令人耳目一新。对杜甫与李商隐七言律诗的比较，作者在充分肯定李商隐受杜甫影响的前提下，又敏锐地指出，这种评论表面上似乎要抬高李商隐，实际上却把李商隐的创作完全置于杜诗属国的地位，或有意或无意地抹杀了李商隐在七律这个领域的开拓与创新，降低了他在文学史上的崇高地位，作者引申李调元之说，认为“自立门户，绝去依傍，乃能成家”，这是李商隐学习杜诗成功的诀窍，亦是研究者的会心之言。又如，自从毛泽东的《与陈毅同志谈诗的一封信》发表后，唐诗研究界如一窝蜂似的，纷纷出面，交口称誉李贺诗，一时将那位躲在白玉楼中的庞眉诗客炒得火爆，作者则独唱反调，接连著有《李贺诗歌艺术上的瑕疵》《再论李贺诗歌艺术上的瑕疵》等文，对长吉诗吹“毛”求“疵”，指出其重意象轻意境，重想象轻现实，重辞采轻内容，对其大醇中的小疵进行细致的解剖和批判，结论虽或可商榷，但这种不应景奉和、随人俯仰的学术品质，却正是古今学人私心仰慕但不敢躬行实践的标格。

（四）论证扎实，分析精到。《唐诗比较论》总体构架妥帖，在许多问题上或能发明新见，或能引申前人富有启迪性的评语，显示了作者思维视野的独到和宏观把握的能力。对所征引的例证，又能悉心体会，细致分析，不是架空高论，而是扎实求证，慎思明辨，表现出作者文心的精微，感受的灵敏。例如，《李贺李商隐诗的朦胧美比较》一篇，作者罗列大量作品，经过分析，概括出长吉诗是诗句（意象）的朦胧，结论令人信服。为了论证李贺诗中的“瑕疵”，作者亦不厌其烦地征引长吉各类诗作及古今诗评家的论断，阵容强大，使人不得不叹服。在《韩愈孟郊诗歌艺术比较论》一文中，为说明韩、孟诗风的不尽相同，亦多所征引，特别是从语言方面区别两家，作者认为孟郊善于炼句，但整体形象不够鲜明，韩愈也注意锤字炼句，而诗的整体形象鲜明。然后通过大量诗例说明孟诗虽多有警句，但全篇平平。此外，孟诗多用排比句，多用结构相似的句子，确实使人看出这位寒士不为风气所囿、独树一帜的特色。韩、孟两人的区别，经过房日晰教授反复翔实的论证，亦显得格外清晰突出。这一特点在全书俯拾皆是，随处可见。

（原刊《西北大学学报》1997年第3期）

苦心孤诣，征实逆志

由于众所周知的原因，内地与港澳地区的文化交流较少，仅就国学研究来说，学术资讯的获得亦极不方便，遑论其他。内地与港澳鸡犬之声相闻，但学人们各自闭门造车，往来走动较少。于内地学人而言，具有文化研究的地缘优势，往往依恃祖宗的荫福，认为港澳不过是工商都会，文化沙漠。对此，港澳学人也痛心疾首地承认。然而，还有更武断的说法，干脆认为港澳无国学。

这话如果出自港澳学人，那是一种自谦，如果出自内地学人，那么就有些虚骄，甚至妄自尊大、目空一切了。稍有文史常识的人都知道，现代学术史上的一代宗师钱穆、饶宗颐、唐君毅、潘重规、罗香林、严耕望、牟润孙、余英时等都曾长期在此设坛授徒，弘阐学术。当然，种种误解皆因隔膜与封闭而生，随着往来交流的增多，浮云自然会荡除。

在这两块殖民者长期占据的土地上，矢志不移地从事传统学术文化的研究，戛戛乎其难哉，自是可以逆料的事。但仍有许多志士，清贫自守，薪火相承，自觉肩负起文化承担的重任，抉先贤之幽光，期待着华夏文明的复兴之时，情景颇为悲壮。这是由几代学人的生命洪流于惊涛拍岸时所卷起的千堆雪。

与邓国光先生在国际会议上

除前列几位声名远震的大师外，还有一批笔耕口耘的劳作者，邓国光教授便是其中较为年轻的一位。国光先生在香港大学中文系获博士学位，现任教职于澳门大学教育学院。他在忧患之世，克服种种困难，以笃实沉静的努力，向学术界奉献出《中国文化原点新探——以〈三礼〉的祝为中心的研究》《离骚论稿》《挚虞研究》《韩愈文统探微》等著作，硕果累累。下面以《韩愈文统探微》(以下简称《探微》)一书为例，评介邓先生中国文学研究的一些特色。

(一) 弘道原学，标举本根。近十年来，中国的文学研究为了走出困境，借镜西方的观念和方法，这有其特殊的话语背景，不能率然否定。但其末流则陷入简单比附西人的研究模式，甚至拉扯一些新的术语概念点缀其文，腾跃立论，自矜新奇；还有些研究执着于一些极琐碎的细节，舍本逐末，墟蛙之见，仍沾沾自喜，文学研究又走入了新的误区。有识之士针对治古代文史者，特别是中青年学人缺乏经学修养，不无忧虑地说，经学衰微莫过于今，本末倒置，体用不分，中国学术文化的精神又如何彰显呢？

邓国光先生曾对我说："治学以经学与文论关系为主脉，向来研究，皆循此而往。我华夏文化之鼎盛，文学之昌明，儒家经学有以致之。故所述作，皆欲畅明此旨。"以他的系列研究成果不难看出，国光先生确实在履践他的学术理想，清醒而冷峻地矫正着时弊。他的论"祝"之作，是华夏文学人文精神追本溯源的个案研究，选题看似狭窄，但开掘博大精深。作者为祝定位，不仅展示出中华文化发展的早期真貌，追溯中华文化崇尚文辞的根源，而且纠正了时下学人研究先秦文学过分夸大巫觋作用的偏差。他的博士学位论文《挚虞研究》，则系统全面地对挚虞在经学、史学、文学上的成就进行深入探讨，钩沉稽佚，不唯见朴学功力，亦挚仲治之千古功臣。

《探微》一书包括：(1)修辞明道——韩愈安身立命的归向；(2)明道·贯道·载道——三种观念的诠释；(3)道的本质和承传——辨韩愈的传道观和程朱道统观的分野；(4)以文为

戏——韩愈以幽默发愤的奇境;(5)心醇而气和——论韩愈的养气说。这五篇专论相互勾连,分别就正、反、合的辩证关系,勾勒韩愈古文思想历史与逻辑的统一,实为一整体。作者首先抉出“修辞明道”,缘此出发全面探赜“韩志”,指出韩愈文化承担的魄力和精神,实远绍孟子,并努力将这种“向慕之怀转化为一种实践的力量”。

不难看出,国光先生的研究视野虽然广阔,时间跨度虽然漫长,但有一草蛇灰线隐伏其间,这便是肯定传统学术主流的经学对塑造华夏文明的作用,对文学推波助澜的功效。

国光先生认为:“治文论必先明学术大体。”此言闲闲说出,但实有典故。陈寅恪《论韩愈》一文即指出:“华夏学术最重传授渊源,盖非此不足以征信于人,观两汉经学传授之记载,即可知也。”义宁先生接着说,韩愈首先发现《小戴记》中《大学》一篇,阐明其说,《原道》乃为中国文化史上最有关系之文字。韩愈受禅宗影响,并奠定后来宋代新儒学之基础。陈说识见宏大,不能不对《探微》的作者有所影响。

但作者并不满足于陈说的现成结论,而是力图突破陈说,补益陈说。韩愈对孟子的绍继,既是他自己的标榜,也是学人们经常论说的话题。国光先生在《探微》中则堂堂正正地强调:“论及《原道》的道旨,自必须与孟子相提并论。”他还用征实的方法,给我们提供了韩愈从孟子处所得的种种思想资源,并说明韩愈使孟子的道德理想具备了愍恻当世的实践品格。

职此之故,作者的研究虽然移形换步,但总是围绕着经学,就弘道原学的大节处再三致意。强调韩愈的悯恻情怀,除了学理上的正本清源、明辨是非外,恐怕还有为知识分子的忧患意识、文化关怀招魂的寓意。于是古代文学研究的课题,便在当代文化的海岸上投下了颀长的身影。

(二) 纵横比较,多具通识。王安石曾说:“读经而已,则不足以知经。”陈寅恪则感叹:“国人治学,罕具通识。”(《陈垣〈敦煌劫余录〉序》)陈氏所谓“通识”,既指纵贯之眼光——学术传承演变的历时特征,又包含着横向的联系,也就是学术影响的共时特征。

《探微》的作者亦认为:“古人学问,融贯一体,苟非寻根讨源,无以知其大要。”(《挚虞研究·序》)作者为了探求解释韩愈的以道自任,以志为本,上溯孔子、孟子、告子、王充、曹丕、刘勰诸家之说,辨析其异同,又下疏程朱的新儒学,指出他们与韩愈的差别:作为哲学家的朱子,标举《中庸》的“诚”而偏重“心性”,作为文豪而兼有事功的退之,独具只眼,在《原道》中发扬《大学》的精义。

在此基础上,作者进一步分析韩愈提出道的承传,得其宗的是孟子;程朱的道统论则是以子思为典型。韩愈履道的端倪是悯恻民瘼的忧惧情怀,而志趣在乎治天下,倚重外在事功;程朱道统论强调理性的克制,属于内向式的上达功夫。韩愈《原道》提出的传道系统,是概括《孟子》所突出的治世安民的圣人,忧惧时世而又各以不同方法致太平；程朱的道统论则对承传的基础提出不同的解释，认为“允执厥中”四字构成“心传”的内核，而《中庸》则为孔门传授之“心法”所在。这样，便对韩愈“明道”“尚志”进行了新的定位，对韩愈在中国文化史上的上承下达进行了更深层次的探赜。

另外，作者还从共时的角度辨析了韩愈文学思想与柳宗元、柳冕、梁肃等人的关联性及差异性。如此大气的架构、缜密的比较，显示了作者充沛的学养，使韩愈的明道、传道思想栩栩然有了立体感，厘清了韩愈研究中的一些混乱。

（三）梳理语词，征实考索。与一般思想史及文论史著作的一个很大的差别在于，《探微》特别注重征实的朴学功夫，作者每提一说、每立一论都首先对其概念范畴进行厘正，确定其在不同话语系统中的特殊含义。而这一方法的运用又归因于作者善于通过对文本的“细部阅读”，进行语词梳理。

所谓语词梳理是指研究者对各种文本中频繁使用的语词概念和命题，进行推原和界定，确定其在不同语境中的准确含义。“厘清词义是文学研究和文学评论所必须注意的，尤其是中国文学。”（《探微·自序》）如对本书的关键词“明道”，作者一方面追溯语源，指出《礼记·中庸》载孔子所说“道之不明也，我知之矣”，从正面讲，便是“明道”。《汉书》载董仲舒对汉武帝讲“明其道不计其功”，刘勰《文心雕龙》讲“道沿圣以垂文，圣因文以明道”，柳宗元《答韦中立论师道书》讲“文者以明道”；另一方面又详辨其差异，指出其内涵各有所归。从这两方面为韩愈的“修辞明道”定位，凸显其在文论史上的原创性与独特性。

作者继则对“文以载道”“文以明道”“文以贯道”这几个极易混淆的命题一一梳理剔抉。作者认为，从征实的角度讲，用“文以载道”论韩文，是一种不伦的说法，“道统”观念不能用以研究韩文，两者存在自身的界划，不能混为一谈。“柳宗元因斥逐而了悟文章重内容的旨趣，是为‘文以明道’；李汉欲自铸伟词以论韩文，画虎不成反类狗，是为‘文以贯道’；周敦颐融汇《易》教和《庄》《老》思想，将文辞规范于载德而以世道人心为重的圈囿里，是为‘文以载道’。三者各有旨归，取径和韩愈以孟子之道为归宿的‘修辞明道’完全不同。因此，若就创辞的本来意义说，各归原主，不相混同，便是最理想的了。”

作者在论述韩愈养气说时，也是通过对气、志、言三者关系的认识，指出以气为宰，支配志和言的说法，可称为“告子模式”；以志为制御，摆脱属于本能性质的气的支配，主张“尚志”，可称为“孟子模式”。韩愈的先志后气，不同于告子而合于孟子的旨趣。

可以看出，作者将征实考据的功夫用于义理的阐发之中，使义理的推绎建立在信实的文献基础上，故能对前贤的未发之覆，补益发明颇多。

(四) 以意逆志，尚友古人。陈寅恪针对现代学界的不良风气指出，研究中国古代文化者，“其对于古人之立说，应具了解之同情，方可下笔”（《冯友兰〈中国哲学史〉上册审查报告》）。国光先生本着“以意逆志”的原则，探求韩愈古文的文心，同样包含着“钟情的向慕以及知性的阐释”（《探微·自序》）两层意蕴，与义宁先生所提出的“了解之同情”颇有暗合之处。

作者记述自己少时曾为童工，晚上租住在人家厕上盖搭的小阁，夜阑人静之际，在昏黄的灯光里，展读《古文观止》，渐渐成诵，对于韩愈的文章印象尤佳，偶然间的心领神会，便记在日记上。这说明他对退之的钟情由来已久，对韩文早已由唇吻的吟咏，渗入到了生命的深处，于神游冥想中便步入了韩文的境界，对韩愈悯恻民瘼的志尚、苦心孤诣的立论、以文为戏的幽默，产生了一种隐微的心灵感应。作者说孟子那勇于荷担文化复兴大任的精神深烙在韩愈内心，“向慕之怀转化为一种实践的力量”。这既是解剖韩愈，又何尝不是作者磊落襟怀的一种坦露。

如此以数十年生命历程来含茹浸淫于研究对象，自然与时下那些为评职称、混学位而赶制的急就文章不同，与在出版商供货合同的催逼下，瞄准消费市场的热点与盲点，批量生产出的文化快餐，更是不可同日而语。

钱锺书《谈艺录》中谓韩愈“豪侠之气未除，真率之相不掩”。《探微》的作者虽然儒雅谦逊，但骨子里却有一种凛然傲气，绝非俯仰随人的谨愿之徒。这恐怕也是经华夏文化中至大至刚之气的长期熏染而成。英人弗兰西斯·培根讲“学问变化气质”，不知国光先生以为然否？笔者不敢强作解人，徒惹国光先生掩口失笑。

国光教授对中国传统学术文化的系列研究，没有能够在此文化的原生地引起足够的重视，所以笔者强作解人，以《探微》一书为重点，略作绍介。他山之石，尚可攻玉，何况同文同种的学人的成果。国光先生的个别看法或有可继续商榷之处，但他对中国文化的这份钟情与执着，则是应大力彰显的。他借韩愈的“扶树教道”，肩负起文化承传的重任，更是我们应引以为同道的。国光先生在《中国文化原点新探——以〈三礼〉的祝为中心的研究》中说：

> 只要国人的学术生命仍然存在，中华文化便依然有向上的一路，反观自九千年以来在中华大地上生生不息的文化发展，完全是可以断言的。

这一份自信是从孟子、韩愈、程朱一脉传承下来的，在旧殖民主义行将结束对港澳统治之时，新的文化殖民思想又在内地蠢蠢欲动，所以国光先生不遗余力地弘阐中华文化的精义，就不无深义。笔者虽然浅陋，但在此大节处却愿意附骥，追随先哲与时贤，为守护华夏学术不懈努力。

（原刊《中国文化研究》1998 年春之卷）

紫藤园的文化视野

千里青老师的随笔集《紫藤园夜话》(以下简称《夜话》)出版了,我有幸先睹为快。随风翻着装帧素雅、墨香淡淡的书扉,幽幽一阵清凉袭来,暑热顿时消了不少。这是一位老西大讲述的有关这座古老学府的故事。记得我当年从乡下负笈西大求学时,紫藤园、木香园等景观尚未出现,我眼看着那稚嫩的柔条一天天舒展,最后蜿蜒爬行到回廊顶上,交织成葱茏一片。几度夕阳,似水流年,苔藓上也曾留下我的屐痕点点。千里青老师巧于因借,通过紫藤园来透视西大的沧桑巨变,而徘徊在这小园曲径上,也勾起我的许多思绪。

其实,记述校园的逸闻逸事,并不始于千里青老师,每一个学子都会对母校有一份特别的感情。最近《读书》上就有陈平原讲“老北大”的故事,何兆武谈“清华学派”。追忆西大峥嵘岁月的文章,亦不始于千里青老师,我读过台湾校友会所编纪念文集,静听 20 世纪 40 年代的男女学长们倾诉他们怀念母校的似水柔情,不免让我们今天的人亦欷歔一番。

但千里青老师的《夜话》有他自己的理路,它不是信手抛出的几行碎玉,而是有意为之,累累若贯珠;它不是老校工白头宫女演说天宝盛事似的闲聊神侃,而是以学校建设的参与者与组织者的身份来结撰；尤为重要的是，洋洋几十万字，内容繁富，资讯丰赡，看似散漫，但反复致意、一以贯之的却是“西大精神”。集中有一篇题为《西大人的精神魅力》，其中写道：“精神，确实难以简单概括。它不似校园、建筑物、仪器、电脑那样形象鲜明、具体、便于描述。它是一种无形的东西。如同空气，虽然看不到它的影子，却须臾不可离；如同飓风，虽然不识它的面目，却有摧枯拉朽之力；如盐溶于水，虽然显不出颜色，却味在其中。精神虽然无形，却可以强烈感受，可以深深体味。”《夜话》并非理论著作，所以很难说它完整建构了西大精神，但它却移形换步，随类赋彩，从不同侧面凸显和强调了西大精神。

首先，爱校之情的彰显。《夜话》的作者说他家两代四口人都是西大培养出来的，因此对母校有深挚的感情，他还专文列举西大“父子同学”——两代人都报考西大的现象，旨在说明西大办学质量高，有回头客。作者对西大的历史如数家珍，娓娓道来，指点校园某处曾留下往昔名家大师的芳馨，甚至在省府开会仍在统计西大毕业生在各部门的任职情况，半是幽默半是自豪地说，省上开会掉一片树叶也能砸三个西大人。作者说文章是教学公务之余，挑灯夜战赶出来的，但这些作品既非为应付评职称而撰的论文，又非吟风啸月、独抒性灵的艺术美文，主要是通过对校史资料和师友嘉言懿行的辑缀，以便鉴往知来，资治育人，落脚点是西大的现实，不遗余力地为振兴西大鼓与呼，与白天的政务形式不同，但用意则一。这既是他的职业职务使然，也是他感情至诚无伪的流露。

尤其令人感动的是，如此痴情西大的远不止千里青老师一人，《夜话》中记述了许多(还有许多未提及的)，老中青各个年龄段的都有。其中有些人私下可能牢骚满腹，在历次政治运动中也有过委屈，受过伤害，可一站到讲台上，就又全身心投入，诲人不倦。在事关西大荣誉与命运的大节处，更是义无反顾，维护学校的声誉和利益。有些人曾想离开西大另外谋求发展，临行之际，“仆夫悲余马怀兮，蜷曲顾而不行”，就是迈不出最后一步。这可能是许多老西大人，同时也是中国老知识分子对祖国和母校的一种共同感情。荣辱与共，风雨同舟，这是一种潜在的情感资源，西大的振兴腾飞正是靠这种心理能量的裂变与助推。

其次，师资传承的扶树。“华夏学术最重传授渊源，盖非此不足以征信于人。”(陈寅恪语)《夜话》对师资传承的重视主要是通过对老师、同窗、学生的追忆来体现的。《西大有个傅庚生》《述而不作的刘持生》是缅怀自己的先师，《摹庐五弟子》是表彰陈直先生的薪火传承，《绵绵师生情》《看我学子多风雅》则体现了作者对学生的推挽引掖。他说翻阅报章杂志，最喜读自己学生的文章，“这种感觉就像老农轻轻抚摸着自个地里硕大的麦穗一样”，语言朴实，却与屈原滋兰树蕙，“冀枝叶之峻茂兮，愿俟时乎吾将刈”同一境界。作者不仅从义理上抉发先贤之幽光，而且躬行践履，甘当伯乐，推引后进。《坐冷板凳，做大学问》一文不仅是对青年学者张再林的肯定，而且也是对何炼成、周伟洲等西大前辈学者的宗师风范的嘉许。他还多次提及由于何炼成教授的精心栽培，遂使西大成为“青年经济学家的摇篮”，至于地质系被誉为“中华石油英才之母”，更是众所周知的。

学校与科研院所及工厂的一个重要区别在于，除了生产物态化的成果和产品外，更重要的是还要生产精神态的成果与产品——对学生的培养。我们常常因假冒伪劣产品而迁怒于生产厂家，那么如果学生道德水准低、业务能力差，又该迁怒于谁呢？老师之于学生除了学问灌输外，还要有人格魅力的感召和熏染。所谓大师，除了学术成就绝顶外，其人格精神亦皆有过人之处。

禅宗祖师讲“识过于师，方堪传授；识与师齐，减师半德”，也包含着鼓励学生成才、超越老师的意味。只有一代超过一代，才能光大宗门。当然，学校培养的不是一部分人，而是一大批，甚至整个一代人，如此才能使学术的薪火成燎原之势。这既符合现代教育理念，又暗合传统教育的真谛。

第三，人文风景的勾勒。《夜话》写人、记事、议论三部分涉及了西大文理工管各系科的情况，其中以叙写文史两科人物居多，最为传神。在校园中曾传诵一时的《戏说“三子”》《新村两弥勒》，是写文史两系人物的。“墙里开花墙外红”的陈直教授，“捷径事件”中傲骨嶙峋的李熙波老人，有是非之心的张宣教授，皆是文史出身。此外，黎锦熙、侯外庐、傅庚生、刘持生、单演义、黄晖、安旗、杨春霖、何西来等一同构成了西大独特的人文风景线。

坦率地说，如果单从学术贡献和地位来说，西大理工科教师和学生的成就并不比文科低，如《夜话》中提及的岳劼恒教授（居里夫人的学生）、江仁寿教授（爱因斯坦的学生）、侯洵院士、高鸿院士、侯伯宇教授、张伯声教授、王成堂教授，都是享有世界声誉的人物，杨拯陆、罗健夫则是全国知识分子的光辉典型，郭峰是青年大学生的榜样，宋汉良、安启元、姜信真也是出身西大理工系科的翘楚。

但《夜话》毕竟不是工作总结，也不是各学科群英排座次，不必一定要客观、公允、全面。千里青老师读中文出身，耳闻目睹，长期熏染的也是文史的儒雅，对文史两科最有发言权，而写自己最熟悉的恰恰是文学创作的一个铁门限。

另外，西大位于周秦旧壤、汉唐古都，弘扬周代文明，重振汉唐雄风，西大人不仅义不容辞，而且兼具天时地利，有其他地区和高校的学者所无法比拟和替代的条件，故所取得的成就往往也很独特。加之，文科学人的成果主要是文字，易于普及，形成轰动效应，如写《废都》的贾平凹，写《小草在歌唱》的雷抒雁，写《半边楼》的延艺云，写《为钱正名》的张维迎，作品一时都曾洛阳纸贵，聚焦为新闻热点，《夜话》在介绍他们的时候，也强化了社会各界对西大的关注。

千里青老师本来专攻中国古代文论，对刘勰《文心雕龙》、皎然《诗式》及秦腔艺术大师马建翎的研究多具原创性。他的许多学生曾多次劝他利用在职机会组织课题组，申报研究项目，扩大战果，他听后只是淡淡一笑，不置可否。现在看来，他是将时间和精力都投入到西大发展和“211 工程”建设这篇大文章上了，无暇他顾，只能以牺牲个人的科研为代价。《夜话》中不惮词费、再三致意的内容，也是一个证明。

（原刊《西北大学学报》1997 年第 4 期）

乡愁的文化理念

语词符号其实是一种触媒。我第一眼看到《故园情思》这个书名以及封面上用以包装的古典诗句,幽幽一股愁思便从心中泛出,汩汩然顺着九曲回肠潺湲起来,不纯粹是温馨亲切,三分沧桑中夹着二分苦涩,平地便荡漾起岁月的波澜。

按时下媒体的宣称,如今已步入网络时代,知识大爆炸,信息大革命,偌大的世界已缩变成小小的地球村,可视电话使分处南极洲与北冰洋的人可以面对面交流。科技改变了我们的生活,乡愁这古老俚俗的东西,究竟还有何意义?在一般人的印象中,现代化就等于工业化,工业化就等于城市化,城市化就等于物质化,作家将关注的目光仍投向儿时的乡村、贫瘠的土地,是否能得到读者的认同,激发起他们情感的共鸣呢?

读千里青老师的散文集《故园情思》,可以帮我们廓清疑惑。儿时的旧事陈迹,乡贤的嘉言懿行,游子的屐痕处处,无不使我们浮想联翩,手中提着箩筐随作者的游踪入山探险,出山时采集的满满的却都是自己的感受。故乡之于漂泊游荡的客子来说,永远是一根剪不断的脐带,系住浮舟的缆绳。无论你走到哪儿,乡愁的情丝总拉扯得你心口隐隐作痛,往往距离愈遥远,这根绳绷得越紧,在心井上拉出的豁口越深。现代人在物质上虽向往城市文化的消费和享乐，而精神上总是不能忘怀遥远的故乡，不管是土地的家园还是宗教的乐园。斜阳古道，寒鸦万点，流水孤村。长久的遥望远眺会产生一种归依心理，于是乡情、乡愁便获得了一种超越，从记忆库中翻检出的老照片竟具有启示的寓意，儿时采集的蝴蝶标本，几十年后仍能幻化出五彩斑斓的庄周梦。所以有人说，乡愁是人类精神的后花园。

文学实际上也是对记忆的一种追悼，所以怀旧便有了历久弥新的魅力。千里青老师已推出的随笔集《紫藤园夜话》与这部《故园情思》都着眼于旧事陈迹，看来是有意为之。作者将柳笛吹得呜呜然，如怨如慕，如泣如诉，故意撩拨那根令人心口隐隐作痛的情丝，于是我们不得不打开自己的心灵之窗，探出头去倾听，去感受。但因描写对象不同，《夜话》所述的是文化古城中一所古老大学的掌故与旧闻，典重庄谨，雅人深致，有一股书卷气。而《情思》则是对故乡的追忆，口吻如老农话桑麻，絮絮叨叨，不厌其烦，唯其如此，方显得真切。平淡中有丰腴，自然中蕴涵着老到。这种气韵不是煽情的豪言壮语，而是在坎坷艰难之后的也无风雨也无晴，一任阶前点滴到天明；不是愁起绿波的荷梗，而是挟风带霜的松枝。笔触挟着霜风，率性而为，纵横腾挪，字里行间顿生岁月的波澜，所以文字也深挚沉雄起来。当今文坛的散文，以作者出身论可分为作家散文和学者散文，以内容论可分为文化散文、闲情散文和行动散文，以地域论似还可分为北方散文、江南散文、西部散文。千里青随笔散文所致力追求的境界，正是西部文学的雄深雅健。

人们常说阅读是借他人酒杯，浇自己块垒。这雕花古瓶中的陈酿滴入愁肠，化成的也是一种古雅的感情，浇灌出的是一片散淡的心境。那名士张翰为了能贪这杯玉浆，佐上故乡的鲈脍莼羹，竟然连显要的职位和前程也愿抛掷，这样看来乡愁又成了一剂败掉名利毒火的牛蒡散。

现代神话中的文化设计

常听说:关中子弟多才俊。马玉琛则不属于脱口秀一族,见人不哼不哈,才华不外溢。与他一同出道弄文学的那一拨儿,现如今不是新锐就是实力派,他却能散淡地看着这一道道风景,哼出一两句并不幽默的笑话来自我解嘲。

陕西旅游出版社“老镢头”丛书最近推出他的长篇小说《风来水来》,可能会改变人们对玉琛的印象。我对现代小说的叙述话语与套式并不熟悉,所以阅读过程中老跟不上作家的思路,但我仍然要说,这是一部让我感到惊喜的长篇力作,它不仅说明文学陕军后继有人,而且显示出少壮派的一些新变。以下谈一谈我解读这部作品的几点感受。

(一) 魔幻性。毫无疑问,该书是一个现代神话、现代寓言。作者是从如下三个层面营构神话王朝的。首先是文本世界的孤立隔绝。小说写的是关中渭河流域,但将背景虚幻淡化,作品中的白蟒塬喇嘛村成为一个与外界隔绝的孤岛荒漠,电台传出来的声音断续不清,骊山上军工厂的灯火模糊闪烁,现代文化象征的凤凤苍白无力,外部世界的一切都被文本土著化了。人的命运的孤立无援、在劫难逃,建立在环境的孤立隔绝基础上。其次是文化符号的神秘象征。书中的白蟒塬、喇嘛村、灵龟、屈草、蓂荚草(历草)、重明鸟、朱鸟,还有作为贯穿性道具的那本《山海经》,散发着浓厚的神秘文化气息,闪烁着一种怪异的灵光。凭着他摆在文学祭坛上的这些灵物,可见玉琛并非引导人们逃离灾难的先知,而是一个呼风唤雨、兴风作浪的现代巫师。再次是天人关系的倒置。一般来说,西方作品的模式是战胜灾难、征服自然;传统中国作品的套子是天人合一,人与自然和谐。马玉琛既反西方传统,又反中国传统,写足了自然的狰狞恐怖,不可战胜。小说中的村民固然渺小脆弱,就连大众的精神领袖侍华、侍灵,在自然面前也无能为力,作者为这两个人物所设计的名字中的“侍”,本来就暗含被动、服从、受支配的意思。

(二)灾难性。这部小说的核心要素是灾难,由大蝗虫、大火球、大风雨和大洪水所构成的大灾难。对于现代艺术来说,灾难也具有娱乐性,尤其是拉开距离观看别人在灾难中垂死挣扎,仿佛亲历其境而又能置身事外,迎合了人类潜意识中的幸灾乐祸心理,所以好莱坞近年来大投入大制作高票房的都是灾难巨片。但玉琛的作品并没有表现廉价的乐观主义和英雄主义,没有出现孤胆英雄率领大众战胜灾难的场面,更没有将灾难商品化、娱乐化。恰恰相反,接二连三的灾难场面,让人感到窒息,恐不能讨好欣赏胃口越来越刁的现代读者,反而将读者惯常的审美期待彻底粉碎。玉琛可能有意矫正时弊,故以此手法来反娱乐、反流行。这一探索是否能得到大众的认可,还不好说，但他挖掘出灾难所蕴含的哲学奥义，则确实值得盲目乐观的现代人沉思。

（三）技巧性。现代小说很讲究技巧，作者绞尽脑汁，刻意安排，巧夺天工。玉琛的活儿做得很精致，在运用语言方面显示出的才气与功力已为人们所注意，此不赘述。这里拈出他在人物设计上的对称性来说明，如：侍华（植物）与侍灵（动物），侍华子天翟（动物）与侍灵女兰兰（植物），聋夫与哑妻，侍华、侍灵各有两个儿女，他们互相交往恋爱等等。另外，情节上四个部分——大虫、大旱、大风、大水接连不断，轮番作战，显然也是一种人为的蓄意的设计。文学追求中的人工与天然孰优孰劣是扯不清的问题，作者可以各行其是。但以我的浅见，还是以雕琢不露痕迹为高妙。

《风来水来》显示出的小说才华与艺术潜力是无法否认的，作为一位朋友和读者，真诚希望玉琛能与陕军弟兄杀出潼关，逐鹿中原，叱咤风云，问鼎中国文坛的王者之位。

苦难的祭品

陕北是一块神奇的土地，丘陵塬峁的胴体浑不知羞地裸露着，极少装饰点缀；曲似九回肠的湾道中流淌着浑浊，无语凝咽。望长城内外，大河上下，苍凉得有些单调，深沉得有些孤寂，震撼中又令人伤感。但是在她的地下却蕴藏丰富，神府煤田与陕甘油气盆地的相继开发，使世界对这块贫瘠的土地刮目相看。其实陕北还有其他土特产，清涧的石板、瓦窑堡的炭、米脂的婆姨、绥德的汉，便是陕北的“四大宝”。陕北的风高土厚，歌谣慷慨，系水土之风气，影响所及，弄文字的亦与众不同。柳青、路遥、张子良等产于此地，李季、高建群、史铁生、梅绍静、叶延滨，虽不是陕北所生，但若没有陕北这一方水土，便没有他们的代表作。雪岩也是喝着无定河水长起来的一条汉子，《青春梦》便是他用羊肚子手巾裹着的一份苦难的祭品，在怀里揣了几十年，最近才摊开呈献在文学的祭坛上。

这是一部异乎寻常的作品，我在阅读时试图用惯常的文学术语和原理来规范界定，但作品似乎超逸于我的文学常识，或者说是对时下文学的一种挑战和反叛。我的阅读感受大体可以概括为如下数端。

首先，作者给我们提供了观照乡村生活的新视角。描写乡村生活，西方与中国古代有牧歌和田园诗，浪漫闲适，但作者往往忘记草地和田园中的狼与狗（钱锺书语）。现当代反映乡村生活的主要是知识分子，细分为投身农村变革的知识分子与上山下乡的知识青年。但不管是前者还是后者，都是居高临下的审视，是一种保持距离的观照。尤当指出的是，所谓的知青文学，大多以“公子落难”的模式来理解上山下乡生活。这样，农村生活的艰苦，受过的一些委屈，包括当年留下的一丁点伤疤，反倒成了今日向别人炫耀的徽章，向下一代进行忆苦思甜教育的传奇经历。他们义无反顾地或庆幸不已地离开乡村，说明他们骨子里仍认为自己属于高一等级，知识层与乡村仍然是对峙隔膜的，虽然有些作品故意煽情或故作沉思状，但做戏的痕迹明显，所以他们并未真正理解乡村生活的意义。

对于雪岩这类回乡青年则不同，他们生于斯，长于斯，读书启蒙的中等教育完成于斯，他们压根儿没有离开过这块贫瘠的土地，故没有对比反差。物质的贫困伴随着童真的丰富，很难简单地说是苦还是乐，对与生俱来的悲惨命运，他们能平静对待，甚至近乎冷漠。个体的挣扎（如《青春梦》中的小凤，路遥《人生》中的高加林）与群体的抗争（如《青春梦》中加荣所领导的清水湾拦河造田工程）都是注定要失败的，他们承受着农村物质条件的恶劣与文化传统的熏习两重枷锁，最后结局是大部分人为传统所同化，小部分人成了反抗现实的牺牲品，只有极少数人侥幸地逃离乡村，向都市文明虔诚地投降，由一个堡垒跳出，又陷入另一个围城(如《第一代城里人》中的张维民)。由于缺少必要的距离，这种表现可能减却了几分审美的趣味，但因其贴近生活，或说朝夕与乡村的肌肤之触，使他们能更深入地理解乡村生活的潜层意义，所写内容便具有了后现代的效果(如作品中反复描写的饥饿感受)，强烈鲜明，真挚感人。

其次，与上述相联系，作品采用了近乎无技巧的叙述方法。《青春梦》的意义还在于，它似乎不是作者书写出来的，而是讲述出来的。换言之，是采用了一种近乎口传文学的叙事话语。表面上看，作者仍竭力按照流行的人物、情节、冲突之类小说技巧来结构作品，但实际上，作品仍残留着浓重的口传文学的痕迹，从某种意义上说，具有文学的原始性和本初性。不管是《远山情》《小镇中学》，还是《青春梦》都没有以人物为核心设置情节，多为叙事而非写人；其对情节的安排也没有刻意遵循抑扬顿挫、跌宕起伏之类的固定章法，平淡讲来，反倒往往出人意料。这种叙述方式使作品能从各方面反映陕北乡村的原生状态，自然朴茂。尤为突出的是，作品甚至没有刻意追求所谓的悲剧感、喜剧感或史诗效果。《远山情》只是一段贫困生活的平实叙述，《青春梦》中群体的战天斗地是悲剧，而加荣与小凤的结合毕竟是喜剧，前后两方面的组合既冲淡了悲剧感，又弱化了喜剧效果。看来作者是按照生活本来面目结构小说，而不是按照小说来肢解扭曲生活。因为普通人的乡村生活，谈不到雄壮的悲剧与幽默的喜剧，甚至可以说根本没有剧，只有无始无终的苦难，无边无际的平淡，故作者没有对生活原样粉饰涂抹，而是竭力小心翼翼地将其原貌显示出来，这部小说集的长处与短处皆在此。

再次，质朴的语言。作者在自序中说他在语言方面，一直偏爱和追求朴实无华、自然流畅的风格，他尝试着将鲜活生动的陕北方言融糅到他的叙事话语中，形成该书的一个突出特色。对陕北方言的文学开发，较早的有欧阳山的《高乾大》、李季的《王贵与李香香》、柳青的《铜墙铁壁》，近年来又有高建群的《最后一个匈奴》等，虽成就高低各不相同，但运用恰当，便能出现生香真色，传达出地域文化的风神气韵。雪岩的这部作品再次使我们领略了陕北民间语言的野性与魅力。作者坦言他为了把他自认为是鲜活生动的陕北方言译为能被读者接受的书面语而煎熬得苦不堪言，感到寻找不出恰当的词语准确地表达所要表达的意思。诚哉斯言！那种自认为驾驭了语言的人，或者那种巧舌如簧、喋喋不休的人，其实并没有理解语言哲学的奥义。语言硬币的两面，包含着一个先定的悖论，中国古人所说的“言不尽意”，是对此命题的一个表述，作者的创作体验恰好暗合此命题。当然，作者对方言的运用亦有可商榷之处。按照一般的惯例，作品中的人物独白、对话可大量用方言，但作者的叙述语言则尽量少用方言，该集中则连作者叙述中亦搀入方言，而在人物对话中却保留着一些普通话的称谓，略微有些不协调。

从技术的层面来看，雪岩的活儿做得还并非精湛绝伦，天衣无缝，《青春梦》并不是无可挑剔的。但作者真诚，绝少粉饰，从独特的视角将生活的真貌显示出来，作者似乎并不谙熟玩文学、玩技巧之类时髦的游戏规则，而是直面惨淡的人生，肩负着苦难的十字架，踽踽独行，忧伤地讲述出他所经历与所理解的陕北乡村生活，实属难能可贵，故特别提出向读者介绍。

守正创新，平中蕴奇

贾平凹先生提出的大散文理念，极大地拓殖了散文的边界，使传统的美文世俗化、平民化、人间化，散文因之有了盎然的生机。散文的大门敞开了，于是像我这样半吊子散文爱好者也应邀参加各种散文活动，幸会各路散文诸侯。

与李宗奇先生就是这样认识的。

坦率地说，宗奇先生的人与文都不是那种让人看了一眼终生不忘的。一般社交场合出尽风头的往往是满口新名词洋术语的酷评学者，装疯卖傻的靓女作家，会即兴编耸人听闻段子的主持人，当然还有地位显赫的领导。宗奇先生的人与文都很低调、内敛，甚至有点羞涩，开会时很少通过言语或动作的夸张引人注意。

当他的作品在报纸期刊上不断出现，各种讨论会上频频听到他的发言，我才注意到他安详周正的脸上满是沧桑感，平淡冲和的话语中不时冒出奇趣。

莳弄文字的亦如农夫，都有自己的一片自留地。沈从文的园地是湘西，贾平凹的后花园是商州，陈忠实一直围绕着白鹿原弄事，高建群的领地是所谓的“三河”(额尔齐斯河、延河、渭河)。让宗奇魂牵梦萦的则是在河之洲的合阳与军营，回到故乡合阳吃得香、睡得熟，字里行间也能看出作者眉飞色舞，某些描写甚至像孩子回到母亲怀中，姑娘伏在恋人的肩头，倾诉的是浓得化不开的稚气、憨气和傻气。这正应了一位评论家的说法，乡愁的理念实际是成年人的精神撒娇。在今天这样一个变迁的社会中，我们的家与工作环境，亦像装着轮子的板车，到处移动，只有关于故乡的记忆是沉淀下来的、恒久不变的。据说，人的味蕾有记忆功能，儿时吃过的美味，终身不能忘怀。越朝后推移，故乡的记忆，年轻时的经历越发鲜活，并且历久弥新。

总的感觉，宗奇先生的文字朴实无华，绝少粉饰，如《父亲》《母亲》《我的婚姻》等，但文中不乏灵气，也有智者的隽语警句。譬如，“兔子的宿命是过于相信自己走过的路”（《关于兔》），“其实干什么事，就那么一点窍”，“生活中有许多事情，觉悟到了是一回事，而落到实处是另外一回事”（《妻子和斋名》），“步行反映一种节奏，但远远超过了节奏本身”（《步行》），有些是关中鲜活口语的采撷与记录，譬如，“身上的补丁整齐非常，顺是样儿，横是行儿”（《母亲》），“一听胡胡响，嗓子就发痒”（《打井》）。

《十三秒》结尾中有关普通话与方言的比喻，《也说病》中关于西医、中医、针灸推拿的比喻，逸兴遄飞，迁想妙得。《求学记》中写对书本的虔敬，求学的艰辛，细腻真切，绘声绘色，说明宗奇散文语言还有很大的潜能，尚待深入开发。

除记实的叙述策略外，宗奇先生也尝试着其他的叙述方法，如《关于兔》《鹦儿》《也说病》。《在河之洲》一文说明宗奇先生也能富赡艳丽,《马河声的婚礼实况》一文则荤素搭配,谑而不虐,恰到好处。

《在河之洲》中将后妃之德绘为水彩,先王遗迹早已浸入风高土厚的旱塬,化而为慷慨悲凉的歌谣,一并汇入莽莽苍苍的河川,朝宗于海。黄河流经合阳时虽平阔舒缓而又不失奇丽,但这种平缓已经历了龙门的陡峭与壶口的雄壮,宗奇先生植根于其间,系方土之风气,其文字的这种境界莫非也是受此熏染的。

盈盈一水间，脉脉不得语

对夏坚德的认识，并不是始于各种球类，因为我不是球迷，所以诸位所艳称的陕西球界的各种球事，我全不知晓。走近夏坚德，是通过她的《鹤望兰》《随水天涯》等作品集。在文字这个虚拟的世界中，我看到了与陕西体育界患难与共的夏坚德，看到了文学上多才多艺的夏坚德。过去我是因文识人，今天又因人感受文。就文而言，我感受到的最突出的印象有如下三端。

首先，文字的清浅清爽。夏坚德的文字，不管是散文还是小说，既无一般女性作家的扭捏态、脂粉气，又无学者型作家的故作艰深，更无时尚的新锐作家笔下的各种噱头、新话语、新技巧。她总是平直写出，娓娓道来。一般说来，对于一个中年女性，如果不化妆而敢于出入各种社交场合，那是需要绝大的勇气和自信的，夏坚德的文字与此类似。平凹先生所说的生气和野气，如果从这个意义上讲，就比较好理解了。

其次，趣味的典雅精致。如果夏坚德从文字到品味都只有清浅清爽，那么她与当着众人袒露出乳房奶孩子的乡下大嫂无差别了，大胆固然大胆，但减却了无数趣味。我倒觉得夏坚德是清爽其表，典雅其中。她红色贵族的家世背景，她知识女性的雅人深致，她在当下这个物欲世界中对精神、感情的过分依赖，她对服饰、化妆、音乐、饮食的特殊趣味，都可以把她与一般女性作家区分开来。

再次，结构模式的发乎情，止乎礼义。夏坚德作品集中最有特点的几篇，如《鹤望兰》中裴思之于林天峰，《相遇如风》中钟大海之于白丝，虽然两篇作品中两组男女主人公的感情态度互相置换过，即《鹤望兰》中主动者是男主人公林天峰，《相遇如风》中主动者是女主人公白丝，但仍然是一种相似结构。我不愿将此结构模式简单化为雷同，我认为这可能体现了夏坚德的儒家伦理学的审美观，即发乎情，止乎礼义。

她作品中写到了荤话黄段子，表现出了如火激情和浪漫遭遇，可以看出，作者对这些也是肯定的。但每到高潮戏时，作者却又戛然而止。最后，把友情发展为爱情，又把爱情节制为友情，一场风花雪月就这样被作者中性化了，一炉激情的火焰就这样被浇灭了。我们可以赞扬这是一种中和之美，是对时下身体实验写作的一种矫正，是夏坚德的独特之处。但这种节制是否也是对自然人性的一种扭曲和阻遏呢，学者们自可以见仁见智，我只是提出问题。

毛乌素中的文学桂树

三边地区早已被人们定格为荒凉空旷、贫瘠落后的不毛之地。记得当年我来西安读书及后来在关中地区工作,很长时间人们最喜欢打听的是:“你们老家能吃饱饭吗?”三边的男人(包括整个陕北男人),长久以来被人们解读为老实巴交而又好吃懒做、爱打老婆的人。清末南方来三边做官的一位文人在《七笔勾》里写道:“一领蓝衫便罢休……不向长安走,飘风浪荡荣华坐享够。”对贪酒好色、易于满足的三边人的挖苦可谓入木三分。关中地区的女子不轻易嫁给陕北男人,也是嫌陕北人身上根深蒂固的大男子主义,没法改造,无可救药。

当然,三边历史上山川险阻,风高土厚,五方杂错,人民混血,熏染积淀出悲情的信天游、贞烈的蓝花花以及铤而走险的李闯王。但那都是生活苦寒、兵荒马乱年代的特例。在太平盛世及安定时期,三边男人只要有酒喝,有牌玩,有官当,有钱花,有女人搂,就别无所求了,就不会有任何烦恼了,就会认为日子过得比天堂中的还要好。谁要是在这样的状态下仍不安生不知足,就会被认为是折秃福,是不逐队随群的异类。

近年来,由于地下能源不断被发现被开采,三边人的腰包鼓起来了,一夜之间暴发了,说话嗓门更高了,在星级宾馆就餐顿顿要小姐陪酒，在北京、西安豪华社区买住宅也是整栋整栋的现购。但这充其量是物质方面的挥霍，至于精神方面的脱贫致富，进入中产阶级，培养出自己的文化贵族，三边人仍有很长的路要走。

我一方面孤傲地认为自己是三边人中的另类，另一方面又经常不断地检点自己、提醒自己不要被时下这种污浊的风气所熏染，变成一个精神粗砺、庸俗肤浅的三边男人。

一年前，当晓宁将他出版的第一部诗集恭谨地赠给我时，我并没有特别留意。在我的印象中，他从小就是我们圈子中的小兄弟，人清秀，话斯文，衣鲜亮，酒也喝得雅致，而且娶到了漂亮的西安姑娘做太太，招致大家很长时间的嫉妒，但从精神上我并没有将他视为三边人的异类。

去年秋天，晓宁的散文将要结集出版，他又恭谨地将打印稿送来，让我读后写几句话。但稿子在我的案头放了半年多，我并没有写出一句话。原因很多，借口也很多。概括起来，我主要有两个心理障碍：首先，我虽然忝列高校教职，但雅不愿厕身文人之群，更不愿为别人题词作序。其次，我先入为主地认为晓宁与其他三边人一样，写作不过是为了点缀富足闲适的生活，不会写出锦绣文章，更不会有什么深刻而痛苦的思想。

当拖了大半年再也找不出任何借口时，我始将晓宁的稿子摊开，冲了杯清明前的碧螺春，静下心来认真阅读，结果大吃一惊，我为我的自以为是而惭愧，我为我发现一部清新脱俗的美文集，未生遗珠之叹而庆幸。原来晓宁不仅外表上没有三边男人的粗莽，而且精神世界中也没有三边人的慵懒浅俗。

晓宁的为文与我平时的印象并不大一样。在社交场合他话语并不多，很平缓很简要。但在作文时，话语如泉涌，汩汩不断，文字清澈鲜亮，流光溢彩，亦如他的着装，从不邋遢污秽，而是整洁得体。大概由于晓宁是从写诗入手的，故他的想象华美新奇，自由跳脱，如羚羊挂角，无迹可求。他的思考纤细深微，不是什么宏大叙述，而是对生活细部的观察，将独特感受及体验很别致地传达出来，忧伤隐约，深情绵邈，更偏重婉约阴柔一路。从他文中情思的细腻深婉来看，他更像诗中的李义山、词中的李后主。我猜想晓宁平和宁静的外表下面，一定有幽深险绝的精神世界，一定有过刻骨铭心的情感经历，否则他不会承受着那么多的忧伤痛苦，也不会做出如此鲜亮雅致的文章的。

晓宁像许多三边人一样，在城市中生活了许多年，但仍然从骨子里厌恶城市的病态丑恶与伪善，怀念遥远乡村的宁静真朴。工业化与城市化是我们这一代人在成人后才经历的重大变化，我们的封存起来的童年画面，甚至味蕾的记忆都还是少小时的乡村生活。诗意化的遥远乡村变成了欲望城市的参照系，浓浓的乡愁，也就上升成了一种文化理念，晓宁的《怀念山村》再一次把这种文化理念具象地表达了出来。

像其他的三边男人一样，晓宁也好酒善饮，但他从酒中品出的却是诗情禅意与哲理。我特别喜欢他对“醉”的体验：

醉，我以为是一种清醒状态下的精神放松。如果说醉了的感觉很好，我以为只有半醉才是最好。因为半醉的感觉犹如自己处于似梦非梦的状态，犹如黎明时分半明半昧的朦胧之境，犹如黄昏时渐渐飘落的夕阳的余晖，犹如夜晚星辰初现的天空。半醉，仿佛遥望远山变幻不定的迷离色彩，仿佛俯瞰山谷轻轻蠕动的神秘云雾，仿佛轻漾于碧水之上的一只小船，不必讳言，半醉就是一种令人心旷神怡的醉，一种忘情的醉。那种感觉或许就是东风日暖，春意融融；就是青山绿水，流光溢彩；就是雪压松枝，庄严凝重。半醉的感觉，就是心旷神怡，意气蓬勃；或如人生的某种状态，不唯完全清醒。

酒不醉人人自醉，是谓醉。而没有酒的醉，才应该是真正的醉。譬如当一个人远离家乡，难遣心中的寂寞与孤独时突然遇到了知己，那种快乐的心情如果不用“醉”字来形容，恐怕是难以找到更恰当的言辞来表达的；当人们阅读一篇好的文章时，即使在炎热如火烤的盛夏，或者在风雪交加的寒冬，其心灵都会与作者的心灵共鸣的；当人们在洞房花烛之夜，与新娘或新郎相视而笑，相拥而卧时；当人们在经历挫折和不幸之后获得了幸福时；当人们经历过无数次的失败而获得成功时；当人们走进美丽的大自然，忘情于山水之乐时；当一个人沉浸在久远的回忆之中时……那种醉，又有谁会摇头置疑呢？

醉是一种状态，不是来自于酒，而是来自于心灵的感受。这种醉即是醉意。醉意是落入江面的秋雨，是轻拂脸面的柔风，是天外飘来的花香，是夕阳下归巢的鸟儿，是大自然浓淡相宜的烂漫色彩和参差之态。醉意也是春芽破土而出时的好奇，是冬天贮藏种子的喜悦，是炽热的情感在胸中的沸腾。既然人们常常浩叹人生短暂，又一任岁月蹉跎，一任华发早生，何不彻底地醉一回！是的，人生何妨醉他一回，让醉意冲淡落寞时的那种孤独，失意时的那种伤感和无助，让人生醉得拥有一身的犷放与豪兴，让人生扩展每一份快慰，从此不必计较营营得失，不必计较他人无意的伤害。既为人，言醉又何妨！（《人生之醉》）

那位写过《酒德颂》的刘伶有这样鲜活细腻的诗意感受吗？那些让深情的婆姨前半夜没有汉，后半夜回来个醉汉的酒鬼能品出这样的境界吗？我以为晓宁不光是从乡愁中抽绎出文化理念，也从醇酒中解悟出人生的境界，从庸常的生活中升华出存在的意义。诗意的存在，不仅源于诗，也源于酒。但酒鬼与酒中才子、酒中君子往往只有一念之差。饮赏之妙，存乎一心。只可意会，难以言传。

不是因为我喜欢孤独。孤独，有时要用整个生命的力量来支撑，而我已经习惯了孤独。孤独，让我感觉到生命

的存在，并且使生命产生巨大的能量。(《孤独的守林人》)

像其他地域的中国人一样，三边人也喜欢群居，喜欢红火热闹，极力逃避孤独寂寞。而晓宁在精神上喜欢踽踽独行，品味着孤独，体验着寂寞，在庸常的生活中挖掘出一种现代意识。这种现代感不是外加的点缀、贴上的标签，恐怕正是少年时代苦寒的三边生活在他心头烙出的灼伤，往日的痛苦印痕反倒成了后现代的时尚标志。

三边人要么闷声不唱歌，要唱就如杜鹃啼血般吼出乐理学上不可思议的生命绝响；三边的女子要么没有爱情也生儿育女过一辈子，要么就会舍出热身子拼着性命轰轰烈烈地打一场爱的战争；三边的男人要么佝偻着腰憨厚老实地当一辈子太平犬，要么就提着砍刀，风风火火闯江湖，把天下折腾得天摇地动。腼腆秀气的晓宁喝芦河水酿成的北国醇长大，在毛乌素被风沙吹打了几十年，系水土之风气，受地域之熏习，其实精神上还是三边人的真骨血。莫非不安生不认命的他有一天也会把中国文坛搅得风起云涌，涛惊浪骇，卷起千堆雪？

(本文是为张晓宁《重叠印象》一书所撰序)

把酒临风，诗心许月

知识界关于中国文化的讨论频频出现热点，不断爆出冷门。

一番箫鼓狂欢、琴瑟热闹之余，由季羡林、邓广铭、周一良、袁行霈等学界巨擘联袂担任学术顾问，严平先生主编、华文出版社推出的“东轩书趣文丛”低调推出，悄然面世。这一套装帧别致的书系，粉妆淡淡，墨香飘逸，抖擞着春风，走向海内外读者。

与已经出版或即将出版的其他中国文化丛书的共同之处在于，此丛书也是以探本求源、弘扬国粹、鉴往知来、资治育人为宗旨，展示中国文化的博大精深，多姿多彩。但可贵的是，这一套丛书还与其他丛书有许多不同之处，具有自己靓丽鲜明的特色。

其一，反观诸己，文人本位。坊间习见的有关中国文化的读物，或比较博杂，天上人间，尽收一辑；或失之细碎支离，饾饤成篇；有的则刻意猎奇，怪力乱神，炫人眼目；有的则专注于宫闱秘事，追踪皇族后宫、宦官妓女的逸闻；还有的将注意力放在物质文化的序列上。此丛书则将全部光源聚集于文人这一独特的社会阶层，让这一社会角色居主位，展示他们多姿多彩的生活，挖掘他们微妙复杂的内心世界。以整套数十册的容量来探讨某一社会阶层，这在时下中国文化研究中还是极少见的，所以，此丛书的出版，对于中国社会史的研究也具有启示意义。有趣的是，中国古代文人无论是述学著文，还是仕宦从政，一般都是藏在幕后指点策划，此次却被他们的当代同道硬推到前台曝光。这一角色的转换，带来了学理和艺术上的双重价值，从这一视角切入，作者们找到了自己与古人契合交流的话语方式，畅所欲言，酣畅淋漓。

其二，经纬交织，纵深开拓。古代文人的生活并不是整天在朝廷上辩论社稷民生，正襟危坐，谠论高言；也不是熬通宵，开夜车，刻苦攻读四书五经，单调呆板。恰恰相反，古代文人的生活丰富多彩。以此丛书而言，《诗酒风流》《文人与茶》《局中珍珑》分别是谈诗、酒、茶、棋等雅尚的；而《文人临水》《文人壮游》则涉及行旅与漫游等问题；《浮世代代传》《风流人格》则对世家贵胄与理想人格提出自己的看法；《临界死亡》是对彼岸世界的遥想；《道骨仙风》则是对现世的高蹈；《北"风"与南"骚"》引出地域环境与审美的差异；《雅俗之辩》将两种文化类型的论争延伸到古代；《大唐风度》则以断代为限，专门探讨唐代士人的文心与诗境。这些都是以文人为核心，向四处辐射。

更重要的还在于，此丛书对文人的生活与生命进行了纵深开掘，从不同层面对传统文人进行现代观照，挖出他们心灵潜层的岩样，进行剖析，揭示出文人心灵的矛盾纠结。一般认为，文人有志于道，以天下为己任。如曾参所说：“士不可以不弘毅，任重而道远。”如杜甫所说：“致君尧舜上，再使风俗淳。”但文人生活的实际远比此复杂，中国文人通常走三条路：从政、求学与文化批判。但有人则毕生站在三岔道口上徘徊，少年游侠、中年游宦、老年游仙构成文人生活历程的三部曲，但此曲是复调音乐，很难截然分开。正如学者陈寅恪所感喟的“自由共道文人笔，最是文人不自由”。“不自由”除了因精神牢笼桎梏囚禁外，还因为文人天性敏感，忧患嗟生，对于人类生存状态的基本问题，表以深沉的终极关怀。正是在这个意义上，人们说士人知识分子守护着理想，消解着权威。此丛书正是立体地观照文人生活，所以能使我们百感交集，在两个不同的文化语境比照中体现出古今文人的某些一致性。

其三，雅人深致，书卷气浓。古代文人的生活散淡而又热烈，自然而又高古，大机大用，大俗大雅。嵇康的手挥五弦，目送归鸿；阮籍的青白眼待客，啸傲苏门；陶渊明的躬耕自资，采菊东篱；杜甫的致君尧舜，民胞物与；苏轼的出入儒道佛，豪放清旷。古代文人的生活环境与人生况味，与现代商品社会互相轩轾。虽说我们已无法重温古代同行的生活，有时读其文诵其诗也感到是一种奢侈消费，是一种昂贵的享受，但人类心理中都渴望着对围城的突破，对缺憾的补偿。曹植《与吴质书》中说：“过屠门而大嚼，虽不得肉，贵且快意。”古代社会已一去不复返，但是如果能忙中偷闲，通过阅读与古代文人秉烛夜游，交流对话，在紧张中放松、焦虑中闲适、执着中超越，也是呵护心灵、防止扭曲异化与污染的一种方式。此丛书在这一层面上定位，可谓恰到好处。

文人生活内容非常广泛，相信这一套书系会引起读书界的注意并为读者所钟爱。

生存困境与学术盲区

农民阶层在中国一直是弱势群体，虽然自古以来强调“重农抑商”，但揭竿而起的多是农民，现代红色革命的星星之火是从农村燃起的，改革开放的突破口也是农村联产承包。农民似乎经常是主角，但农民的权利并没有得到制度性的保障。由农村、农民、农业所形成的“三农”问题，再一次凸显出这一群体生存环境的日益恶劣化。

在中国，“农民”一语不单纯是职业的分类，同时暗含着身份与差等的意义，农村长期是贫困、落后、蒙昧的代名词。例如，与工人相比，农民没有工资，没有人身保险，没有公费医疗，没有退休年龄，更没有自由调动工种与迁徙的权利，透过“盲流”这一歧视性称谓，可以看出农民的社会流动比任何群体都更加艰难。所以，脱离农村户籍被认为是“跳龙门”，“农转非”是千百万农家子弟梦寐以求的奋斗目标，因为这不仅意味着经济条件的改善，更重要的是身份与地位的转变。

与此相对的是，“三农”的研究似乎有许多盲区，许多触目惊心的问题不是被蔽遮，便是被粉饰。我们从新闻上看到的只是绿色的田野，一年超过一年的丰收景象，以及被描绘成幸福脸的农民。我们的农民被简单化为只要吃饱肚子就知满足的自然人。由媒体、文艺作品所传播的农民形象，像新闻通稿一样，被发送到各个方面，永远“定格”在我们心中。而社会学、人类学的研究，则只关注民族地区及土著人的某些奇风异俗，千百万普通农民的命运并没有进入其视野。

值得注意的是，这些状况正在改变。农民已不满足于别人施舍他们的救济，不仅要求经济上的温饱，而且要争取政治上的平等，他们以理性的平和或非理性的冲动，提出的种种诉求，都是试图改变他们最卑微的地位，捍卫他们最基本的人权。理论工作者也在调整他们的思维方式和研究视角，开始关注、跟踪、调查、统计农村的这些变迁。由温铁军有关“三农”问题的系列论文，到《黄河边上的中国》一书，再到西北大学出版社推出的《向农民道歉》一书，可以看出关于“三农”问题的研究规模在扩大，研究成果在深化，研究的反响也更强烈。《向农民道歉》一书采用工作手记的方式，具体而深微，一反过去的宏大叙述，代之以素朴直观的个案记录，属“田野考察”的一种类型。这种研究方法不仅从学理上契合人类学、社会学、政治学的学术规范，促进这些学科对农民研究的自觉性，而且必将对中国日渐深入的政治改革提供学理的支撑与个案成果。在全球化与一体化的平台上思考当代中国的“三农”问题，《向农民道歉》一书开了一个好头，我期盼着更丰硕的理论收获以及农民问题体制性的解决。

壶游

终于艰难地圈上最后一个句号。瞅着书案上这一叠手稿，仿佛产妇在紧张而又痛苦的分娩后，虚弱而欣慰地看着身边那一团粉红色的肉体，小鼻子，小眼睛，稀疏的毳绒毛毛，也许并不英俊漂亮，但他毕竟是母亲生殖能力的一种实证，是一种生命创造力的直接体现。我只有默默祝祷，愿他能顽强地活下来，长成一个男子汉。

这部《唐代园林别业考论》从酝酿到完成经过了很多年。1984年，我在做硕士学位论文时，选了王维、孟浩然的诗作为研究课题，连类而及，将《全唐诗》中的山水田园诗和《全唐文》中的山水游记进行了阅读，发现唐代描写园林别业的作品很多，但前人研究较少，可资借鉴的文献不多，故萌生了将唐代园林史料编成索引，对一些重要的园林做一点考证的念头，这样既可深入了解诗文作家的生活环境，有助于唐代文史研究，又可辑录许多园林史料，为深化古代造园艺术研究，特别是了解唐园的全貌，做一点铺路垫石的基础工作。1994年经陕西省哲学社会科学规划办论证通过，将此列为陕西省哲学社会科学规划立项课题。因教学工作及其他琐务，一直拖到1995年才脱稿。原拟分三编：索引、考证和论述。但因索引部分的整理尚待时日，故先将论述和考证两编提请博雅君子匡正赐教。

上编中每章的正题均集自唐人诗句。私心以为园林与诗、画、乐的关系不可须臾分离，唐人李咸用所谓“满亭山色借吟诗”，明人董其昌所谓“诗以山川为境，山川亦以诗为境”，即说明园林与诗文如松风比籁，水月齐晖。集句为题虽可能因诗意朦胧，义不恰切，但毕竟是原汁原味的原装货。创新难工，集旧易好，唐人名句历千年仍脍炙人口，吟诵咀嚼，会让人唇吻间有生色真香逸出。它们与山水园林互相映发，更会让人荡气回肠，飘然欲仙。本书的介绍论述只不过是一个蹩脚的导游，解说的好坏其实并不影响名胜古迹本身的价值。读者完全可不受拙论的影响，在诗文名句和历史文献的导引下，自己思接千载，视通万里，神游故国山川。

游园赏景是一件极潇洒风雅的快事，王羲之游兰亭，石崇携绿珠游金谷园，唐明皇并杨玉环游华清宫，王维与裴迪游辋川，古来盛谈，令人神往。但从事园林史料的辑录考证、分析研究、编制索引，在布满尘土的书山中讨生活，确实很沉闷。日复一日，年复一年，无休止地忙碌，弃家务于拙妻，置娇儿于不顾，则让我心中隐隐感到疼痛。面对商业文明的诱惑，畅销书作家的气宇轩昂，更让我感到无地自容。如果说没有丝毫的彷徨困惑，那是自欺欺人。然而我深知自己资质愚钝，只好就在这块自留地上耕作，日出而作，日入而息，自给自足，不必看人脸色，更不必随人俯仰，乐得逍遥自在，也许这是我等迂腐书生负隅顽抗，与现代文明博弈的最后一条鸿沟了。

唯一让我感动的是，在今日中国学术著作出版维艰的情况下，承蒙各方面的支持与资助，使这一孱弱的小生命得以面世。西北大学出版社社长刘文瑞、总编杨德生、总编助理张养年，陕西人民教育出版社编辑符均等诸位先生对提高书稿的质量多有助益，谨表深切的谢意！

（本文是拙著《唐代园林别业考论》初版后记）

沪上偶记

《唐代三大地域文学士族研究》一书是我在复旦大学中文博士后流动站从事博士后研究所取得的成果。

1999 年 9 月，我获准入复旦大学中文博士后流动站，在美丽的复旦园开始了一段宁静而专注的研究生活。对于一个年届不惑者来说，争得一段身心自由的时光，有时要付出相当大的代价。因工作单位与家庭的关系，近年来经常往返于东南与西北之间。有时还来不及掸掉鬓角眉际在鄂尔多斯草原和毛乌素沙漠沾上的干燥尘土，又要匆匆南下，任黄浦江畔腥湿的海风拂面，其间还经常徜徉于古城西安城墙下，另有一年是在韩国晋州市庆尚大学度过的。活动舞台的频频转换，使我对地域空间的变化极为敏感，也为我进行带有空间史学色彩的课题研究提供了感同身受的机会。但是，强烈的“地域差”亦使我对唐人之“无端更渡桑干水，却望并州是故乡”有了当下体验，不断的空间切换悬置生发的乡愁，常常使我在月光如水的晚上彻夜难眠。

我出身寒素，生长于边鄙之地，而又资质平庸，无些许特异过人之处。幸运的是，前后曾获多位名师亲炙，施教传道。其中安旗师是我读硕士时的导师，是她领我走进唐代文学研究的

与安旗老师合影

与王水照老师合影(左一为陈尚君先生、左二为杨军先生)

殿堂。霍松林师是我读博士时的导师,《唐代关中士族与文学》便是在松林师指导下完成的。松林师是我们西北人的骄傲,早年亦曾游学江南,受知于汪辟疆、胡小石、陈匪石等一代宗师,又获民国元老于右任器重。

王水照师是我博士后课题的导师,王先生出身北大,又曾担任过钱锺书先生的助手,早享盛名,治学出入唐宋而贯通古今,由技进乎道。章培恒师是复旦大学中文博士后流动站负责人,国家重点研究基地复旦大学古代文学研究中心主任。章老师从学于蒋天枢先生,而蒋先生又是国学大师陈寅恪晚年最推重的弟子。我能以濒于超龄之年,再入复旦深造,实缘于章先生的偏爱与简拔。我的博士后研究又蒙王先生与章先生鼎力举荐,获得国家博士后科学研究基金的资助。本课题的开题报告、中期考核及出站报告一直得到流动站导师组各位专家的认真审查、严格要求,他们分别是朱立元、严修、吴金华、黄霖、陈思和、章培恒、游汝杰等,请允许我向他们表示真诚的谢意。

藐予小子,愚暗庸碌,而竟有如此遭逢际遇,幸何至哉!书末赘此数语,并非借名师以自炫,文饰浅陋,实为饮水思源,以示不忘本原。

最后,感谢复旦大学为我提供了生活与研究经费,使我能在耸起高架桥的松江滨继续仿效唐人做江南梦;感谢西北大学多年来对我研究工作一如既往的支持;还要感谢庆尚大学中文

王水照先生为西北大学研究生授课

与北京大学潘建国教授参加博士后开题报告

章培恒先生应邀出席古代文学研究高层论坛
（左三为霍松林先生、左四为章培恒先生、左五为李军锋先生）

系，为我提供舒适便利的生活工作条件，使我能在域外静心研读唐代文献，非常专注地完成本课题后期的写作任务。

（本文是拙著《唐代三大地域文学士族研究》后记）

佛头着粪

词之一途，或称诗余，铺叙春花秋月、舞榭歌台固为擅场，然缘情言志、为事为物、辅政翼教等诗文之能事，亦可兼之。若夫倚声度曲，据谱填辞，以音协韵，以韵传情，又为传统五七言诗所不逮。香草美人，兴可兼比；窕渺惝恍，隐而能显；斜阳烟柳，温婉悲凉，别创美学新境。故宋元以降，士夫文人乐此不疲，大家巨子多能登彼堂奥，洞开吟坛无穷法门。海通以来，唱诵之声时闻，佳篇妙制间出，端赖仁人志士以古雅情怀守护民族遗产，瓣香乐府，不为新潮时尚所动，古调独弹，尚未沦为绝响，雅道未亡，薪火相承，实民族之大幸事，文化之真福音也。

月人兄毕业于西北大学中文系，为七七级中才俊，恢复高考后首届学生，既属于“文革”前中学之“老三届”，又为剪除“四害”后大学之“新三届”。中文系七七级人才荟萃，多士济济，在校时云蒸霞蔚，已形成一道风景，毕业后又多充栋作梁，广有成就。其中矢志词学，痴情创作，且硕果累累者，当推月人兄。余生也晚，未能遭逢盛时，仅据所知中文系前辈师长而言，傅庚生先生、刘持生先生、杨春霖先生皆有诗词名篇行世，郝御风先生虽不以诗名，但观其早期清华习作迄晚年理论文章，文采斐然，纯粹一派诗人性情。武复兴先生、郗政民先生、雷树田先生，亦为经纶手。其中,雷先生从 20 世纪 70 年代末即致力于诗词、曲赋、联语创作之教学,身体力行,知能并重,求教者络绎不绝,经其口讲指画为诗词者,悉有法度可观。然孜孜不倦坚持不辍者,为数并不多,殆所谓阳春白雪,曲高和寡者欤！吾中文系七七级以来,能扶树雅道,承继诸师长之绝技者,亦当推月人兄。

月人初学词,上溯唐宋诸贤,下追当代名公,审音律,辨声情,亦步亦趋,习作几可乱真;举手投足,风流不让清真、白石。继则尝试以流行歌曲之腔调为词牌,如《南泥湾》《向阳花》等,新瓶新酒,为词家笔下所无,一新耳目,为词体改革别拓新境。艺术创作当与时俱进,反常合道,月人深明此理,故能遗貌取神,虽离方而遁圆,实契词体发荣滋长之真精神,暗合艺术演进之大机运。至于其属词缀句,珠圆玉润,洗却脂粉,独存性情,笔底烟云,自然朴茂,胸中气度,典正雄健,早已为评论界所称道,不必余多饶舌。

月人兄平生无所好,浸淫于词学二十多年,大著迭相问世。今年暑假,先以电话告知,谓又将有新著《月人词集(三)》付梓,嘱余撰序一篇,余以此为客套话,未尝留意。不久却将大著清样转来,恳切相邀,余则诚惶诚恐,坚辞不受。余于月人为学弟,虽亦忝列高校教席,主攻古代文学,但于吟诵一道,实非所长,岂敢佛头着粪,信口雌黄？但雅意恳切,却之不恭。又思诗词创作早非显学,与升官发财绝缘,月人已卓然名家,亦不必假手别人广告宣传。倒是古代诗文之研究与创作处身于今日工商技术时代,处境维艰,同好当相濡以沫,勉励支持。故草草写几句感想以交卷,就教于月人兄及广大读者。

(本文是为《月人词集(三)》所撰序)

编余赘言

2002年金秋，假西北大学百年校庆之际，文学院发起召开“中国古代文学研究高层论坛”学术会议，北京大学、中国社会科学院、首都师范大学、复旦大学、上海师范大学、南京大学、南京师范大学、苏州大学、扬州大学、中山大学、华南师范大学、武汉大学、陕西师范大学、西安交通大学、西北师范大学等国内二十多所高校及研究所的知名学者五十多人云集古城，旧雨新知，论道辩学，一时称盛。会议期间章培恒、霍松林、张锡厚、刘尚荣等年高德劭的前辈发言给人印象深刻；中年学者的成果稳健扎实，炉火纯青；青年学者思维敏捷，论文亦精彩纷呈。这都显示出新世纪古代文学研究界传承有序、实力雄厚的阵容。李芳民教授之综述有翔实记录，兹从略。凡此皆极大地提升了本次会议的学术品质，也为论文集之编辑出版奠定了学术基础。

会议除了学术成果之发布外，多位先生还应邀为我院本科生演讲，与研究生座谈。与会学者的深湛学问、儒雅风度、智慧机锋给师生们留下了深刻印象，亦使我院同仁与各地学者有机会深入交流。而汉唐故址遗迹、三秦风土习俗亦让与会代表应接不暇，流连忘返。王子安《滕王阁序》感叹“盛地不常，盛筵难再”，其实，世间美好之物，唯其“不常”“难再”，才会使人珍惜怀念。但西大同仁与全国各地学者之学术友谊刚刚开始，并将地久天长。

本次高层论坛得以成功举办，还要感谢学校党政领导及211办、研究生处、科研处等职能部门。关中古称天府，长安又迭为帝京。然明清以降，时移世异，沦为西部内陆之不发达省份。西大虽创设百年之久，唯因僻处关中一隅，故诸项事业均在艰难中向前推进。所幸党政领导胸怀高远，兼容并蓄，立足西部，放眼全国，重视包括文学学科在内的人文社会科学建设。我院工作能逐步推展，本次会议能成功举行，本论文集能顺利出版，实有赖党政诸公之鼎力支持。

需要说明的是，因编辑工作略有延宕，有些先生的大作已先行发表。另，会议论文的学术水平亦参差不齐，编辑部曾对个别文章提出意见，编委会考虑到尽量保持原貌，故除进行技术处理外，未对文章作任何删削，以存文责自负之义。

为使本次会议成功圆满，我院老中青三代学人皆奉献出自己精心结撰之成果，学院总支领导、各位行政主管、会务组成员全力以赴。孙勇校长应邀惠赐美序，刘尚荣先生代为推荐稿件，联系出版，李芳民教授独担具体编务，凡此高情雅谊，作为主事者怎一个谢字了得。爰于书末赘此数语，回顾会议花絮及成书始末，略摅对各方贤达无任铭感之怀。

（本文是《中国古代文学研究高层论坛论文集》后记）

学脉：秘响旁通

本届(指2005年,笔者注)文献学国际学术研讨会的论文已编辑成册,呈献给海内外同道,文献学之当代价值及意义,吴哲夫先生在大序中有精彩宏论;会议之缘起,哲公亦简要述及。作为此次会议承办方及论文集编辑者,亦有几点感言借此表达。

首先,西北大学文献学科的设立及学术研究的历史,由来日久。粤自20世纪初,新潮涌起,西雍亦与时俱变,陕西大学堂创设,迭经百年,不断壮大,已跻全国名校之列。文献学之教学与研究人才济济,成就辉煌,并形成经部文献与史部集部文献并重、传世文献与出土文献并重、人文文献与科技文献并重的学术传统。堂奥既大,地利又便,历史累积,风气化育,遂使大师挺立,如张西堂先生之群经研究、陈直先生之《汉书》释证、马长寿先生之边疆史地稽考、傅庚生先生之杜集释绎、李继闵先生之《九章算术》笺证等,久为学界瞩目。新时期以降,在老校长张岂之先生倡导下,成立古籍研究所,承担国家及地方多种重大文献整理研究项目,成果卓著,涌现出李之勤、安旗、马天祥、薛瑞生、韩理洲、阎琦、李云逸、房日晰、周天游、黄留珠、杨绳信、李健超、戴南海、曲安京等一大批优秀学者,名

作者在台北"中研院"胡适纪念馆

家辈出,俊采星驰,在前辈所开创的学术领域,不断开拓进取,在唐宋文献特别是唐集整理、长安史地文献整理、出土文献整理研究、科学史文献研究等方面又有许多新创获,为本学科的进一步发展壮大,打下了雄厚而扎实的基础。西历新纪元以来,学校事业气象万千,学术研究吐故纳新,文献学科又从全国各地引进了一大批优秀的中青年学者,锐意进取,勤奋治学,形成了学术研究的新高地,重振学科,再铸辉煌当为时不远。

其次,学校不仅重视文献学的学科建设,而且重视文献学的学术交流特别是国际交流。2004 年,西北大学历史博物馆贾麦明先生收集到日本遣唐留学生井真成墓碑,学校曾召开新闻发布会，引起国际唐史学界特别是日本汉学界的重视，新闻媒体推波助澜，随后赴日的展览及多场报告会，竟在东瀛轰动一时。此次文献会议亦受到学校领导、211办、科研处、国际交流处等的大力支持，使会议圆满成功，论文集亦如期推出。值此之际，首先要感谢陕西师大霍有明教授殷勤绍介，屡与津梁，促成鄙院与淡江大学语献所的精诚合作；同时要感谢与会各位专家奉献出自己精心结撰的成果。哲公老当益壮，亲率高水平团队参会，又惠赐美序；仕华兄不辞辛苦，承担庶务；三强兄年前忙会务，年后忙编务，任劳任怨，院内各位同仁亦兢兢业业，黾勉从之，使我坐享其成。作为承办方的主持人，尤增惶惭。高谊云天，曷胜感激。

当然，由于承办会议的能力有限，疏漏多多，我难辞其咎。论文成于众手，水平或有不齐，编者仅进行技术处理，不擅改作者的学术观点，以存文责自负之公义。

令人感奋的是，海峡两岸之政治坚冰虽未彻底打破，但文化经贸之交流早如春潮涌动，无法遏止。故继去年哲公率各位名家来西京讲道后，今年我与贾三强、张弘诸教授又赴淡水论学。前不久，高柏园副校长、吕正惠主任又携数十名青年学子再访古都，与我们联袂举办两岸研究生论坛。交流成果已不限于文献学一科，交流的意义已超越了学术的畛域。

无论是在淡水镇还是在渭水滨，从两岸青年才俊阳光灿烂的脸上，我不仅看到了文献学的美好未来，也看到了华夏学术的美好未来。

（本文是《古代文献的考证与诠释：海峡两岸古典文献学国际学术会议论文集》序言）

鸿雪因缘

游，不留记

大抵文人多有表现欲，所到之处，酒足饭饱之余，遂挥毫泼墨发表点什么，或盛赞自然化育，或铺叙山水佳丽，或抒发感兴之情，用现时流行的话说，就是给自然打上人的烙印，使自然人化。各地的景观一经文人题写咏唱，便似乎有了灵秀之气。如果是经名流品题的，山水也叨光了，一时身价倍增。原本是姿色平平的乱石岗，骤然间出挑成独秀峰；那一脉潺湲的山泉，竟然成了飞天银瀑。于是在各地的县志、府志或风土记中，哪怕是最荒凉僻远之地，也有八大景、十大观之类的名目。寒碜鄙俗的穷山恶水，从此也荡漾着浓浓的人文精神。这可谓文人对山水文化的一大贡献。一代代的游客，就是冲着那个美妙的名儿，那一段神奇的传说，千里迢迢，乐此不倦。当然，也有事后诸葛亮们大呼上当，觉得所睹情景与名目不符。不过，他们并没意识到是被文人的夸张所误导，而是用看景不如听景之类的话搪塞，平息自己的不满。

反过来，一些穷愁潦倒的文人或脑满肠肥的土豪，往往凭借着在山水自然景观上发一通牢骚，哼几句赞颂的韵语，竟然认为可以与山水同样不朽。人世古今，匆匆如旅途过客，一拨儿走了一拨儿又来，而山水景观则是永恒的主人，送往迎来，历经沧桑。我们能知道古人的名字，不过是因为他在客舍的粉壁上题写了几个字。这种陋习俗人自然难免，就连那超凡的齐天大圣孙猴子也作效颦之举，在如来佛所幻设的五指山中游览，竟要题上"齐天大圣到此一游"几个字，当然还不忘撒一泡猴尿。现在风景区名胜古迹上，被那些红男绿女到处涂鸦，笔痕累累，惨不忍睹。甚至有不少游客到海外览胜，也常常技痒，用中文题写，遭到非议，甚至累及民族的清誉，看来那泼猴该是始作俑者。

我虽忝为书生，所到之处却从未题诗留记。这倒不是因为我乖巧，能够脱俗，主要是因为生性慵懒，不喜动笔墨，于是本来就悭吝的创作灵感，见我这副德性，从此就很少光顾，至于缪斯女神就更不会与我这类俗物幽会了。其次，许多景观已被古人今人所题写，我自感无法超越前人的创意，勉强写出来也跳不出别人的模式，李白当年在黄鹤楼前叹息道："眼前有景道不得，崔颢题诗在上头。"我颇能理解他老人家那种酸兮兮的心情。再次，有些景观姿色平平，并不能使人兴发感动，更谈不到惊心动魄。强己所难，去奉命应酬，像挤牙膏似的挤出一些门面话。有些名胜奇伟瑰丽，但游人熙来攘往如赶庙会，兜售小吃和廉价纪念品的摊贩不停吆喝，南腔北调此起彼落，讨价还价，愈发像闹市，把那点滴游兴灵感冲刷得荡然无存。古人论旅游有所谓"月下秉烛""松间喝道""花丛晒裤"，称之为"大煞风景"，此类风习于今尤烈。如造访风景名胜,寓目处不是山水佳丽,而是各种各样的丑态,各种各样的光污染、声污染和文字污染,只会让人气不打一处来,哪里有什么游兴和诗情?

偶然间,不经意中也会遇到一块浑朴未琢的顽石,像山间的孩子,裸着全身,浑不知羞地矗在路径上。攀行途中,每当炎热焦躁,令人难耐,蓦地柳暗花明,凉风飒飒而至,惬心沁骨,美畅无比。有时几声鸟噪,一只蝶影,泻珠碎玉般的涛声,如梦似幻的云雾,都能使人精神愉悦,给人某种神秘的启示。但这种与自然肌肤之触所获得的默契与感悟,可遇不可求,又往往难以言说,更难形诸笔墨。陶渊明所说的"此中有真意,欲辨已忘言",恐怕就是对这种心境的揭示。朱光潜谓文章有三种:最上乘的是自言自语,其次是向一个人诉说,再次是向许多人说话。依我看来,所谓的自言自语,仍是一种发表,在此之上还有一个境界,那就是无言或忘言。俄罗斯文学家梅列日科夫斯基也说,写的比发表的有意义,说的比写的有意义,再说到底,没有说出来的比说出来的有意义。维特根斯坦干脆说:"世界和人类思想无法被言说","对不可说的东西我们必须保持沉默"(《逻辑哲学论》)。《易经》讲"书不尽言,言不尽意",《老子》讲"大音希声""大辩无言",《庄子》讲"得意而忘言",《楞严经》讲"但有言说,都无实义",禅宗讲拈花微笑,不着一字,都是对语言囚禁感性、桎梏思想提出的一条越狱逃夭之路。

语言是一个被我们宠坏的孩子,肤浅幼稚却又喜装腔作势，自命不凡。其实个体的丰富差异，深层心理的模糊微妙，大喜大悲的强烈极端，语言全然无能为力。而它的僵化呆板，却使得个人活泼生动的感性一旦被套入这个网中，就会变得干瘪苍白，甚至面目全非，所以有人认为干脆就不要利用这一套符号系统，让感性澄明鲜活、本样自存地活在我们心中。据说，海德格尔、胡塞尔这些西方现代鸿儒硕学的理论也与咱们老祖宗的看法有暗合之处。当然，我在这里掉书袋，不过是想为我的没有感性和才情，游不留记找一个堂而皇之的借口。

也许，不留记，不发表，不作为是对大自然和伟大传统的另一种谦卑与敬畏。不要让人类的浊气熏到所有地方，应该给自然保留下没有被涂鸦的一些空白。

立雪琐忆

知道松林师的名字，是在中学语文课上。但第一次目睹松林师的风采，聆听师讲演，则是在我考入西北大学中文系之后。当时，适逢恢复高考制度不久，中文系利用召开学术会议、主办讲习班等方式，先后聘请了一大批国内外知名学者讲学，现在还记得的有吴世昌、王利器、程千帆、周策纵、苏渊雷、蒋孔阳、李泽厚、李学勤等蜚声学界的专家。但印象最深的，还要推松林师。记得他当时端坐讲坛，案上无一页稿纸，略带陇西口音，滔滔不绝，旁征博引，如数家珍。词风所扇，动人心弦，令我大为钦服。

我真正投到松林师门下，则是在十多年之后。当时我已三十五岁，留校从事了多年的教学研究工作。如此年龄去投考博士研究生，难免有混学位之嫌。但我的侍读问学经历却说明，投机取巧、浮光掠影很难从霍门混出去。霍门人才济济，前面毕业的师兄们的论文水平极高，仅台湾文津出版社的“大陆地区博士论文丛刊”所收，就有近十种，在学界多有定评。这一方面给我指出了向上一路，另一方面也为我树起一个标杆。以我之愚拙，自不敢与师兄们相比，但至少不能相差太远，辱没松林师的清誉。经过三年的艰苦努力，我的学位论文《唐代关中士

与霍松林老师在一起

族与文学》始克成篇，同行专家及答辩委员对拙文多所肯定，鼓励有加。松林师又向文津出版社鼎力推荐，使拙作得以忝列“隋唐文化研究丛书”，很快面世。回过头来看，要是没有师对我选题的鼓励支持，我是不敢选择这样一个跨度大、难点多的项目作为学位论文的题目的；要是没有师悉心针引、严格把关，论文就无法避免许多错误。可以说，字里行间无不倾注着松林师的心血。

一般人以为攻读学位，一俊遮百丑，只要一篇论文做好就行了。但松林师对及门弟子的要求不止于此。他反复教导学生先器识后文艺，学习古代文学要两条腿走路，知能并重，研究与创作相结合，注重会通与识力，厚植学养，熏习出一种崇高的人格。他经常告诫学生，学位教育要防止博士不博、硕士不硕。但我深深感到，因现行教育体制及自身修养所限，虽亲承教诲，也只能就师说的某一方面有所发挥，无法全面继承老师丰厚的学术资源。

陕西师大一位老师讲过这样一件事，一次全国性的学术讨论会组织专家游览名胜古迹，主人盛情招待来宾，并请来宾赋诗词留墨宝，来宾多谦让退避，北京大学的王瑶先生感叹道，如此场面只有霍先生能应付自如。松林师对古典文学有深刻体悟和精湛研

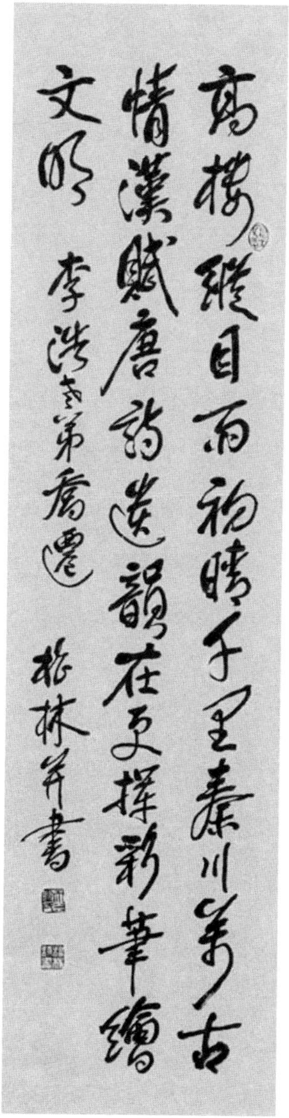

霍松林先生赠诗并手书墨宝

究，但成就又不限于古代文学。他的诗词创作曾受到民国元老于右任先生的赞赏，书法亦自成名家，但雅不愿别人称他为诗家、书家。将古代文化的各种学问技能打通，百川汇海融而为一，出入四部，游戏六艺，才具有大师风范，这正是前辈大师的不可企及之处，也是我们这一代学人所欠缺的。这种欠缺或许是我们这一代的致命伤。

师母胡主佑教授耿直爽朗，遇有优秀学生投考文学所，她总是情不自禁，夸奖祝贺。每当学生松懈怠惰，她亦直截了当地批评。逢客人来访，两位老人并不多谈自己的著述，总是从书架上抱下一摞学生的著作，轻轻抚摸，指点称道。我曾几次赴北大拜谒陈贻焮先生，陈先生也总是夸赞自己的学生葛晓音、张明非、朱琦、钱志熙。当时只觉得这一现象挺有趣，但并不领会其中的深意，现在才恍然悟出前辈的苦心孤诣。老师的学术生命一方面靠自己的名山事业传世，另一方面也要靠所培育出的人才来光大弘扬。学生有所成就，是最让老师高兴的；学生误入歧途，也是最让老师痛心疾首的。

经常赴唐音阁，如遇上松林师兴致高时，所谈也不限于业务，有时虽只有我一个学生侍坐，老师仍古今纵横，不知不觉几个小时过去了。如此施教，真仿佛鹅湖、鹿洞之遗风。松林师续命河汾，传道授业，桃李满天下，为祖国文化的复兴作出了重大贡献。我毕业后虽然离开师大，但松林师的谆谆教诲令我回味无穷，终生受用。愿松林师笔健身健，普泽学林！

（原刊《美文》2005年第1期）

秋波哭逝川

还记得那年的 5 月 16 日，符均兄突然在电话中对我说，赵常安老师逝去了。对于这猝然的噩耗，我当时并没有反应过来，符均又重复了一遍，我始感震惊，继则怀疑，仍不相信符均所说的话。我几天前才见过赵老师，永远是那样的随和散淡，不急不躁，并没有丝毫要出事的兆头。

然而触目的事实将我善良的愿望残忍地揉碎了。在慰问师母王利娴的电话中，她哽咽着说："赵老师可喜欢你哩，前两天还念叨着你。"

我的心再次被揪动。

作为一名年轻作者，第一次见到赵老师也是符均引荐的。1991 年秋，我的《唐诗美学》一书脱稿后，曾先后与两家出版社联系过，均没有结果。符均说赵老师对手头的选题计划并不十分满意，拟更换几种再上报，让我将自己的写作大纲向赵老师谈一下。因前两次教训，我并没有抱很大希望，只是将稿子放下就走人了。不久，赵老师捎话说稿子已看过，印象还不错。约摸又过了半个月，听说稿子已送厂发排。后来我计算过，从交稿到领样书不足十个月，最后还拿了稿酬。按理说，出书领稿费是天经地义的正常情况，但是搁在近年来内地学术著作出版难的背景下，我既非学界名流，又非党政要员，与责任编辑素昧平生，这事就显得很突出。

1993年中秋节前夕，出于感激，我第一次赴他府上拜访，言谈之中，他知我是陕北人，便提及他大学时的一位同学杨正泉在陕北教书，可巧杨是我的中学语文老师。他说你为什么不早告诉我呢，我说我又怎么能知道您与杨老师是同窗呢。

有一天我又去编辑部办事，送行时他责备道："上次去我家不让你留那条烟，你硬是放下了，来了几个朋友抽了，都说是假的。"我当时感到很窘迫，辩解说："烟是假的，但情意是真的。"他笑着拍了拍我的肩膀："你既不抽烟，想必也不识货，何必浪费呢？"

赵老师说他腿怕寒，我向他推荐陕北羊绒毛防寒裤，御寒防潮效果挺好，并托老家来人给他捎了一条，他后来问了价格，硬是将钱塞给我。

后来出版社有一件事将他牵连进去，我听说后极其难过，本想看一看他，但我知自己嘴拙舌笨，素来不善于劝解安慰别人，恐说得不合适，反而给他增添更多的苦恼。索性作罢，只寄了一个明信片，上面写道："好人一生平安！"虽说是顺手拈用前两年曾走红的一部电视剧中的套话，但祝祷之情却是真诚的。

我的小书出版后，各方面反映还不错，除了在西北大学用做选修课教材外，还应邀去西工大、西安交大、西安石油学院、陕西师大、韩国庆尚大学、香港城市大学、台湾逢甲大学办讲座，受到青年学生的欢迎。该书曾被评为陕西省社科优秀成果一等奖，修订本后来还获评陕西省高等学校优秀教材一等奖、全国素质教育优秀成果一等奖等。书亦不久告罄，又曾在北京改版印行，修订后被台湾文津出版社收入“隋唐文化研究丛书”出版繁体字本，被安徽大学出版社收入“唐诗研究系列”出版简体字本，第五版被复旦大学出版社收入“汉语言文学原典精读系列”刊行。内容有所增补，装帧印制亦更加考究。我在此说这些是想告慰赵老师的在天之灵，您看中的稿子还是蛮有学术市场的，您扶植过的一名年轻作者，仍然在学术园圃中笔耕不辍。

赵老师去世后，我一直想写一点东西，但思绪芜杂，剪不断，理还乱，不知从何说起。当时只在小书的修订后记中留下几句：

> 本书责任编辑赵常安老师，善良本分，与世无争，但天道不公，一场突然的恶性事故，夺去了他的生命，他在遇难前两天还惦记着本书，向符均兄谈及再版事宜。此时此刻我在泪眼模糊中，仍能仿佛其音容，长歌当哭，我只能说：“彼苍者天！歼我良人。如可赎兮，人百其身！”

最近见到杨正泉老师，说他们老同学将所写纪念赵老师的文字汇为一集，准备出版。我突然感到一种负疚和惭愧，觉得有责任将一个作者眼中的老编辑如实记录下来。

近年来社会风气恶劣,出版界亦遭污染。我刚出道就幸运地遇到许多作风过硬、业务能力极强的编辑,推挽引掖,如恐不及,使多部书稿能够较顺利出版和再版。印象最深的有陕西人民教育出版社的赵老师、符均兄,人民出版社的严平兄,台湾文津出版社的总编邱镇京教授,安徽大学出版社社长杨应芹教授,商务印书馆的王齐女士,中国社会科学出版社的罗莉女士,上海古籍出版社的李鸣兄等。说明天地间自有正气,维系华夏学术的命脉,不至于因商品大潮的冲击而坍塌。妻总是说我"憨人有憨福气",但是我的些微福气和机缘都是师友们赐给的。我顺便还有一句话要对"码字工"同道说:我们不能老埋怨出版社和编辑,还是要在自己书稿上下功夫,虽可能会有一些曲折,但以中华之大,伯乐之多,不愁没有识货人。

金风萧瑟,又是一年中秋节,真想与赵老师大醉一场。想当年他曾邀我去他家共饮,我也曾向他吹嘘三边人杂羌胡气,豪饮成风,冬日大雪中,佐以红泥火炉,慢火炖羊肉,是饮酒最佳时节。他听后咽了口唾沫,欣然有向往之意。而今生死永隔,欠赵老师的这顿羊肉烧酒不知何时才有机会偿还。

(1997 年秋草成,2014 年春改)

在庆尚大学教汉语

我第一次出国教汉语是在韩国庆尚大学。庆尚大学是一所国立大学，位于韩国的文化古城晋州，山环水绕，宽敞幽静，校园面积之大，在韩国大学中位居第三。晋州在韩国的地位与西安在中国的地位略可仿佛。

由于地缘文化和传统的关系，韩国、日本学生对汉语的接受比西方学生更容易，他们的困难处并不在书写与阅读，而在听说与作文。韩国大学专门开设汉字书写课，故许多学生的汉字写得极工整。有一位叫金珍的学生期末考试答卷时，在卷子最后附了一句："老师，我的汉字写得不好，请原谅。"其实，在我看来，她的钢笔书法就是放在中国大学生中间，也是蛮不错的。

刚开始上课时，我仍按照国内教学的习惯，讲话语速较快，用词较典雅，有时还卖弄一点成语、谚语，并喜欢顺口引用一些诗文名句，自己讲得津津有味。有一次，当我得意洋洋叫起一位学生回答问题时，他竟然说："我虽然听不懂老师讲的内容，但仍十分感激老师的认真。"他讲的是实话，我却从头凉到了脚。

为了适应新的教学环境，我很快调整了自己的教学方法。语速尽量慢，用词尽量简单，词汇总数尽量控制，关键处及要点

庆尚大学校园一瞥

不断重复，并辅以板书与形体动作。为了让学生理解一个词的准确含义，我有时竟笨手笨脚在讲台上表演起来，语言与滑稽动作相配合，经常惹得学生发笑。看到学生理解了教学内容，我也很高兴。尤其值得一提的是“中国语作文练习”课，按照韩国汉语教学的惯例，作文练习不是从篇章结构与各种文体写作开始，而是从造句开始。我给三年级学生讲作文练习则从应用文入手，开始还吃不准，担心学生不能适应。一学期下来，看到学生的写作水平提高很快，李成圆、安一弘、吴惠圆、李尚熹、安秀卿等的作文，无论立意、结构还是用词都很突出。每次作文讲评，听着学生朗读自己的习作，凡有佳处，我都按捺不住自己的激动，赞不绝口。

由于初学汉语，学生们也经常闹一些笑话。有一次，一位女学生来到我的研究室，对我说她想到西北大学去留学，希望我帮她联系。她还问道："老师，能否和中国人住？"我说自己不知道有关的外事规定，如果没有特别的限制，或许可以。接着，我多问了她一句："你打算和哪一个中国人住？"她说："我要和你住，可以吗？"她此言一出，吓我一大跳。据我观察，这

与庆尚大学的友人山中旅行

位学生平时端庄稳重，今天怎么莫名其妙地说这样的话？当时颇令我尴尬，不知该如何应对，而她仍然一本正经地看着我。我突然一想，也许这位学生要表达的意思是想在我家寄宿，以便更好地学汉语。是我自己想入非非了。于是我告诉她，我家目前居住条件不好，但如果她需要，我可以帮她联系寄宿处。

韩国的学制与中国颇多不同。大学生入校后，可以请长假休学，出国留学，回国后继续在原来的年级读书。留学回来的学生在听力、口语方面明显提高了，课堂上很活跃，但也就是这部分学生“最不老实”，变着法子出老师的洋相。有一次，我让

在郑宪哲教授府上

学生用“有”字造句,一位叫杨熙元的男学生竟大胆地问道:“老师,你有韩国小情人吗?”弄得我很难堪,答也不是,不答也不是。还有一次,晋州放送大学的同学利用周末陪我去三千浦旅游。周一上课前,学生问我周末干什么了,我据实回答。一位叫宋贞汉的学生神秘兮兮地问道:“是不是‘小蜜’陪你去的?”旁边的学生哄堂大笑。在中国,我的学生从来没有如此放肆,故我对这些“荤玩笑”很恼火。但我看到学生们的语言水平不断提高,尝试着用外国语搞笑,制造幽默气氛,我成为他们的靶子,不断遭到这样的语言攻击,做一些牺牲也是值得的。

我是近几年庆尚大学中文系外籍教师中较年轻的一位,故和学生隔阂较少,关系较融洽。有一天我的头发有点凌乱,下午便发现有人在我研究室门上贴了一张漫画头像:一个大头娃娃系着领带,顶上有几根直立的头发。笔触虽然稚拙,但颇为传神,我见此又好气又好笑。上课时,我虽然知道是哪位同学的“恶作剧”,但并没有追究,拿着漫画明知故问:“这幅画像谁?”学生们笑得前仰后合,我也被此情景感染。我从事对外汉语教学时间并不长,但能和外国学生相互理解,作为一名教师我感到很欣慰。

我至今还记得毕业班学生组织的“谢师会”,学生们邀请任课教师在具有民族风格的餐厅聚会,系主任权镐钟教授还特意安排我坐在两个漂亮的女学生中间,大家席地而坐,一起吃烤肉,喝烧酒。韩国人善饮,女孩子大多也是海量。但饮酒又极讲究礼节，斟酒时将左手搭在右臂上，接酒的人也如此。女生喝酒要扭转身，并用一只手遮住口来喝。现代与传统、豪放与礼俗、教师与学生交织为一幅和谐的画面，其乐融融，给我留下极深刻的印象。

寒假时返回中国度假，凝神走笔撰写本文时，我仿佛又回到了美丽的南江边，漫步在环校的山林中，踩着一层如茵的绿草，殷红的枫叶像一团团燃烧的火，一张张充满朝气、活泼而富有个性的脸庞，不断在我眼前闪动……

（2000 年冬草成，原刊《美文》2005 年第 6 期）

庆尚大学的校门

在庆尚大学工作一年,对其校门印象颇深。第一次看到就觉得有些特别,至于为什么特别,也说不清楚。

校门造型的与众不同,首先给人以特别的印象。三个弧形拱门,中间高耸,两边略低,线条简洁明快,既符合对称的古典美,又具有一种凌空突破的现代感。我曾自以为是地认为该门取象于庆尚大学之“尚”字上半部分篆体字,中文系韩相德博士则认为取象毛笔形状,但我觉得若取象于毛笔,就不是一支,而是三支了。据说该校一位教授对外国女留学生说,校门取象于男根。我曾对来访的一位中国教授和一位博士后研究员提问,让他们猜一下校门象征什么,他们苦思冥想了许久,但都猜不出,更没有联想到人体器官。看来,若不是中国人太敦厚淳正,就是校门的象征意义太晦涩幽深了。

门卫的彬彬有礼,也给我很愉快的印象。我刚到学校时,被安排在校外居住,那个地方叫夏大洞,在晋州城里,购物交通都极方便,所以学校的外国教师公寓楼设在那里。但每天上下班必须搭车,最方便的是校车,无论早晚,校车经过大门口,门卫都肃立行礼,司机也还礼示意。一介教师,竟然能受到在中国只有高级领导人才能享受的礼遇,让我的虚荣心获得了一种

庆尚大学富有个性的校门

满足，隐隐感到自己的身价如绩优股，不断上升。

更让我开眼界的是，所谓校门，其实只有门洞，并没有门扇、栅栏之类用于阻挡和关闭的装置。行人在任何时候都可以自由出入，没有人阻拦或盘问。路为四车道，距校门约二十米，分别有四个横杆，那是为控制机动车的出入，校外的车进校门时取一卡，出校门时根据停留时间收取停车费，校内教职工的车则走两边的通道，不需要取卡缴费。我发现该校不光是正门没有门扇，就连右侧门也没有门扇，靠近学生生活区的后门干脆连横杆也没有，亦无门卫管理。

这种校门在韩国大学是否很普遍，我不敢断言，但与中国大学的校门相比，则区别非常明显。中国现代第一所大学北京大学的前身京师大学堂，本来就是一个衙门，故衙门的规矩威仪都完整保留，两尊石狮，朱红大门，晨启暮合，门卫亦有衙役习气，凶神恶煞般。其他学校踵其后，门的造型虽千姿百态，但有门扇或门栅以阻拦，则是一致的。据说北京大学已开始对校外入校者进行收费，学校这一公共场所愈发显得官气十足了。当官办的机构在不断整顿乱收费，甚而也取消了对公民出入的收费时，而此时北大的收费就显得匪夷所思了。

最绝的是，庆尚大学不光没有门，连院墙也没有。当然，学校在郊区，恰好三面环山，一面临河，形成了一个天然屏障。据我散步时观察，通向山外有许多路，通向校外学生住宿区也有许多通道，都是既无墙，也无门。这与中国大学的高墙深垒亦形成鲜明的对比。北京大学前两年拆了红墙盖门面房，现在又拆了门面房重砌红墙，挡住了滚滚红尘对莘莘学子的干扰与诱惑，此举固然值得嘉许，但若真打算跻身世界一流大学之列，实际上第一步可以将象征封闭的红墙朱门全拆掉，改成以草坪、绿篱或花栏环绕。

庆尚大学的校训是“开拓”，故校门口的桥曰“开拓桥”，学生宿舍曰“开拓舍”，其实这门也可称为“开拓门”。既曰开拓，就不能关起校门，门扇可以防止别人闯进来，也可以阻挡自己冲出去；在挡住苍蝇蚊子的同时，也可能挡住自由新鲜的空气。20 世纪六七十年代中国教育圈有一个术语叫“开门办学”，庆尚大学真可谓名副其实地开门办学校，开拓求发展。

2001 年 9 月 19 日追记：

又及，不光是学校没有院墙，就连真正的衙门也没有围墙，我发现新落成的晋州市政厅（市政府）只是一座设计别致的大楼，楼前是草坪和几组雕塑，再朝前就是大马路和商业区，其间既无院墙也没任何栅栏，市政府与市民之间没有任何有形的阻隔，亦与中国相反。

补记：

回国后陆续发现国内的一些企业、住宅小区与大学也与时俱进，启动“透绿工程”，即拆掉砖墙，改建栅栏，与国外接轨，这是一个好的开端，希望将来连栅栏也拆掉，只用绿篱与草坪来分界。

（原刊《美文》2005 年第 6 期）

禽兽慰灵碑

傍晚散步，行至庆尚大学农科学院旁边，见一卵形巨石，浑然整体，腹间嵌碑，抄录碑文如下：

禽兽慰灵

人与物兮，同生两间。乃禽乃兽，为学资材。我闻古佛，报必于施。

物为人用，惠利万端。顾我大学，感德同涯。视尔来生，莲出金池。

庆尚大学校兽医学科学生会

庆尚大学校兽医学科同门会

西纪一九八五年十一月十日

我初看此碑觉得挺好笑，科研教学解剖动物，并非滥杀无辜，何必忏悔。且古佛、施报、来生云云，不过是一种宗教信仰，与所谓的科学恰成对立，一边做动物实验，一边念阿弥陀佛，不是很滑稽吗？故这种碑在中国不会有，也许中国人会认为这是自相矛盾，甚至是一种虚伪的表现。但换一个角度看，我认为这方碑石还是蛮有意味的。

禽兽慰灵碑

首先，从生态科学的立场看，人与动物宜共生共长，和谐共处。生态平衡的链条如断裂，虽然可能首先危及禽兽，继之也会影响人类。所谓覆巢之下，岂有完卵？大灾难降临时，我们可能不是悲金悼玉，而是悲物悯人。人类对生命谱系中近亲的同情，也是对自己的一种关怀。

其次，用于科研教学的动物，无端被解剖，不管是为了研究禽兽本身，还是为人类研究做实验材料，总之都是一种献身。我们虽然达不到佛教徒不杀生、动物保护组织护生的境界，但心向往之，对献身的动物存有一点感激与敬意还是应该的。

再次，碑用汉字，文颇古雅，你可以夸耀汉文化影响远被，但人家韩国兽医科的学生竟能写出这样典雅的中文，能有这样既古老而又超前的生态文明理念，而陪我散步的几位中国留学生看到碑文后竟不能卒读，茫然不知所云。

我不是想长别人威风，灭自己志气。我只是想说，盲目追赶现代化的中国人，偏执地以人定胜天、征服自然为科学理念，没有天人和谐的生态意识，能有多少原始创新与自主创新，能在多大程度上追赶上世界潮流？即便科学这一翼赶上了世界先进水平，但丢弃了所有的人文素养，牺牲了环境和生态，无异于折断了另外一个翅膀。是悲是喜，孰优孰劣？我不知道。科学万能论者读此碑不知作何感想？

（原刊《美文》2005 年第 7 期）

大学中的游行示威

初到庆尚大学，每天早上都要搭校车来学校，经常看到校门口簇拥着成群的学生，有的打着横幅，有的喊着口号。我不知原因，又看不懂韩文，就问同车的其他教师，他们平淡地告诉我，是学生举行的示威抗议。我问抗议什么，他们说原因很多，一言难尽，任何不满都可以引来抗议。

有一次，我与中文系权镐钟教授去教授餐厅吃饭。饭后看见在学生会馆旁边有数十名学生站在那里，一边唱一边喊。因多次撞见类似的场面，不知原因，于是再问权教授。他说是学生的示威抗议，问抗议什么，他也说不清楚。可能为学校的规章制度，也可能为政府的内外政策。见怪不怪，久而久之，我对这类抗议示威也没有任何新鲜感了。

今年开春遇一较大规模的抗议活动。有一天中午，中文系学生会的孙润玉同学给我打电话说，从下午开始全校学生连续两天罢课，抗议学校的不合理收费，希望老师不要去上课了。我问她其他老师是否上课，她说其他老师都已表示要停课。既如此，我对孙润玉说，罢课是你们的自由和权利，而上课是我的责任。我虽然估计不会有什么人去上课，但在国内长期驯化，已成习惯，我还是按时走进教室，结果仅来了外系的一个学生，从家中匆忙赶到课堂，并不知罢课行动。我陪这位同学聊了两节课，又请她吃了一顿晚饭。罢课并没有给我减轻工作量，反倒让我破费了时间和钞票。

后来听说这次学潮搞得很大，学生将高音喇叭安在校长办公室楼前，不停地广播，并将校长办公室中的办公用复印机、打印机及电脑全搬出来，随意使用。校方没有报警，警方也未见来镇压，也未见学校指责别有用心的人，清算幕后指使者。最后双方谈判的结果如何，学费是否减少，我都不得而知。

初夏时，我曾去顺天大学参加一个学术讨论会，该校的一位中国教师告诉我，该校的教授正在抵制校方即将出台的一项改革政策，校长要召集会议，教授们拒绝参加。校长只好低声下气逐个给教授打电话，寻求支持，但大多数教授仍拒绝出席会议。韩国的学生和教授竟这样牛气，真让我大开眼界。

也说“习非为是”

早些年为应考恶补大学英语，记得其中有一则故事令人发噱：有人从空气污染严重的大都市来到一空气清洁的度假地，感到很不适应，首先是呼吸不畅，难以忍受，跑下车趴在排气筒旁边，吸入几口浓浓的尾气，顿时感到神清气爽，又恢复了往日的状态。当时认为这只不过是美国作家为讽刺环境污染的危害而夸张其事，笑了笑就置于脑后了。

最近看到熊月之《笔记的魅力》一文引述“民国史料笔记丛刊”中的一则掌故，记述早年上海洋泾浜英语流行的情况：当时的洋泾浜英语，不但“买办”要学，“细崽”要学，与洋人打交道的华人要学，最令人发噱的是，“凡西人欲来华办事者，必须先学此等语言六个月，始有人延其办事”。晚清的《上海指南》还将洋泾浜英语置于篇首，强调要到上海经商的西人，光会正宗的英文还不够，必须懂洋泾浜英语，否则生意很难开展。商人无论中西，唯利是图，语言有变体，虽然可能是一种极粗鄙恶劣的变体，但外来者入乡随俗，看来也无可厚非。不过久而久之，就可能以非为是了。

韩国留学生学汉语的一个典型性的病句是：（星期天）我会面了朋友。有一次学生问我周末干什么，我告诉她，我与朋友有个约会。她听得莫名其妙。我又解释说，我要与朋友会面。她仍困惑不解。我最后投降了，只好说病句：我要会面朋友。她终于理解了。正确无法战胜错误，对此我很是恼火了一阵子。不过，言语交流中的正误是一种约定俗成，只要交际中的双方接受即可。但行为的正误如发生位移，可能就会改变人们的价值标准与认知模式。一位外国学生对我讲，她刚刚到中国时，看到许多中国人在红灯亮时照样横穿马路，既害怕又不解。半月以后遇到红灯，她也尾随着其他人，大大方方地横穿马路，面对穿梭的车流，镇定自若。她说自己“中国化”了，但这样的中国化让我这个中国人感到很难堪。

前些年有两句诗很流行：“高尚是高尚者的墓志铭，卑鄙是卑鄙者的通行证。”高尚、卑鄙是一种道德判断，是否属实，姑且不论。但在现实生活中，真理往往是坚持真理者的墓志铭，谬误则是追求谬误者的通行证。据说腐败时下发展成一种流行文化，主流经济学家已论证了腐败的必然性、现实性与正当性，那么廉政、反腐反而会变成一种怪异，成为过街老鼠，人人喊打了。对这一“习非为是”的约定俗成，我不知该恼火还是悲伤。

（原刊《美文》2005 年第 7 期）

许捲洙教授印象记

与许捲洙教授认识实际相当晚。我刚到庆尚大学不久就曾听说过他的大名，知道他原是中语中文科教授，后来创建了汉文科，他转任汉文科主任与教授。据说他汉学修养好，讲课很受学生欢迎。我本拟及时拜访，但因忙于教学，一直没有抽出空，加之我骨子里不是那种喜欢主动交往的人，故第一学期并不认识。

到晋州的第二学期，人文学院调整教师研究室，将几位外籍教师的研究室集中到三层，我的左邻是俄国女教师塔吉阿娜，右邻是汉文科的韩国教授黄义洌。我经常去黄教授的研究室喝茶，有一次与他聊起，我说不认识许教授，表示愿意结识。他当时就与许教授联系，约定第二天相见。见面时感到许教授与我想象中的略有出入。一般名教授多倨傲，或有一种派头，而许教授是一位蔼然长者，只是对我嘘寒问暖，并不多谈学术。几天后，在我为人文学院师生举行讲演时，他与黄教授也来捧场，大概是为了制造气氛，他还特意给我提了一个问题。

记得是 2001 年 7 月下旬，我太太与孩子刚来晋州的第二天，他邀请我到他的故乡咸安郡为文学爱好者讲演，他给我出

在庆尚大学作学术报告(右为中文科主任权镐钟教授)

与邻居俄语教师塔吉阿娜

的题目是《李白与杜甫》。因头一天去釜山金海机场接家人，晚上没有休息好，加之时间限在一小时内，没有办法准备，故硬着头皮串讲了李白与杜甫的几首诗，心里对这次讲演很不满意，留下许多遗憾。

但据当时听众的反应和许教授反馈的信息说，听众很满意。我想大概不是我讲得好，而是他翻译得好。他说我选的那几首诗，恰好是韩国人最喜欢的李杜作品，每当我用汉语读完诗后，他又用古代韩国流行的读书调将诗吟唱一遍，抑扬顿挫，非常好听。这种吟唱法，中国人已很少会，但韩国的每位教古代作品与汉文的教师似乎都会。我太太后来问我，那天究竟是你主讲还是许教授主讲？我说没关系，只要将李杜诗传达给听众，谁主讲都没关系。我信手板书的一些文献及资料，虽只言片语，许教授解释时，随口增添前后省略掉的句子及出处，令我大为吃惊。

我听说他的字写得好，希望他能给我留一墨宝以为纪念。临行时，他用行草为我写一横幅，我原以为是格言警句或短诗，展卷一看，竟是一篇洋洋洒洒的长序。虽然是临别时鼓励期许类的客气话，但文辞古雅，情感真挚，令我感动。

在回国的飞机上，与许教授交游的往事仍历历在目，如白云飘浮，上下翻腾。概括起来，我发现他有如下几个特点。

好书。我去他府上时，发现他家大客厅两面墙壁全是

与许捲洙(中)、黄义洌(右)教授游览海印寺

书,书房里也有嶙峋的书山耸立,临别时去他的研究室辞行,发现研究室竟比书库还拥挤,仅够摆一张桌子和两把椅子。许教授大概习惯了坐拥书城,但我在这样的狭窄空间中,感到有几分拥挤和压抑。韩国的书价虽然比较高,相对于教授的薪水来说仍然算低,故教授研究室摆一些书还是普遍的。像许教授那样,将住处与研究室变成书巢,我还是第一次见到。

嗜酒。许教授好饮酒,他府上有一种专门酿制的酒,味道很特别,略近中国的药酒,与市面见到的不同。他平时讲话很慢,喝到兴头上,竟然妙语连珠,再喝几分,干脆脱掉西服,解下

许捲洙教授手书赠序墨宝(局部)

领带,击节歌唱。他唱歌很专注投入,一直到兴尽方停下来。记得有一次黄教授邀请我与许教授两家人吃饭,晚间席散后,由许太太驾车送我们回学校,车抵我的寓所时,微醉的许教授下车与我的家人告别,多说了两句话,而他的太太浑然不知,以为他仍在车上,驱车离开。十多分钟后,她才发现将自己酒醉的丈夫丢掉,又折回来接他,惹得大家一阵发笑。此事后来变成人文学院的一则趣话。

苦学。许教授敏捷多才,虽说是天赋异禀,但与他早年的刻苦分不开。他让我看过他在军队当兵时每日抄录的古文,笔记本虽然发黄并有些破损,但字迹遒劲有力,一丝不苟,他讲起在军营中的挑灯夜读,仍非常动情。他的书法很有功力,但仍每天挥笔不辍。据我所知,韩国大学中职位的竞争很激烈,有许多在国内外名校拿到博士学位者,仍然长期做钟点讲师(临时聘用)，一旦被聘为专任讲师或助教授，就算革命成功了，以后可以根据年资，循阶而上。故有些学校的教授生活很舒适，并不像中国教授那样，整天忙于科研或著述。像许教授这样焚膏继晷，口吟手披，提要钩玄，孜孜不倦，几十年如一日，委实不多见。

韩国大学中教授之间也有各种矛盾，有些很琐屑无聊的小事，也会酿成激烈的矛盾。据说有位教授经常讲一些不利于许教授的话，许教授辗转听到后，并不介意，最多对传话的人问一句“是吗”，“真的吗”，不置评论。可见许教授不仅对儒家典籍读得熟，而且能践履实行，颇有古昔仁人君子的遗风。

附：许捲洙教授《送李教授浩序》

长安天下之名都也，十数王朝之历史文物粲然留传。欲观其光者来自世界各国，络绎不绝。在长安之西北大学，是全中国重点大学之一，而特其中文系以其学问力量之雄厚指首屈焉。中文系里有一位年青而力强者曰李浩教授，赋性好学，自幼勤读苦思，长而就正于著名文学史家霍松林先生，荣获博士学位而任教于西北大学矣。特于唐代诗歌文学倾其心，岿然成唐代文学专家。严谨治学，务拓新境，造诣精深，论著丰厚，年未到不惑之境，而学绩已高，使人瞠乎刮目，将来之成就，实不易量也。近年吾庆尚大学与西北大学缔学术交流之盟，因此去年九月一日李教授莅吾校而任教，勤挚讲课，霈然贻教泽于吾校诸生矣。余冗务繁忙，渺不知李教授之来住吾校。到今年五月才识李教授之来，盖由贤僚黄教授义洌之介也。为人诚恳端雅，寔今世罕睹之真彦也。以后数次得良晤，而聆其高论，又纾余素蓄之疑难，且为余惠其瑰著两种。与李教授订交于余为庆幸，而交之不久，告其离韩，自不可禁相识太晚之叹。然顷者中韩两邦之交往频数，想再选于关中必不遥。李教授回国后诸况顺吉，茂树学勋将大振尊名于全球，是余期望之恳也。临其驾之欲发也，粗构荒杂之辞以为赆，笑领而以为留韩之纪念，则幸甚耳。

辛巳之肇秋在韩损弟许捲洙敬呈

2009年9月至2010年8月，同事孙尚勇教授继我再赴庆尚大学任教，临行时许教授又托尚勇转一大札：

自尊驭之归华以后，多度频赐尊翰，并以介绍鄙人之高文。捲洙承受而欣忭几不可释手，自欲极善其辞而仰复之。然日拖月延，终至于十稔之久，不免孤负贤台之恩眷而获大罪焉。废礼坏谊，有谁甚焉？其敢望海恕耶！近因贵僚孙教授之来教也，得闻尊候学问日益精博，声华日益广著，窃自不胜拍悦之感。兹乘孙教授之回，便附一札以表微忱，或不鄙斥之耶！仰冀康强顺吉丰树学绩以裕同世学人。捲洙粗保旧状，仍酷好购书佔毕之事耳，伏惟尊亮。

庚寅载之杪夏念日时历七月三十日

许捲洙敬禀

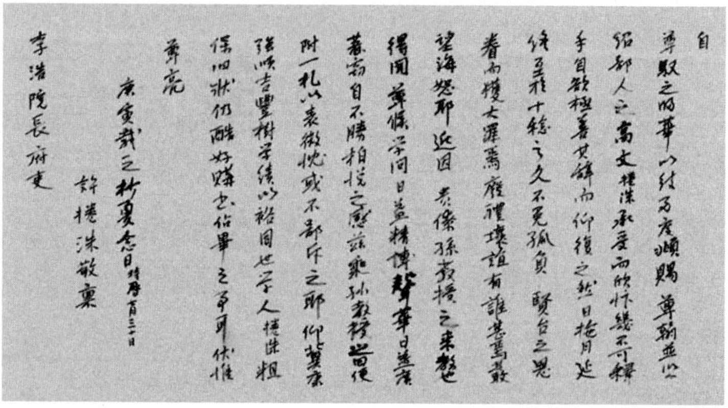

自

尊駁之明華以紆高度瞬賜 華翰並以

紹部人之高文 捲洙承受而欣忭幾不可釋

手自歎極善其辭而仰復之然日捲月延

倏忽十餘之久不免孤負 賢台之恩

眷而獲大罪焉廢禮壞誼有誰甚焉戲

望海恕耶 近因 袁條孫教授之來訪

得聞 華儀學問日益精博聲華日益遠

播竊自不勝相悦之感兹乘孫教授當便

附一札以表微忱或不鄙斥之耶 仰冀賡

強頌吉豐樹學績以裕因世學人 捲洙粗

保四狀仍酷好購書佔畢之事耳伏惟

尊亮

庚寅載之杪夏念日時曆七月三十日

許捲洙敬稟

李浩院長府吏

许捲洙教授致作者华翰墨迹

（原刊《美文》2006 年第 3 期）

七九级

回忆大学生活，不用“班”而用“级”，并非贪大求全，而是想对当时情景实话实说。恢复高考制度后，西大中文系每个年级都只有一个班，每班有七十名学生，这种情况持续了好多年。故在当时的中文系，“级”与“班”实际是同义语，系内各班区别，只要报七七级、七八级或七九级即可，校内要向其他系介绍，只要在年级前加“中文”两字，没有人会发生误解。

七九级是“新三届”大学生中的老小，虽然与七七级、七八级一样，欣逢时代巨变，但仍有自己的许多特点，入学时就可以看出。我们没有老大七七级的饱经风霜，才华横溢，也没有老二七八级的小心谨慎，沉稳笃实。七九级的同学有些浮躁、博杂、毛糙，甚至有些顽劣。部分同学仍舍不得告别中学生活，把中学生的一些习气带进大学校园，有生气、稚气、灵气，但也有匪气。

年龄与阅历相差很大，大概是“新三届”大学生的共同特点。到了七九级，虽然“老三届”学生的比例已大大减少，但仍有相当部分，而应届毕业生人数在不断增加。“文革”时期的学制各地不尽相同，有的地区小学五年，初中二年，高中二年。这样，进大学门时只有十五六岁，我们班的杨乐生、崔杰、雷和平

中文七九级部分同学合影

就是年龄偏小的一族，都只有十六七岁，而年龄最大的王达生、周建国、成德奇、王凌玉之流，都已三十好几。年龄相差一轮者挺多，最大年龄者甚至可以生下最小年龄者。睡在我上铺的老武同学是陕北人，言语俭啬，方音极重，外地人没几个能听懂他说的子洲话，经常需要我居间翻译，可是他却窑洞藏娇，上学前已结婚，毕业后已是儿女绕膝了。据他说他当年还是晚婚。阅历上，有当年红卫兵搞过大串联者，有从北京到陕北插队下乡者，有当过兵进过工厂者，也有执教多年中小学、对某些教材内容比老师还熟悉者。当然，也有部分同学所有的阅历只是从中学校门往返于自己家门者。这种少长咸集一班的现象在七九级之后就很少了，越来越整齐划一了。现在的大学生只要你知道某班一个学生的年龄，就可推测全班学生的年龄。至于阅历，似乎连猜也不要猜，清一色的娃娃脸，标准版的现代新科举子模样。

家庭背景的不同也是一大特点。时值改革开放伊始，尚没有多少大款，故不能以经济论英雄。也不像后来的大学生，以地域圈子和同乡会为轴心，形成诸如关中帮、陕北帮、陕南帮之类的小宗派。给我很深印象的是，我们班有许多跨地域的联盟，农村与小县城来的同学愿意凑到一块儿，大城市学生与高干子弟容易产生共鸣。我虽是陕北人，但与几个陕北老乡并没有深交，反倒是与户县的何智敏，蓝田的王荣、雷生润、李彦民，大荔的王新民，合阳的洪继龙之流“沆瀣一气”。我在班上并没有感到强烈的地域歧视，这也是我后来愿意留在关中道工作的一个原因。所以，当我看到七七级同学封筱梅以大学生活为素材的小说《农民党》时，颇有感触。还记得我班女同学蔡新健为结婚与辅导员发生冲突，在教室中拍案而起，大吵特吵，虽然这种做派今天我也不认同，但当时可真让我大开眼界，觉得人家红二代、官二代就是不一样，那种睥睨一切的气势，那种因遗传和熏习而来的优越感，是我们这些边鄙之地的学生从书本上永远学不到，也是无法扮出来的酷相。

性格中更具叛逆也是我们七九级的一个特点。实事求是地说，七七级、七八级同学也具叛逆性，但他们永远是开风气之先者，永远是追赶浪潮者。七七级同学创办《希望》杂志及后来的“《希望》事件”，影响极大，一时成为后几级同学的崇拜偶像，出尽风头。但就是这些校园学术领袖与思想精英，毕业后又去追赶下一拨新潮流去了。有人流浪海外洋插队，有人潜入政界成为政治新星，有人则在商海弄潮，很快就风流云散了。故后来有朱学勤以《寻找思想史上的失踪者》为题，为这一代人撰写寻人启事并在《读书》上刊登。他们将火种传递给学弟学妹，而自己却又隐身于黑暗中。

咬定青山不放松，将大学时期的热情与兴趣保留下来，并作为毕生追求者，反倒是七九级学生。发表第一篇小说并引起轰动的是七七级同学，但将创作进行到底，且健笔凌云、意气纵横的，是我们七九级的方英文、马玉琛、陈敏、王爱萍、王新民。在校时以评论苏联小说《第四十一个》出名的邢汤凤和以研究巴尔扎克被老师赞誉为有才气的赵小丽，都是七七级的才子才女，但后来在学术上皆湮没无闻。反倒是七九级的杨乐生以评论为职业，如今被戏称为陕西评论界的“四少”之一。七七级、七八级热衷美学者不少，最后继承刘建军老师衣钵，在校主讲美学的则是七九级的段建军。上学时喜欢读现当代作品者不少，但作为职业选择，在名校获博士学位后又回西北执教的是七九级的王荣教授。在今日工商时代，举世滔滔，人情浮躁，可是七九级还有人愿坐冷板凳读唐诗，创作没有多少销路的纯文学作品，执着地恪守为艺术而艺术的旧理念，他们的冥顽不化，

中文七九级部分同学毕业十周年聚会合影

看来是不可救药了。

除思想上的离经叛道外，还有行为与生活上的标新立异。如杨乐生剃光头，单骑独行，啸傲大江南北；杜仲龙仅穿背心与三角裤每天中午往来穿梭于学生餐厅，快意一时。种种酷相，恐怕今天的大学生也要瞠乎其后。时光流逝，人到中年，反叛与自由思想大多被消磨殆尽。有位被誉为陕西实力派作家的同学，人气正旺，本有希望继续晋升，但突然被调到单位资料室。原因虽不知，估计与他老兄敢于随便写随便说有关。追根溯源，恐怕是大学时的"流毒"尚未肃清。

兴趣广泛、爱好多样也是我们班同学的一个特点。七九级入校不久，适逢思想解放运动如火如荼，各种新思潮汹涌澎湃，我们像拾贝者一样在思想的海滩上搜奇抉异，又像吸食鸦片者一样迷恋并浸淫在各种学说之中。我们没有很多阅历，所以也没有所谓的“先结构”。思想不设防，专业无界线，细大不捐，兼容并蓄。虽然当时可能未消化，但日后却能不断反刍。故从知识结构来说，我认为“新三届”中以七九级更合理，在学术上有潜力致远途担大任。毕业后，我们班同学中有的专攻法律，成为知名律师；有的投笔从戎，在军事史和军事理论方面颇多建树；有的对编地方史志情有独钟；还有的因编金融史而对陕甘宁边区的经济研究有突破；更有以研究庄子和朱熹获哲学与历史学博士学位者。谨守师训，从事本专业研究者反倒为数不多。小小七九级为国家作育出各科人才，这恐怕是师长们当年始料未及的。当然，这更符合大学教育的本义。

七九级同学不但阳光，而且灿烂，大多率真得可爱，任性得可笑。因不谙世故，在仕途上看好者并不多。有些同学在大学时结下芥蒂，至今未化解，聚会时仍不愿坐在一条板凳上，仿佛有不共戴天的深仇大恨似的，真拿他们没办法。

七七级、七八级同学基础极好，悟性又高，他们当中许多人进大学不是为求知，而是为求出身，为求包装。七九级同学则大多像一个空的容器，需要教师帮我们填充，我们的心版也是一张白纸，是大学给我们涂抹上各种色彩，所以，我们知道真诚地感谢母校，感谢老师。我们的长处短处皆在此。

（原刊《美文》2005 年第 8 期）

旅日琐记

2003年10月2日

早上六点半匆忙起来，雨中赶赴咸阳机场。乘东航MU271次班机飞往东京。八点五十分正点出发，中间在上海浦东机场停留约一小时，续飞东京成田机场。

松原朗先生在机场外迎候多时。约下午五点钟（日本当地时间）乘机场大巴，又转乘地铁赶往沟之谷第一宾馆，住在该旅馆之903号，房子较小，但干净整洁，尚清爽。

晚上由松原邀赴附近饭店吃饭。印象最深者为炸制品多，吃得很饱。

因昨天未来得及兑换日元，来后发现颇不方便。据松原了解，整个东京只有一家银行可兑换人民币，约定明天上午兑换。今天所有费用皆由松原支付。确实难为他了。

晚上回来分别给任增慧和段建军打了电话。

2003年10月3日

上午由松原先生陪同赴东京的香港上海银行兑换货币。

路径是从沟之谷搭地铁，中间换一次车，在东京驿地铁站下，行约十分钟便到。兑换（日韩均用“两替”一词）很顺利，用人民币一万八千元，换日元二十万左右，估计够使用了。

十二点半赶到昭和女子大学。张渭涛君已在彼处迎候。此次赴日，张君热心帮助，前后多次打国际电话，发电邮及手机短信。因我匆忙未带胶卷，张君用手机在我讲演时拍摄了多幅照片，可聊补遗憾。

中唐文学会的日程安排很紧凑，报到、开会只用半天时间，晚上有一个晚宴（他们叫“恳亲会”“晚会”），然后就各作鸟兽散了。

会议开幕与闭幕式极简单，前面几位都是论文发表，把我安排在最后，叫作学术讲演。松原先生担心，日本学者听不懂汉语，让我讲慢一点，又害怕彼方学人对话题无兴趣，让我将话题与杜甫、王维、白居易、杜牧等日人感兴趣的诗人相联系，还嘱我将人名、地名、专有名词等在黑板上书写清楚。

我开始演讲，心情极平静，故能从容将几层意思表述出来。(1)通过蒋寅等人的文章知道中唐文学会，《唐代文学研究年鉴》上也有人介绍过该会。(2)今天我作为中国学者在该会发表成果，也希望日本学人有机会到中国唐代文学学会上发表论文。(3)此次成行，得到松原、土屋、市川等先生的帮助，表示感谢。(4)写作此篇演讲稿的两个缘由：杜甫的《赠韦七赞善》诗；土屋有关“文学地理学”的会议题旨。演讲稿原是为该会准备的。

演讲过程一个多小时。据松原、张渭涛等反馈，似效果还不错，由于讲得较慢，配有板书，论文本身已有文字稿。加之学者皆为从事唐代研究者，故大多能理解。

松原在演讲开始前对我的学术履历进行简介，演讲后又提问，土屋穿插了一些问题。爱甲弘志教授也提了一个小问题。

晚上聚餐很热闹，形式也较别致。大家皆站在餐厅，一边取用食品饮料，一边可与客人自由交谈。

晚会结束后，土屋邀松原、张渭涛和我一块儿去喝茶。席间土屋谈到明年的合作交流计划及在《亚洲游学》期刊上做一期有关长安地域文化与文学专号的设想。他与出版社已草拟了计划。企划案中中方的学者有李健超、樊光春、李芳民和我。樊光春由土屋通知，李健超及芳民要我联系。每人字数不超过五千字，时间十一月底前。

2003年10月4日

早上六点起床收拾。松原昨晚叮咛七点出发赶赴筑波大学，参加日本中国学会的年会。筑波大学在筑波山，据说原是农田，三十多年前建教育学院，后发展成今天的规模，是日本的大学城，与美国的硅谷类似，许多高科技、尖端技术的研发均在此处。

会场设在该校第二学科群栋，似是人文社科类的院系所在地。会议也是日本式的，分“古典文学”“哲学历史”“语学与现代文学”等三个分会场。上、下午皆为论文发表，中午简短休息，在学校餐厅吃便当。

会议上一个突出特点是，日本从事中国研究的各方面人士均露面了。另外有五六家日本图书出版单位在旁边教室售书，书籍多为日文版，也有中国大陆、香港和台湾版的。将商业销售与学术服务紧密结合，这是一个值得借鉴的经验。

晚上的恳亲会场面很大，每位代表除交会务费二千日元外，参加晚会另交六千元（学生交五千元），食品饮料较中唐会亦更丰盛。少长咸集，群贤毕至。我因与许多人都不认识，反而可以自由取用各类食品，饱餐一顿。恰与昨天在中唐会聚餐相反。中唐会因演讲及许多学者都看过我的论文著作，还有留学生及几位女士，我成为会议的核心人物之一，故不停交谈，吃得很少。今晚则能从容进食，并可旁观各方面的情况。

晚上由松原陪同在筑波市附近的竹园旅馆下榻。因太劳累，很早就休息了。睡眠还算不错。

2003年10月5日

早上九点吃毕早餐，乘筑波大学的校车赶赴会场。

赴日以来，每日早餐皆为牛奶面包，既省事，又合胃口。

日人报告论文，仅是念论文而已，我与北大傅刚先生不谙日语，故听了一会儿，就出去了。我利用听会之机，补写了昨天的日记，随后溜出去，在休息处看了一会儿书。

午餐吃便当(即盒式快餐),由松原先生操办,下午与傅刚去筑波大学中央图书馆看为该校校庆三十周年纪念而举办的贵重图书特别展。其实,从中国的观点来看,珍本并不多,主要是和本书籍,但有一套《历世大儒像》(圣贤像轴)颇有特点,展出的画像有邵子、程叔子、周子、程伯子、张子、朱子等,画像很清晰,保存完好,且每幅都配有像赞。另外印象较深者是保存有日本早期进口之洋书,有伏尔泰著作、各种百科全书及词典、解剖学著作、天文学著作、植物学著作等。日人注意学习近世西方,从对书籍的搜集亦可见一斑。唯书展中所标明者是书籍出版时间,不知该书传入日本的时间,如能确知传入时间,便可详细比较中日接受西方文化的迟早了。

由筑波返回川崎市乘坐长途车,高速路上堵车,本要一小时到达,结果走了两个多小时。

晚上住进专修大学生田研修馆,属校内招待所一类,房间是和洋结合,颇干净,设备齐全,我住 201 号。唯房顶因装饰略显低,其他颇类似在韩国晋州庆尚大学的 guesthouse,故又让我想起了在晋州生活的情景。

2003 年 10 月 6 日

今日无大事。

上午十点由土屋接到专大专兼职讲师的办公室,在前川亨先生陪同下参观了图书馆。图书馆很漂亮，但藏书并不多。只有一套《续修四库全书》属中文著作中大篇幅者。我让前川借了一册书，另复印了几份有用的资料。中午与前川、土屋、松原三位在学校餐厅用餐。下午先后参加了松原、土屋的三个汉语教学班的课程。下午六点有一赴西大留学的学生由我主持进行面试，专大交流中心给一万日元面试费。

2003年10月7日

上午无活动。

中午独自赴大户屋吃午餐。看到街上到处是有关秋刀鱼的广告。电视中亦介绍一部日本电影《秋刀鱼之味》，故要了一份有秋刀鱼的便当。

饭后独自沿山步行，到专大参加人文研究所组织的专题演讲会，专大文学部部长荒木敏夫教授、林义雄所长都出席了演讲会。我以《文学地理学视野中的唐代文学》为题进行演讲，由土屋翻译。人文研究所付了三万日元演讲费。演讲结束后分别拜会了初牛正芳校长、荒木敏夫部长。

我对初牛夸奖专大环境之美，校舍之精，教师之敬业，学术水平受到同行的重视，并引梅贻琦"所谓大学者，非谓有大楼之谓也，乃有大师之谓也"，老头似乎很高兴。与荒木会谈中具体就两校文学部(院)之交流进行磋商。荒木似亦有意做些事，土

在专修大学演讲会上

与专修大学友人摄于东京

屋急欲改变中文在专大之被动局面，似可以推动几项工作。

晚上土屋用人文研究所给的招待费宴请了我。作陪者有松原、前川、严基珠、森瑞枝（土屋妻），另一位为东京大学的从事道教研究的非常勤讲师。张渭涛亦远道赶来助兴。

2003 年 10 月 8 日

张渭涛凌晨四点多离开，要赶回去上课。经过外面的波折，张渭涛君似乎成熟了不少，人情世故亦学到一些，很节俭，也很努力。上午在房中洗衣服，看了最近拿到的论文。日人治学颇专注，任何一小题目都尽量“竭泽而渔”。另，唐宋以来许多典籍存于日而亡于中土，故彼邦人士亦能充分利用汉籍之和刻本及日人历史时期研究成果之积累。虽成就大小不等，但大多有规矩可言。

严基珠女士曾专程来专大研修馆看望我，但未见到。只见到她留的便条及存于管理员室的水果、糕点、酸奶等，够我吃几天。女性总是细心，韩国女性对我一直都很照顾，在晋州期间的姜珍珠、吴慧圆、姜明华，在日又遇一严基珠，她不但准备了苹果，还特意买了一把水果刀，晚上又专门打电话询问，想得真周到。日人人情淡薄，韩人较敦厚，虽在彼邦生活工作多年，似尚未改变其民族性。

分别与苏冰、霍士富、魏哲铭等联系。中午专门给孙勇、王静波打电话，解释未参加科研会的原因。

补记:昨天晚上与张渭涛君聊了很长时间,谈及中日学人之差别,我感觉有四点最突出。

(一) 日本学人勤奋敬业,中国学人因受到多方面压力,亦开始努力,韩国教授最舒适,也最懒散,不光是教授,专任讲师就感到进了保险箱。日语、韩语词汇中都有"非常勤讲师"一词,讲师们真够辛勤,这是我在日本和韩国的体会。

(二) 日本人做企业非常精细,吾之住处亦可见一斑。电磁炉上按钮旁有凸起的点状标记,我猜想是为盲人设计的。许多房屋卫生间马桶上标有"大""小"的字样,显然是指大便用水与小便用水,对水资源的节约可见一斑。另外,我房间冲水马桶的水是天蓝色的,或亦与水处理有关。房中有一通气孔,则中国的煤气中毒之类事不易发生。日本学人做研究亦非常精细,对所选定的课题,追根问底,网罗能找到的所有文献,尽量到实地进行考察,如松原到渼陂、巩县杜甫墓等,土屋到大明宫、楼观、王屋山、华山等。他们像制造精工产品一样,不断生产他们的论文与著作。虽然较少感情的投入,但这种客观严谨亦值得学习。

(三) 日本人做事依计划行事,虽然刻板,但有规可循;中国人做事凭兴趣,靠人治,多率意而为。以我此次赴日行程及接待安排而言,松原、土屋几位真是煞费苦心,每个细节都想到了。而土屋一行八月份访西大,我的安排就较粗放,漏洞极多,可检讨处不少。

(四) 日本教汉语的教师所讲之内容极浮浅,但各人所从事的研究却极专深。吾国学人所忧之教学与科研之矛盾，在这里看不到。日人是以教学谋生存，保饭碗，故对教学的投入专注是毫无疑问的。又要以研究来获得学术声誉，使圈内对自己产生尊重，圈内的学术反响对巩固个人在本校之地位及下一步的晋升、跳槽都会有重要的作用。所谓的物议人誉皆在其中。吾国学人有许多不明就里，无法处理好教学与科研之关系。畸重畸轻，厚此薄彼，实未明了其中的意义，可向西大诸君讲明此点，以利各位之长远发展。

2003年10月9日

今天由土屋先生驾车去富士山旅游。土屋说他曾在富士短期大学工作很长时间，故对这一带很熟悉。由向个丘游园赴富士山，走的是东名高速公路（东京至名古屋），经过横滨后不久，天空还有云彩，一会儿就放晴了，从远处即可看到富士山。

土屋说我很幸运，这段时间一般很难有晴天。在静冈县吃过午餐后，车直奔富士山。经过土屋工作过的短期大学，我们一同下车从开阔地看富士山，虽在公路边，但见芦苇摇曳，苍苍茫茫，野趣十足。

车沿盘山公路继续前行，中间经过一些营地和训练地。土屋告诉说分别是美军营地和日本自卫队营地，我当时突然产生一个念头，假如日美军人发生冲突，如此近距离，后果不堪设

从芦苇丛中看富士山

想，但这一问题没有敢问出口。

行至富士山半山腰，已再无车道，停车后，我们又向前攀援，山路不十分陡峭，火山喷发后留下的熔岩砂石铺满地，植物已是非常稀疏。向上望是山脊上留下的残雪。过去不知富士山顶的白色是什么，现在明白都是雪迹。据说攀到山顶还要四到五小时，我们就作罢了。回头望去，伊豆山及箱根山尽收眼底。云山雾海，一片迷蒙。

下山时，遇到一对华人夫妇，自述来自瑞典斯德哥尔摩大学，到横滨参加会议，顺便旅游，错过班车，土屋将彼夫妇捎到车上。男姓唐，名好像叫理球，女名似叫韩红，皆为湖南人，由浙大出国赴瑞典攻读博士学位，一路说笑，稍解旅途寂寞。

下山后，又到箱根山看了山中的火山口，至今仍喷烟雾，水温极高，据说十至十五分钟就能将鸡蛋煮熟。当地人将此热泉水煮熟的鸡蛋叫“黑玉子”，说经常食用，可延年益寿。可惜我们去晚了，当天的营业已结束。在山中一日式温泉中，我们一行四人泡了一次汤浴。这个地方叫仙石原南圃园。土屋说此地汤浴极著名，我们所去一处因在庭院中有一浴池，躺在池中，不仅可以观赏园中景致，而且可以仰望星空，池中除我们一行外，另有一日人。天空幽深，庭院寂寂，恍如松尾芭蕉俳句诗的意境。如再有一杯清酒送来，躺在池中消受，真是一种极大享受。土屋说，也有此类服务，但要另外开单间。

从温泉山下来先看了日落时的富士，即所谓的“红富士”，但当天只看到山周围的夕阳残照，富士山顶一片幽暗，故并没有欣赏到奇景。车经新横滨将两位旅人放置地铁口，回到向个丘游园的生田研修馆，已经快九点了，我向土屋道别，回屋不久就睡了。

这是来日本后第一天真正意义的旅游。

2003 年 10 月 10 日

早上十一点三十分由土屋先生送至新横滨新干线口，我自己购票，搭乘十二点五十分的高速车赴京都。日本的新干线分三种，第一种是每站皆停，车速自然不快；第二种是大站停；第三种最快，但要事先预订。我虽未能向售票员解释清楚，但歪打正着，坐了最快的那种，仅在名古屋停一站，第二站就到了京

在东大寺的奈良公园

带去的莲种，惜当时并未留意，出来后看介绍才知道，后悔看时不仔细。

比起东大寺，招提寺更清幽，也更冷落，游客寥寥可数。

由招提寺出来，匆忙赶往大阪，原拟参观大阪城公园，但赶到后已过四点三十分，公园已关门，只好在附近拍几张照片，算是曾到此一游。行前在大阪站地下街一逛，大致看与京都站地下街类似，晚上回来已七点多。在下榻的松本旅馆与支晔聊了一会儿。支晔是西大外语学院日语系学生，很幸运被选派到佛教大学留学，才到达一个月就想家了，没说几句就哭了起来。

她说原来练过舞蹈，怪不得她每次照相都要扎个势，挺可爱的。支晔帮我将随身携带品分类整理装好后，我将她送至公交车站。

2003年10月14日

上午九点零六分再次乘坐のぞみ(NOZOMI)新干线返回东京，仍然是在新横滨站下车，行程刚好两小时。下车自己转乘地铁到达距土屋先生府上不远的一站，土屋已在迎候，中午与土屋夫妇一同进餐。饭后由土屋夫人森瑞枝陪同参观秋叶原电器一条街。这里实际距东京车站不远，销售对象虽然有不少日本人，但主要是针对外国人的，故专门备有中、英、韩等国语言的标志与说明书，还有的店专门打出中文的欢迎横幅，另有一家用中、英文广播，以招徕客人。虽说是免税，但针对外国人的产品，价格比针对日本人的同类产品还要贵，询问售货员，他说是软件配置不同，犹豫再三，还是购了两件MD。在日讲演所获报酬，又全数让日本商人赚去了。

下午四点五十分赶回专修大学九号楼，参加由土屋、松原等组织的留学西大宣传会。严基珠、张渭涛亦参加。

晚上与土屋、松原一起吃晚饭。松原送我至生田研修馆201室，叙谈一个多小时。

松原离开后，本想早点睡觉，因喝过一杯茶，睡意全无，只好调换电视频道，折腾到凌晨一点多后，始入睡。

2003年10月15日

早上九点钟，松原先生来敲门。收拾行李出门，交了钥匙，与松原先生到专大神保町校区，将大件行李寄放，去日本公文图书馆。在九段下地铁站附近，松原指着前面的建筑说，那就是靖国神社，松原说进去看一下，我说不愿进去，他说可以理解。

图书馆的中国典籍不少，著名的内阁文库即藏于该馆，但我匆忙查找了几种，皆未见。最后查到凌迪知的一本氏族考据类的书，管理员将书找到，我匆匆翻阅一过，不知中国大陆是否有此书，因没有准备，也不便于比较，故没有发表看法。

松原说站在图书馆可以看到天皇居住的皇居，我看了半天，也没有什么特别处。

约十二点又回到专大神保町校舍，简单用餐，然后赴成田机场。赴机场可以乘坐公交车，亦可乘坐京成专线地铁，松原考虑极周到，乘公交车一旦堵车，则可能延误航班，但乘专线地铁就可以万无一失。松原一直送到出境检查处，始招手告别。

约日本时间下午四点十分，东航的班机起飞，十四天的日本之旅结束，到上海后，再次乘机时，始将表拨回来，生活又按中国时间开始运行了。

照片骗人

照片具有欺骗性由来已久。特别是在一些特殊的意识形态环境下,照片也应为当下政治服务。如现代文学史中的一些不合时宜的人物,在 20 世纪七八十年代编辑出版物的插配照片中,竟神秘地“被蒸发”了。老辈人当然知道个中奥妙,只可怜年青一代第一次接触这些史料,他们可能会怀疑叙述文字,但不会对照片信息的真伪设防。等后来那些历史人物重新出土后,再看到原始照片,那种被欺骗被玩弄的愤慨之情真是难以言喻。我曾经看过网上一些政治人物的照片,虽然是因政治讽刺与攻击,但将人体搬移、组合、修复得如此天衣无缝,在惊叹数字技术高妙的同时,也感受到科技的可怕与恐怖。

我这里要讲的骗人故事是另外一类。这是我经历的一件事,或者更准确地说,是因我造成的一个效果。1999 年我联系去复旦做博士后研究,填完申请表,按要求应贴一张照片。因学校工作中,填报各种表格大多需要照片,近照及可用的照片手头又没有。时间紧迫,

读大学时的老照片

情急之下,将相册中一张老照片——读大学时的照片,贴上搪塞过去。2000年去复旦,见到中文系研究生工作秘书李玉珍老师——一位五十多岁的老大姐。因电话约好相见,我到她办公室后,她竟用怀疑的眼光审视着我,几次问道:“你是李浩吗?”好像我是个冒牌货。后来熟识了,她才说我的照片给她印象很深,见到现在的尊容,她认为反差较大。“照片上的很帅气精干,现在的模样看起来敦厚壮实。”我明白她的意思,并从实交代了凑照片的情况。

人贵有自知之明。其实要我自己评价,今天的我未必敦厚到哪里,照片上的我也未必精干到何处。记得当时刚从陕北乡下进城不久,没有一件像样的衣服,寒俭土气,眼睛已近视,拍照时可以说目光呆滞,也可以叫专注,委实不敢恭维。但毕竟是二十多岁,每个生命特有的花季,流光溢彩,故照片上土气的傻小子眉宇神情中透出一丝英气也未可知。

当然,复旦的其他几位老师过去与我都有联系,王水照老师在贵州开会时已见过面,章培恒老师则是在看了我的论文后始决定录用我进站工作。故那张老照片发挥的欺骗作用很有限,据我所知,上当的也只有复旦的那位老大姐。

学诗记愧

余少年既喜涂鸦，然多猥陋，羞于示人。1979年投考西北大学，从边鄙之地负笈来长安。授业诸师中，武复兴先生开设唐诗赏析课，课间鼓励学生写作，初窥格律，曾有习作试投校刊，现存数首，即从当时报纸中剪出。雷树田先生讲《诗词曲联语格律》，颇投入，然余仅从知性了解，未能配合摹写。师从中杨春霖、郗政民、房日晰诸先生皆有作品行世。李云逸学长亦能诗，惜英年早逝，诗星陨落。郝御风、刘持生先生之诗才，早闻盛名。静心读刘先生《持盦诗》，知先生学养深粹不辨涯涘，而诗人襟怀又袒露无遗。1983年师从安旗先生攻读古代文学硕士研究生，安先生亦诗人性情，然余为课业所累，未能偷闲习作，较少触景感物之心绪。安先生当时专注于李白集之编年及注释，侍从之际，多强调训诂考据。余亦用志不分，凝神于论文写作，倾力于本事作年、典故寄托及美学意涵之事实与意义层面之索解，而忘记别才别趣、兴会天成之不可凑泊，超越解释。

1995年入松林师门下，先生以知能并重、创作与研究兼长开示门人，余有幸亲承謦欬，亲见先生泼墨挥毫，且得以反复诵读《唐音阁诗词集》，始知天地广大，吾国艺境之弥坚弥深。唯个人创作仍很少，三年间仅有一篇混学位之论文。承先生错爱，曾以墨宝相赠，所赐诗文又期许高远。然余一直未能有片言回报。古语有入宝山而空手归者，我之谓也。余自知生性驽钝，谋生之一技不精，于诗书两途已无法全面承继诸师之成就，更遑论发扬光大了。

余幸得教职养家，不必卖文为生，故无须效商贾随行就市，俯仰由人。古训谓士当先器识后艺文，余器识修为虽差，但尚有定力于滚滚红尘中谨守书生本分。每临名利，取之有道。故坦然示人以拙，守护一片本地风光，雅不欲挤入文人行列。

近年来游学四海，应酬渐多，师友常以大作相赠，敏捷者更能触景生情，脱口成章，酬唱赓和，儒雅风流，尤令我艳羡。来而不往非礼也，余亦偶凑句应景附和，以为酬对之具，兼存桃李之报。不避文字工拙，只求遣情适性而已。此偶然习作之理由一也。

当下各界宴集聚会，席间常以荤段黄话作为通行南北之大菜，粗鄙裸露推为极致，灵动风雅古趣无存。偶尔老幼同席，师生共坐，士女相邻，常因此窘迫无措。绅士淑女与贩夫走卒混杂无别矣。誉者称此为平民社会特点，诋者或斥为盛世淫逸享乐风气之兆象。倘文人雅集小酌，能舍俗求雅，诗酒相激，机锋碰撞，或对句接龙，或唱和应酬，其乐也融融，其境也冲冲。虽不能令兰亭遗风重现，庶几可提升聚会之文化品质，使与各自之身份地位相符。余虽不敏，无力移风易俗，革此时弊，但愿身体力行。此理由之二也。

余虽兴趣广泛，但忝列黉序讲席，专修古代文学，教学科研以此为重点。曩昔生吞活剥各家学说，讲课著文亦好逞博卖弄，各种观点未经深思即或零售或批发出去。而今步入中年，心境渐趋枯淡，古人之高见与时贤之妙论，皆求能亲历亲验，有所印证。诸家之名篇妙制，不唯逆其心志，亦求从文本揣摩气韵之统摄，声情之调谐，体味字词之推敲，创作之甘苦。常常默对此文本，神驰彼时空，于作家作品理解之余又生同情。偶尔技痒，手摹心追，以文辞声韵临池，虽稚拙可笑，但通邮异代，走进古人文心，现场感与参与感骤增，心凝形释，思与境偕，悠然与万化冥合。此理由之三也。

爰于文后附录几首习作，敬祈各位高明吟正。

韩国庆尚大学记游

校园秋景

嫣红姹紫漫无际，尽染层林若锦茵。

纵有画工施妙笔，丹青难写是精神。

校园选址

莫叹神工开创意，天生佳境未安排。

山环水绕蕴仁智，风气化成万象佳。

中文系

何事崔公返桂苑，又逢鲁叟执教鞭。

循循善诱传薪火，绛帐弦歌谱续篇。

南江即兴二首

觅诗何必灞桥岸，不尽南江滚滚来。

飒飒秋风吹落叶，落霞孤鹜共徘徊。

谁为古城缠玉带，奔腾起伏逶迤来。

苍茫夜幕景尤绝，火树银花映水开。

见山楼寓所

庆尚大学外国教师公寓楼（guesthouse）竣工，余由夏大洞公寓乔迁新客舍。此楼择地别出心裁，设计亦匠心独具。窗前临山，门后亦对远峰。余戏额为“见山楼”，手题数句以纪念。

窗前迎紫气，门后掩秋山。

俯仰增清兴，临风听暮蝉。

为西大文学院文苑华章综艺晚会作

今宵文苑诵华章，他日凌云做栋梁。

自古少年出俊杰，紫藤园畔鸣凤凰。

贺文学院香草山诗社成立

芙蓉出水是歌谣，诗境天成推绝标。

器识艺文皆莫废，风流人物看今朝。

读《陈寅恪集·书信集》有感

天之佑人，人常念及；天之妒人，以毒怨惨烈处置人之英杰，则人多无言，更不愿忆及，集体遗忘。义宁陈先生，英才挺出，世所罕匹，然其遭遇之惨烈，亦世所少见。二战之燹，流徙之苦，不得践约赴英伦上庠任教职之憾，盲目膑足之祸，时局巨变之惊，“反右”“文革”之创，迭次而来，交相攻击，一文弱书生，何可屡遭此难逃之大劫？设若义宁能于牛津安心学问，设若未有目盲足膑之厄，设若政治清明能使读书种子安放一书桌，以义宁之博学多识，慎思明辨，笔耕不辍，其著述当不止于此，其于故国文明之发皇弘阐亦当不限于此，而世之无知妄人亦当敛手惶悚，礼敬国士鸿儒。老杜所谓“文章憎命达”，岂天之丧斯文，不仅妒其人，亦欲毁神州文明于旦夕，使其与希腊、埃及、印度同列，徒存遗迹残片，而斩绝其精神、气运、文脉乎？2004 年 5 月 16 日晨起，读三联书店新版《陈寅恪集·书信集》，至致陈述第十一、十二通信函，悲从中来，欷歔不已，莫可名状。匆匆走笔，将零散感受草书于书扉，文字散碎，然情感真切无伪。

盖世天才世欲杀，斯文丧尽雅道穷。

神州怅望何所见，依旧青山夕照红。

《往事并不如烟》阅后有感

章诒和乃 1957 年“天字第一号大右派”章伯钧之女公子，亲历时代巨变，又陷囹圄之灾，以世家子叙清流交谊，搦柔管闲笔写社会大潮之起落升降。余近十年颇多耽于闲书，不求甚解，有关士人命运之文献尤喜关注。才女丽文，笔底多顿挫，行间寄深慨。深夜掩卷，心绪难平。遂涂写数句以发抒忧思。

往事非烟费论评，章罗宿怨岂联盟？

白头时节话天宝，也是伤心也动情。

赠张华先生

乐生夜邀张华先生赴府茶叙，卢宏涛、李延川、胡筝、马玉琛、雷生润、段建军及余侍坐，先生谓："某日梦中与王卫、杨乐生、段建军、李浩小酌，各赠一字评四子：王卫取其帅，杨乐生取其酷，段建军取其真，李浩取其醇。"众欣然，余尤感动。夫子戏言寄大义，余虽不能至而心向往之。遂打油四句以存夫子语录。

酷帅真醇四字语，品评人物存古型。

河汾传学泾阳地，兰蕙齐芳献寿星。

注：河汾：隋末文中子王通，避乱世讲学于河汾龙门，传授古学，有大功德于中古思想及隋唐文明，故河汾龙门为吾国学术文化传承之象征。泾阳地：泾阳吴雨僧先生，曾主清华研究院事。张华先生近年尤喜谈吴宓逸事，故有此借指。

四六初度

人到中年知何似，滔滔应似水东流。

镜前乌发貌犹壮，霜后清节心已秋。

塞雁难坠凌云志，雏鹓苦恋桐枝头。

雕虫寒夜觅佳句，仍待春雷响九州。

（原刊《美文》2006 年第 2 期）

台岛放歌

从台东返回花莲的路上。老张坐在后排不停地哼着歌，敢情学界歌王也不是天生禀赋，竟是这样勤学苦练成名的？老尚向小邱提起"文革"时期的一段掌故，小邱虽然仅比我小两三岁，但已印象模糊，恍如隔世了。于是好为人师的老尚、老贾便开始了说古，向小邱讲授起了"文革"学，提起那个时代的忠字舞、语录歌、诗词歌。

言之不足故嗟叹之，嗟叹之不足故咏歌之。老尚示范性地唱起了《大海航行靠舵手》《东风吹，战鼓擂》。老贾不甘示弱，竟说不光《毛主席语录》可以唱，他连林副统帅的《再版前言》也会唱。他另外的绝技是口哨，于是吹起当时红极一时的朝鲜电影插曲《小白鸽》，悠扬轻曼而又有节奏感，与那个时代的主旋律并不一致。老张终于按捺不住了，不必再引逗铺垫，自己主动跳出来表现，唱《敬爱的毛主席，我们心中的红太阳》，唱《不忘阶级苦》，再次秀了他的歌喉。于是红色歌曲便一首接一首从几个激情再次燃烧的中年男人的胸腔中喷出来。由流行曲到毛主席语录歌，再到毛主席诗词歌，再到朝鲜、阿尔巴尼亚、罗马尼亚、南斯拉夫等社会主义阵营的电影插曲。高亢的政治声响从车窗缝隙中飞溅出来，在风光旖旎的西太平洋环岛公路

在日月潭小憩

上抛洒了一路。

老贾感慨地说他原以为在后现代的语境中，一切都被解构了，包括崇高与革命热情，在一次参加三线学兵连聚会时，他发现当年的革命战友无论现在是厅局长，还是下岗职工，一回想到壮怀激烈的峥嵘岁月，仍然异常亢奋，让他感动莫名。我说你们这些革命发烧友，当年喝的都是狼奶，虽然被文明礼仪、学术规范打磨了许久，但仍残留着几丝野性，一旦机缘凑巧，还是能露出小峥嵘的。

帮我们开车的淡江大学博士生小蔡与他娇小的大陆妻子，被动地听着聊发少年狂的中年男人的革命吼声，一路默然无语。他们或许不明白，几天来一直斯斯文文的几位内地学者为什么突然发出激情的嗥叫？他们或许以为这可能是比街舞比说唱更前卫时尚的表演。

我以为高潮已过，这档事就这么结束了。孰料在台北又掀起第二次激情的波澜。淡江大学中文系的吕主任在台北中心区一家有名的上海餐馆请我们吃饭，邀了他台大及东吴大学的几位老同学作陪。据说吕教授是台湾祖国统一联盟的主席，故他的台大同窗周教授请他给大陆客人唱一曲《国际歌》。吕主任真可爱，酒量不行但又喜欢挑战，未过三巡已不胜酒力，差不多有四五分醉意了。他说他最喜欢的歌是《歌唱祖国》，周教授一怂恿，他便站起来唱，还不停地招手邀我们陪唱。于是周教授、老贾、小邱和我跟着旋律哼起来。让我吃惊的是，台湾知识界对内地革命歌曲竟比我们还熟悉，对红色年代的惯用语、政治切口、小道消息、各种段子、风俗禁忌熟稔得能脱口而出。宴会结束时，吕教授又疯起来了。他和周教授手挽着手唱起了《国际歌》，把宴会的气氛陡然推向了高潮。在台北地标所在的名店中唱悲情的红色歌曲，不知今夕是何夕，让我产生一种莫名其妙的感受。

夜阑兴尽，我扶着酩酊的周教授、吕教授深一脚浅一脚地行走在台北街市上，一任暖湿的春风撩眼拂面。临分手时，互道珍重，依依惜别，气氛有些凝重。借着月光，我看周教授表情有些黯然，话语有些哽咽，两鬓的华发如染。

形势永远比人强。这些从神州旧地颠沛流离到荒陬海隅的文化遗民，看惯了满眼的落日余晖，预感到山雨欲来，一场物换星移的大变革不可避免地将要出现。“无可奈何花落去，似曾相识燕归来”，“旧时月色，算几番照我，梅边吹笛”，文化怀旧者的心情自然是异常复杂的。不知小孩子长大时，这批黯乡魂追旅思的迁客骚人是否能看到？

（原刊《美文》2008 年第 1 期）

示　儿

一

看到你昨天心境不好，本想找你谈谈，又怕浪费你的时间，如谈话效果不佳，反倒可能会影响你的情绪。发短信虽便捷，但一则篇幅有限，不能畅所欲言，再则如发送时间不对，可能影响别人。故改为书面方式，可称其为笔谈。我主要想向你表达这样几层意思。

一次模拟考试说明不了任何问题，不要被偶然的失误吓倒，更不要轻言失败。你最近很投入，状态也不错，坚持下来，必有效果。模拟考试是题海，变数很多，出现一点失误，不能说明任何问题。从一生来看，一次小模拟甚至高考，都不过是局部的阶段性的比拼，不是总决战。比之球赛，充其量是俱乐部之间的对抗赛或季节性赛事，而非年度总决赛，更不是世杯赛或奥运赛。和同学周末在操场上玩了一会儿，虽有胜负，但过分夸大这点胜负，则没有必要。竞技的真正规则是：出水才看两腿泥，看谁笑到最后。而所谓的"最后"，恐不能以一次胜负论英雄，应就人生的各方面各阶段的综合考量而给予的评判。最大的赛事有时甚至要到生命的终点才见分晓，所谓“盖棺论定”是也。

与陶然在釜山海滨

从理论上说，天道酬勤，一分耕耘一分收获。但这种酬劳与回报，可能立刻显现（即所谓现报），也可能延续很晚，经过很多环节才显出。我中学致力于绘画，当时看似走弯路，与高考无关，是一种浪费，一直到读硕士研究山水自然美与王维诗画，才派上用场。中小学时阅读了大量中外名著，眼睛也近视了，高考中并没有看到任何效益，上大学后才慢慢显出优长。大学时期，我曾担任“古代汉语”课代表，对该课投入颇多，期末考试后兴冲冲找郗老师问成绩，结果出乎意料的差，而许多未用功的同学成绩皆在我之上。当时也苦恼了几天，后来经自我调整才恢复平衡。现在看来，一些高分者，仅在成绩登记表上出现一下，而我的古代汉语(包括古代文学及文化)研究则持续到现在，我对北大王力先生教材所下的功夫，现在仍然在受益。

前途是光明的，道路是曲折的。你已打通任督二脉，确立了新的目标。这是很难得的。但这并不等于说马上可以收获胜利果实，可能还会有这样那样的困难、阻力、障碍，横亘在你面前，你必须耐心穿越。所谓艰难困苦，玉汝于成。包括《功夫》在内的古典武侠或新派武侠(剧、片、书)，共同的模式是主人公要反复受磨难，甚至九死一生，才能最后取得胜利获得圆满。如主人公一出场就大胜，反倒不好玩，没有卖点，大家觉得假。舞台小世界，人生大舞台。我们既是观众，又是演员。将来你长大后，给别人介绍经历，一帆风顺，坐直升机，反倒无趣。有时曲折反倒是一笔财富，苦难也可以成为值得炫耀的经历。

战略上藐视敌人，战术上重视敌人。你现在看重考试，这是好事，但又不必过分看重(包括高考)。理由前面已讲过，高考仅仅是阶段的、局部的，并非人生的全幅意义。仅从战术技术层面研究对策，针对问题，突出重点，该防的防，该攻的攻，该守的守，做好每个动作，打好每场球。至于成败输赢，不要过分在意。因为你尽了人力，因为你问心无愧。你已十八岁，即将步入社会，望对任何问题都能有一比较圆通达观的看法。

以上看法但愿能使你的心绪好起来。

二

看到你最近各方面状态都较稳定，我很高兴，有几点建议与你交换一下看法，也是基于上封信的理由，故仍采用笔谈的方式。

（一）宜将剩勇，势不可当。上次考试成绩冲上去了，充分证明了自己的实力与潜力，没有必要再怀疑再苦闷，而要借着这股势与惯性，扩大战绩，一下子就冲过六月份。贵校在陕西是名校，强者云集，而高考是全省乃至全国的比较，故你的位次在全省仍很靠前，并仍有很大的上升空间。关键是自信心不能倒，应该相信自己是最棒的，并用实力证明自己。

（二）以平常心处事，尽人力，听天命。高考是人生历程中的一件较大的事，但并不是最大的和生活内容的全部。以后要遇到的大事还很多，更复杂棘手。关键要学会调整心态，不急不躁，不温不火，每遇变化，波澜不惊。不要走极端，不要过分情绪化。重要的是，这种极端及情绪化只能对你自己造成新的伤害。你努力了，你奋斗了，人力所能做的你都尝试做了，你就应无怨无悔。无论结局是什么对你并不重要，你应能坦然接受一切。欧阳修《五代史·伶官传序》的话在这里也适用："盛衰之理，虽曰天命，岂非人事哉！"

（三）迟延享受，迎接人生的成熟季节。你们语文阅读题中所举“迟延享受”的成长心理学例子，非常经典，含义深刻，望能仔细咀嚼。在东方文化背景下，如果一个女孩子早尝禁果，又遇人不淑，那么她可能就很难在短时间内找到幸福，甚至会一生在情感上蒙上阴影。人的天性中都有喜欢玩乐放松的愿望，但在青少年时期，在临战状态中，则应适当控制，以大局为重。革命成功了，可以举办狂欢节，通宵达旦庆祝。事业有成，可以享受你的丰收果实，别人抢不走。你每天看到校园中的老人早晚伴乐跳舞，安享晚年。因为他们事业有成，年轻时该做的事都做完了，无所遗憾，故可以彻底放松。你也肯定不止一次听说，现代竞技体育中，两军对垒，处于临战状态，只有敌对的一方或别有用心的人才会引诱运动员提前享受娱乐，搞垮体力，涣散军心。有经验的教练会要求运动员劳逸结合，控制放松与娱乐时间，把最甜的甘蔗放在最后啃，把最大的幸福留待与成功一起分享。

（四）理解“马太效应”的启示，把握走向成功的枢纽。《圣经·新约全书·马太福音》中说：“因为凡有的，还要加给他，叫他有余；没有的，连他所有的也要夺过来。”无论东西方，已经拥有部分社会、政治、经济、文化资源的人，能继续获得更多的这些稀缺资源，凭着这些新的资源，他们更具有竞争性，更容易取胜。这便形成正态“骨牌效应”。没有资源的人，会受到极大制约，穷者益穷，形成负态的“骨牌效应”。有大智慧大毅力者要能勘破这一点，这就叫形势比人强，以后的路就好走了。

（五）战略上藐视，战术上重视。你喜欢看周星驰的作品及文娱、体育的比赛，我认为并不错。不知你是否同意，我认为周星驰第一非常敬业，拍什么都要拍成第一流的；第二所演角色虽多属底层社会的无厘头小人物，但有正义感，不断追求奋斗。文娱体育表演，呈现出的是精湛艺术（技术），但台上三分钟，台下十年功。单调的训练，辛酸的奔波，我们观众就知之甚少。至于残酷的淘汰，暗藏各种猫腻的操作、交易，则更是我们圈外人所不知的。其实，三百六十行，所包含的道理是相通的。如果我们以周星驰等人的敬业态度，加上科学的方法、娴熟的技术，干任何一行都会有成就的。你目前可能认为自己的状态就是这个区间，不会特别好也不会特别差。但以你想要冲出西安到外地发展的愿望看，外地特别是津、京、沪地区的高校分数要求均较高，在陕西招生名额比较少，每个学校的分数都有细微差别，能多争三分五分还是有意义的。

在战术上比如能统筹安排时间，精力集中，不要再一曝十寒；上拉下扯，前后联系，贯通复习；找出薄弱点，列出错题集，有主有次，重点攻关；语文及英语注意朗读，强化语感，培养对语言的敏锐细腻感受力；对一些重点作文题可以拟写大纲，以求对策（我可以帮你）。

傻儿子，你记忆力好，反应又快，身体健康，性格开朗，最后这一阶段肯定会有大的突破，名校附中的学习将要完成，中学生活将要画上一个圆满句号，留下一些美好的回忆吧！其实，老爸老妈看重的并不是你的成绩与荣誉，而是希望你无怨无悔，少些遗憾，平平安安地度过青春期与焦虑期，长成伟岸挺拔、儒雅高贵的男子汉。

三

下午看了你的两篇作文《毅力之于成就》及《平淡是真》。两个题目都很好，你也努力想将两篇都写好。两篇比较，我感到第一篇不错，全文材料与观点是统一的，开头结尾皆紧扣论点，文字也整饬修饰，对材料的叙述也时时处处围绕论点来生发。第二篇也是一个极好的题目，你的开头结尾对题目的解释不错。主要问题是中间所引材料，与论点有较大距离，不好拉扯。且全文只此一个事例，这一条材料一旦跑题，全局就无法挽救了。如果你能准备二至三个材料(或事例)，哪怕一个有些偏离，还可以拉出第二、三个(备用替补者)来救场。

另外有几个问题提出来，希望能引起警觉。

(一) 书写过于潦草凌乱。字是人的门面，成年人外出社交要化妆，换整洁得体的行头，这是社交礼仪，谁违反了这些礼仪，就被人视为粗鲁、粗鄙、伧俗。书面交往中的文字也如你的服装举止，不论是考试还是上班工作，不论是答题还是求职、呈递公文等，过于潦草凌乱会影响别人对你素质能力的正确评价，不仅仅是分数成绩问题。

（二）措辞用语亦能稍微讲究一些。考试与临场无法字斟句酌，但平时要养成习惯，对语言文字要敏感，要有追求，不要过于草率（“花圈光环”“顺风顺水”“包夹过来”等皆不通，是否还有更恰当的表达，请再酌）。

（三）尽量不要用铅笔写作（给同学、老师写信及便条严禁用红笔及铅笔，这是禁忌）。平时养成用某一支（或某一类）笔的习惯，考试也就用那一支（或一类）。

（四）多阅读一些相关的报纸、期刊，多听或看广播、电视中有关的事例、材料、格言、警句、时尚表达及套语。四处留心皆学问，功夫在平时，而不是在考场。如果平时没有大量的阅读，头脑昏昏，腹中空空，肯定要在关键时抓瞎（林肯的材料是我给的剪报，用在这里很恰切，说明只要读了，就能派上用场）。

四

老爸上午在学校有事。按你昨天所说的需求，先给你找出一部分稍微通俗、可读性强、有趣味的各科著作。其中《另一种乡愁》是瑞典人马悦然写的中文散文，马是诺奖评委中唯一懂中文的人。董桥与刘绍铭的英文了不得，两人的中文也写得棒极了。尤其是董，文字典雅香艳，太迷人了。孙康宜是耶鲁教授，费孝通的《乡土中国》虽是名著，但文字浅显，思想深刻，读完后，你会对中国有更深入了解。陈平原、葛剑雄分别是北大与复旦的名学者，你看一下他们所说的窍门是什么。其余不介绍了，你自己翻。这些书你可以随时打开，也可以随时闭上，根据兴趣读。

一个人物质生活由俭入奢易，但由奢入俭难；时间把握由紧张到放松易，但由放松到紧张难；精神趣味由雅到俗易，但由俗到雅难。望你逐渐调整到对俭、紧张、雅的适应。

傻儿子，老爸将来能给你留下的物质遗产可能极有限，会令你失望甚至不满。但老爸可以给你留下一笔价值不菲的精神遗产（日文、韩文叫“文化财”），这不仅是我的部分有形的书刊，而且还有书中所蕴含的博大精深的道理，不论你从事何种专业（职业），在国内或国外干事，这些道理都会让你受益无穷，这是一笔取之不尽用之不竭的财富，关键是你要有能力继承。

（原刊《美文》2006 年第 4 期）

西北联大述略

关中乃周秦旧壤，周创辟雍成均，教化胄子，儒家所尊崇之礼乐制度，亦肇于此。汉唐踵武，太学鼎盛，迢迢负笈受业者，竟不乏域外远人。论者推为吾国高等教育之发祥地，文物典章斑斑可考，故孔子赞曰“郁郁乎文哉”，又岂止“赳赳武夫”所能包括。

“七七事变”后，神州陆沉，全民抗战，同仇敌忾。平津相继沦陷，校园几成丘墟，由是北平大学、北平师范大学、北洋工学院载迁载播，联袂西入关中，于1937年10月18日组建国立西安临时大学，下辖6院23系，校舍则分散多处。翌年三月，敌机轰炸愈烈，西安亦不复能安置书桌矣。学校遂南徙汉中城固，始更名为国立西北联合大学，院系一仍其旧。教员多饱学之才，学派纷呈，名家云集，学子亦纷纷自沦陷区至大后方景从受学，绛帐重开，弦歌不辍，彬彬乎一时称盛，远迈古之辟雍太学。城固山明水秀，民风敦厚，唯僻处偏远，物资匮乏，学校亦因经费拮据，设施简陋，六院五地，诸多不便。然师生禀“公诚勤朴”之校训，砥砺志节，讲修学问，安贫乐道，其乐也融融。时值民族危亡关头，师生心系抗战，共赴国难。举凡慰问军属、捐赠衣物等，皆积极踊跃，亦有投笔从戎，请缨杀敌者。师生又常以诗文演剧宣传抗战，往往慷慨击筑，壮怀激烈。历史系结合张骞墓之考察发掘，祭奠民族英雄，宣誓鼓舞，义薄云天。其间可歌可泣之嘉言懿行，可评可点之逸闻逸事，在在不少，兹不能备述。逾二年八月，西北联大改称国立西北大学，院系亦相应有所调整。1945 年，日寇投降，山河光复，学校遂于次年六月复迁回西安。抗战八年，西北大学历尽劫难坚持办学，传承薪火，师资树人，作育各科专才。其有功于吾国高等教育事业者，不唯应抗战之军政急需，亦为嗣后科学文化全面发展输出栋梁。西北因其地利得益固多，而转徙四方乃至漂寓海外之多士，亦骅骝驰骋，贡献卓越，每思报效民族，报效母校。

岐山鸣凤，嶓冢导汉；胡马依北，越鸟巢南。联大艰难困苦之经历及公诚勤朴之精神将流徽史册，并永远激励后来者发扬蹈厉，自强不息，为振兴母校广有作为。

附录

学养垫底的文字

——读李浩《怅望古今》印象

杨乐生

李浩的文字，有好几套笔墨：学术文章和专著朝古雅一路走，有意追摹陈寅恪、钱锺书诸先贤，针脚绵密，言之凿凿，很能体现他的学术功力以及对中国文化的思考和追问，常常是言人所不能言，多有创辟，卓然成家。另一类是随笔、札记式的文字，有感而发，自然而然，少了学究式的正经和拘谨，多了天性的自然流露和生命本真的率直可爱，元气充沛，常常使人爱不释手。还有一类是“准官样文章式”的有关工作、活动等事务性文字，因系工作需要，就不好多说什么了。仅就我的阅读习惯和喜好，大致而言，第一类读起来累，我大多不喜欢(《唐诗美学精读》除外)；第二类，我特别激赏；第三类，免谈。

《怅望古今》刚一拿到手，我便一口气读完了，尽管其中一半以上的内容先前已看过了，但重新阅读依然是一种莫名的兴奋感。一句话，这是一部好散文集。我一直在想，恐怕不能简单地理解为我与作者熟识，带着个人感情去读，像人们常说的爱屋及乌的心理，便产生了意想不到的阅读效果。如我一类常年都在看文学作品的人，说句老实话，认识作者和不认识作者无碍于对一部作品的审美把握，这不是道德不道德的问题，也不是趋时与否的事。人人皆知近些年社会风气不健康，哥们儿兄弟互相吹捧已见怪不怪了，但问题的实质在于优秀作家绝不是吹出来的，一个臭作品即使吹得天花乱坠，但三五个月后只能留下一些文字垃圾和笑料，吹捧者所能落下的也不过是自取其辱罢了。不少从事写作的人，以为有人给他写几篇吹捧文章，便确定了自己的作家身份，其实也不过是自欺欺人而已！好在李浩不是以文学创作立身的人，他愿不愿意挤进喧嚣不已的当代中国文坛本身值得怀疑，所以我在此胡说八道就没有什么顾虑了。

集中体现李浩文化思考的高度和广度的是《怅望古今》中的“管锥天地”一辑，这一组文字每一篇的背后都或隐或显地站着一个现代意义上的具有独立知识分子姿态的李浩，不论或大或小的话题都贯注着李浩的自由意志，不管是文化问题还是社会现实问题都或强或弱地显示出李浩追求真理的勇气。《关于“判天地之美，析万物之理”》直接向大学者李泽厚、赵鑫珊等人学术发难，有理有据，能自圆其说，不仅有非凡的学术胆识和勇气，而且对学术研究中望文生义、误读原典的不良影响有所指斥，更对当代美学研究、历史研究和文化研究有着不言而喻的警示作用。《“稻米流脂粟米白”考索》一文，对从古到今注杜甫诗者的失误进行了纠正，打通古今，条分缕析，兼顾历史实际情况和诗歌创作艺术手法，指出了历代注家的不正确，从细微处入手，对杜甫研究作出了切实的贡献。《原侠》《丑的历程》《唐诗与梦》诸篇，分别从不同角度对中国侠文化、审丑、诗歌创作与梦的关系等大问题作出了自己的学术思考，角度刁，观点新，给人启发多。正是因为李浩有着富厚的学殖、好学深思的习惯加上仔细认真的学风，才能提出自己的创见。而且我还以为，深厚的学养才是把握李浩散文、随笔的关键。从此出发，我们顺藤摸瓜，极易抓住李浩写作中最实质性的东西。《知识人研究刍议》《困境与学术突围》《教师的三重境界》等，几乎篇篇都是一个真问题、大课题的论纲，作者以平实的语言出之，视野开阔，思路清晰，思考深远，有极强的针对性，不仅充分表现出忧患深广的现代知识分子姿态，而且更为重要的是反映出作者健康向上的文化心理和探索真理的文化人格。

有学养的人，未必能写出好散文来。教授很多，能写出美文来的却很少；专家很多，能成为散文家的却是凤毛麟角。这个不争的事实说明了什么问题呢？简单地讲，是行当有别，学术、研究和文学创作是不同的行当。具体地讲，文学创作有一些特有的、内在的要求。不按文学的内在要求来，纵是一个天才，也写不出好散文来。相比较而言，学术、研究是知识支撑的，偏重于理性，求的是真、假；文学是感情支撑的，侧重于感性，求的是美、丑。一个是逻辑判断，一个是价值判断。两者虽常有交汇之处，但大分野还是清楚的。基于此，能写出好散文的要求就容易讨论了：有了学养还远远不够，还需要表现出你的才情，也就是人们平时所说的个性，才有望弄出好散文来。才情外泄的多少、个性张扬的程度，便决定你散文所能达到的高度。具体到李浩的散文，他投射到老师、朋友、同学、家人、先贤及以往经见的人与事上的各种不同情愫，就构成了散文集中“鸿雪因缘”一辑，这些篇什深深寄托着李浩自己或浓或淡、或欢喜或悲伤、或眼前或遥远的各种感情，自然就让我们受到感染和熏陶。《立雪琐忆》记他与恩师霍松林先生的师生情谊，从景仰到见面，从阅读到师从，从严格要求到细心呵护，从道德到文章，从学术到创作，从学问到才艺，从做人到生活，从言传到身教，在不到两千字的篇幅内，用七八个方面的细节，传达出了师生之间细腻的感情，也表达了作者对尊师的崇敬之心。《七九级》为一个群体、为一代人立传，极富挑战意味，弄不好就会沦为泛泛而谈，但作者结合自己求学经历的真切感受，既能传神而准确把握住群体的特征乃至一代人的共性，又能用琐屑的细节生动地描绘出单个人的特征，既有形象的铺叙，又有凝练的概括，既能高屋建瓴、大开大合，又能细大不捐虚实相应，写出了一个班同学成才的原因和缺陷因何而形成，传达出了“新三届”最后一届学生独有的风采。对研究近三十年人才史、高等教育发展变化史是一个绝好的参考文本。至于像《秋波哭逝川》中一个作者和责任编辑感人肺腑的交往，《也说“习非为是”》中的微言大义，《示儿》的父子情深，《台岛放歌》热闹里的冷隽思考，《学诗记愧》对文化宗师悲惨际遇的沉痛伤感和餐饮文化中趣味低下的深切悲悯，这些都是文字清通、情采兼擅的好文章，是全方位展现作者才情的严格意义上的“美文”。

还有，醒目的文化道义担当是《怅望古今》的另一亮点。如果说《文学与高尔夫》是试图扫描陕西特有的文学文化现象并进而做出规律性的学理探索的话，那么收在“书城眉批”的一组文章就是直面当代文学艺术作品批评的现场操练了。《盗贼、杀手与大师》进入当代文学现场，针对余秋雨在《文艺报》上刊发的一封公开信，尖锐地批评了当下文学生态的混乱无序及余秋雨本人不健康的言行，对盗版、批评者、文化原创和“痞子口气”等几个同文学环境相关联的大问题展开探讨，行文泼辣，史论结合，痛快淋漓，是显示作者独立见解、人文个性难得的杂文。如对1949年前后出生的一代人从思想史上的定位：“大概是以思想检查写得深刻、大批判文章炮制得猛烈而著称。这才是这一代人的拳头产品、思想财富，其中不乏原创。”读来使人警悚，沉思再三。《嚼过的馍》是对凤凰卫视“李敖有话说”栏目的批评，质疑了李敖是否读过万卷书，揭示出了“我们读李敖”会是一种什么样的后果，进而给出作者的看法：“严格地说，李敖不能算是专业学者，他之所以在台岛轰动，是因为他的思想与政治，他实际上是另一类型的政客，他所讲的不过是常识科学或公共知识领域中的问题。这些问题大多是‘行’的问题，而非‘知’的问题。”掷地有声，洵为一家之言，是观察和研究李敖现象很有力的认识。《探索者的道路》是李浩的一篇旧文，二十多年前我就读过，留下了深刻印象。该文是和徐敬亚的《崛起的诗群》的争鸣文章，发表在当时影响很大的《当代文艺思潮》杂志上，研究朦胧诗后期的创作及理论无疑有它的一席之地。李浩主要是就新诗的现代性和中国古典诗歌的关系展开探讨的，强调的是继承和吸收中国优秀文化艺术传统及兼顾民族欣赏习惯的大问题，这个问题事实上至今也没有处理得让人满意，是“白话文运动”以来困扰 20 世纪中国文学和新诗创作及理论的无法回避的难度极大的一个“结”。我除对这篇文章的激赏而外，更感兴趣的是作者的行文形式。如果他二十多年来一直用这篇文字的风格来写各种论著，会是一种什么样的效果呢？我与李浩也谈到过这个问题。我以为文字应该学胡适、朱光潜、吕叔湘等先生。即以李浩的个人兴趣而言，也应该学中年以后的钱穆先生。尽管我已经看到李浩最近发表在《美文》等报刊上的一些文章的可喜变化，但我在此还要说，学识和辞章应尽可能地兼顾起来，思想尽量地与现代汉语表述统一谐调。质之李浩，不知以为如何？“生年不满百，常怀千岁忧。”“古今”也不是什么人都可以“怅望”的，你的“怅望”得有点层次，得有点水平和资格，否则发点人云亦云、面目可憎的所谓的“感慨”，做出一些叫人酸倒牙的“怅望”姿态，只能出丑露乖，只能是制造垃圾！李浩以他快三十年笔耕不辍的文化功力，以敢于承当的文化情怀、文化热肠和文化忧思，以现代意义上知识分子的文化良知，给读者奉献出了《怅望古今》，我在此以一个老朋友的身份由衷地祝贺他！而且我相信，随着学术事业的进步、阅历的丰富及生命的成熟，以他的学养和勤奋，倘能写得更率性一些，更自由一点，更自我一点，三五年后，李浩的文字就会让我们刮目相看。

（本文作者系西安市作协副主席、西北大学教授、著名评论家）

经验之外

穆　涛

李浩教授是我的老师。

他的治学方向是唐代文学与文化研究，出版的主要学术著述有《唐代关中士族与文学》（中国社会科学出版社）、《唐代三大地域文学士族研究》（中华书局）、《唐代园林别业考录》（上海古籍出版社）、《唐诗美学精读》（复旦大学出版社）。这些书出版后反响很好，被学界赞为有新拓之功。我们两家的住处相距不到一百步，经常是抬头能见，低着头也能碰见。李浩老师平日里言辞少，但待人和蔼包涵，对我也偏多鼓励抬爱。有新书出炉总会给我一册，我读过他的关于关中士族文学研究和唐园林考录的书之后，得益很大。就建议他给《美文》也写一些，他尊重我的意见，由我选了和当下生活联系比较密切的一组文章，并自作主张以《水土、风气与人文》为题。

唐代是中国史的制高点，研究制高点的文学与文化，由地域和家族入手，在我这个念书少的人看来是新的视点，应该在已成的学术经验之外吧。中国的文学史粗看起来是一条大河，但往细里看有点像庄稼，是一块地、一块地的依地势生长，靠地力存活。一个作家写出了名气，被皇帝召进京城，他还是解不开家乡的情结，一旦解开了，这个人的艺术生命也就停止了。中国作家似乎一直绕不过寻求解脱又无法解脱的“地域情结”的宿命。这有点像跳高比赛，最后是以落杆，以失败站在冠军台上。

我爱看李浩老师的书，不是对他的表述方式感兴趣，而是喜欢他的治学方法。中国的老百姓有两句俗话，一句叫“十里不同俗”，我们的文化差异是近距离的；另一句是“喝一条河里的水长大的”，文化间既有差异又有着血肉联系，是在一个大背景之内的差异，因而要研究清楚中国的文化必须用中国的方法，吃饺子不宜用叉子，用西方的洋器械可能顺手但不顺嘴。

至于说到念书，我从不去硬念，像在街头看美人，万头攒动中只在乎相中的那一张脸。苏东坡说，要写出一流的大文章，要背熟三本书：《孟子》《庄子》《史记》。金圣叹眼里的好书是六本：《庄子》《史记》《离骚》《水浒传》《杜甫律诗》《西厢记》。两位先贤开的书单其实相差不多，只是金圣叹增了情和侠气。如果同意他们两位的看法，那么你的读书水平就停在宋清两朝，因为他们是基于他们所处的那个时代的认识。如果你觉着还有些欠缺，你就需要考虑你的生活里还缺乏什么。我们经常使用“世界在发展”这个概念，世界在发展，不是地球变大了，而是人心在多极化、多元化，在往细里走，在往深里去。在越来越精深的大趋势里，选择一条治学的通途是需要不凡的眼力和水平的。我的老师李浩有这个水平，我为此而感到荣耀。

如同他治学问在学术经验之外一样，他写文章也在写作的经验之外。他写散文不因循散文的套路，但他是深谙散文套路的，他的诗学研究著作《唐诗美学精读》，使用的表述方式基本上是散文化的，在深入浅出之列。我做散文编辑这么多年了，越做越觉得现当代的散文写作，实在也没有什么太成功的套路，要是有人肯编一本“当代散文基本写法”一类的书，纵是水平再高的人，恐怕也编不出太高的水平来，因为已有的散文写作经验过于有限。工厂里的人讲技术革新，写作的人讲创新，这个“新”所指的就是要走出已有的经验。

李浩老师的文章和他的治学研究有一点是相通的，就是“问题意识”。多年前，他的博士后出站报告被专家组全票评为优等，其中有这样一段评价：“具有自觉的问题意识，善于从大量原始文献中发现问题和解决问题，尤能从无疑处质疑，廓清许多积非成‘是’之点。如对陈寅恪先生观点的误读，‘以诗赋取士’的曲解等。”我们常说当下散文写作缺乏当下意识。什么是当下意识？我的简单理解是在当下社会生活中发现并澄清有碍进步的或背离大道的东西。

高见是我们常挂在嘴边的一个词。什么是高见？不是高个子人所看见的，也不是在高绝处见到的。前几天电视上公布了几张我们中国人自己拍摄的月球表面的照片，虽说跑到太空那么高，又是用了高明的机器拍回来的，但目前还不能叫高见，因为照片上的东西究竟包含着什么，还有待科学家进一步弄清楚。高见是个很实际的词，是在寻常生活里发现的不太寻常的东西，不仅要有发现，也要进一步澄清。但若能在不寻常中去找出不寻常当然是更好的事，比如探月这码事，但普通人不太方便办到，从这个角度说，李浩这组文章是包含着高见的。但散文又不能总这样写，作者累，读者也累，还要有金圣叹情和侠的一面。最后这句话，权作给老师上奏的建议。

（本文作者系《美文》常务副主编、西安市作协副主席、著名作家）

谈古论今话人生

——读李浩《怅望古今》

雪　岩

夜读李浩的随笔集《怅望古今》，犹如静静地倾听这位陕北汉子从心灵深处吟唱出来的一曲曲委婉动听的信天游歌儿，让人陶醉着迷；又如洗耳恭听一位智者娓娓讲述他对古今人生万象的深刻体会和感悟，令人惊叹叫绝。一部随笔集，究竟有何魅力让人不忍释卷醉心其中呢？下面谈谈我的三点粗浅的阅读感受。

（一）深邃的思想。《怅望古今》由管锥天地、诗境雕虫、书城眉批、鸿雪因缘四个部分六十多篇文章组成。文章篇幅都不很长，但篇篇短小精悍，言近旨远，有深邃的思想内容，闪耀着人生智慧的光芒。《教师的三重境界》一文中，作者阐述了他对教师这种职业的独到见解，提出教师应追求三重境界：第一是敬畏讲坛，讲坛是神圣的、庄严的，“讲学迹近布道、传道，献身教育类似殉道”。第二是站好讲坛，履行好一个教师应负的责任，“业务要过硬，教学要受学生欢迎，对学生要有耐心有爱心有责任心”。第三是超越讲坛，不仅能胜任教学工作，而且能在学术研究和社会服务方面发挥作用，“对社会的民主、公正等也应表示关心”。作者这些掷地有声的铿锵之言，对于那些在物欲横流、人心浮躁的大潮中迷失了方向的教育工作者来说，无疑是竖起了一块鲜明的路标。《知识人研究刍议》一文中，作者有一段精辟的论述：“在知识分子身上常表现出一种深沉的忧患意识，一种似欲承担人类命运的道德重负。每当世道浇漓、风雨如晦之际，知识分子往往就是漫漫长夜中民族良知和社会正义的殉道者与守夜人。而那些虽有学历和知识，但是靠曲学阿世、卖论取官者，却不齿于士林，根本不配知识分子这个称号。”寥寥数语，作者的灼见和爱憎跃然纸上，读时有种痛快淋漓之感。域外一组文章，是作者在国外的所见、所闻、所感，清新隽永，耐人寻味。借古喻今、托物言志的一组文章，视野开阔，视角奇特，作者纵横古今，旁征博引，情与景在这里交流融汇，诗意与哲理在这里完美结合。读时常有顿悟之感，读后余味无穷，难以忘怀。

（二）真挚的感情。这本集子里有不少篇章是礼赞人间至情的，由于作者的感情异常真挚，就产生出了深沉感人的力量。《立雪琐忆》一文中，作者通过几个鲜活的生活细节生动地记述了恩师霍松林先生的人品学养和对自己的谆谆教诲，缭绕在字里行间的是作者感恩尊师的情怀。《秋波哭逝川》一文中，作者深情地回忆了与已故责任编辑赵常安淡泊如水的君子之交和真挚的友谊。《示儿》一文，作者独辟蹊径，虽与儿子朝夕相处，也采用了书信的方式与儿子进行平等的沟通交流。通篇讲的是做人的道理,既有很强的针对性,又充满了人生哲理,字字句句浸透着父爱的汁液,情真意切,感人至深。在教育子女已成为当今社会的一个突出问题时,作者这种以情感人、以理服人、多肯定、多赞扬、多鼓励、多引导的教育方法,无疑为我们提供了借鉴的经验。

(三) 诗化的语言。文学是一门语言的艺术。丰富的内容必须有丰富的语言来表达,深刻的思想必须有深刻的语言来描写,生动的形象必须有生动的语言来塑造。语言简洁明快、生动传神、富有文采是这本集子的又一特色。“诗境雕虫”一辑中的文章,是作者唐诗研究大海之中的几朵浪花,浪花虽小,但足以见出它的晶莹剔透和七彩斑斓,也足以见出作者的小中见大、显微无间和诗一般的语言。读一读《唐诗的现代魅力》开头的一段,就能管中窥豹,略领文采:“徜徉在古城阙上,依栏杆处,任那杨花柳絮纷纷扬扬随意拂面,静听春的韵律萦绕故国女墙,袅袅余音,不绝如缕;漫步在灞桥两岸,俯仰之间,碧云天,黄花地,寒鸦数点绕渭水,西风落叶下长安,悠悠飘来的一片衰翠,预报着又将是一个摇落情思的悲凉季节。”读着这些富有感染力穿透力、高雅优美、诗画一般的语言,谁能不心动神怡?谁又能不肃然起敬!

有一位文学评论家说过:散文的写作,只有在文字中融进了作者的血肉,倾注了作者的深情,有爱有恨,而且来得真,没半点假,才能有力量,才能打动人,才是大作品,才能让读者永不忘记,流传久远。我想,李浩的《怅望古今》,应该是这样的作品。

（本文作者系教育工作者、作家）

后　记

重新检读集子中自己的文字，犹如翻看影集中的老照片，感慨也像一张张的纸叶，岁月在指缝间窸窸窣窣作响。

新版除了订正错讹文字外，还将原来诗句考索的三篇，与新补入的十多篇凑成一个新辑。这十多篇是很多年前为一部集体编写的辞典撰稿，收入本集意在留下那个“鉴赏热”年代的一点印痕，当然也合时下原典精读与细读的主潮，算是我对精读细读的一种提前实践。《多少楼台烟雨》一篇原是一部专书的自序，回头看有些清浅，撤换收入本辑，将来再为专论另补一篇稍专精一点的文字。这样拉拉杂杂的增补，遂使新版的体量有了增加。另外，对篇目顺序也略有调整，还删除调出去几篇。

宋人张炎《词源》卷下《制曲》节谈填词修改的重要性：“词既成，试思前后之意不相应，或有重叠句意，又恐字面粗疏，既为修改；改毕净写一本，展之几案间，或贴之壁，少顷再观，必有未稳处，又须修改；至来日再观，恐又有未尽善者；如此改之又改，方成无瑕之玉。倘急于脱稿，倦事修择，岂能无病？不惟不能全美，抑且未协音声。作诗者且犹旬锻月炼，况于词乎？”古人才高，诗词小道尚且要“旬锻月炼”，以求“成无瑕之玉”，这股不计报酬的认真劲，让萝卜快了不洗泥的今人不免脸红。又据《吕氏家塾记》载，欧阳修“每为文，既成，必自窜易，至有不留本初一字者”（王构《修辞鉴衡》卷下引）。黄宗羲也曾引欧阳修“畏后生”之说以为同调（《南雷文定凡例四则》），我曾接着南雷先生的话发挥说，曾经授业的先生依然老当益壮，笔耕不辍；而曾经从学和正在课读的后生精力旺盛，前程无限。夹在中间的我辈“压力山大”，临文之际岂敢不敬畏？梓行之后又岂敢不反复订正，以求少些遗憾？

集末絮絮叨叨又作文钞公，不过是为自己无才思少文藻，又喜舞弄文墨作辩护罢了。

2014年12月